The
Illustrated Man
-
Ray
Bradbury

[美]雷·布拉德伯里——著
宋怡秋——译

图案人

上海译文出版社

谨以爱

与此书

献给父亲、母亲和斯基普。

目 录

序　言

步履不停，只为生命不止

我的侍者朋友，洛朗，在埃菲尔铁塔附近的战神广场啤酒屋工作。一天晚上，在为我端上一大杯啤酒时，他向我描述了他的生活。

“我每天要干十到十二小时的活儿，有时是十四小时，”他说，“到了夜里就去跳舞，跳啊，跳啊，一直跳到凌晨四五点钟才上床，一觉睡到上午十点，十一点上班，再继续工作十到十二小时，有时是十五个小时。”

“你是怎么做到的？”我问。

“很简单，”他回答，“睡眠如同死亡，睡着了就像死了一样。所以我们跳舞，为的是远离死亡。我们不想死。”

“你多大了？”我最后问他。

“二十三。”他回答。

“啊，”我感叹着，轻轻握住他的肘弯，“啊。二十三，是吗？”

“二十三，”他微笑着说，“你呢？”

“七十六，”我说，“我也不想死。可是我已经不再是二十三岁了。我该怎么回答呢？我在做些什么呢？”

“是啊，”洛朗依旧笑得天真无邪，“凌晨三点你都在做什么？”

“写作。”我终于答道。

“写作！”洛朗惊愕地说，“写作？”

“为了远离死亡，”我说，“跟你一样。”

“我？”

“是的，”此刻我也露出了笑容，“凌晨三点，我写啊，写啊，写个不停！”

“你很幸运，”洛朗说，“你很年轻。”

“目前看来是这样。”说罢，我饮尽杯中的啤酒，回到打字机旁完成一篇故事。

那么，我用以战胜死亡的舞步又是怎样的呢？

在一个又一个故事中，《图案人》藏着一触即发的隐喻。

大多数情况下，我甚至并没有意识到这些隐喻正伺伏在那里，等待着从我的视网膜上落向纸面。

人们对大脑内部的活动做出种种理论推测，但它几乎仍是个完全未知的疆域。作家的工作就是“引蛇出洞”，看它如何行事。正如我常说的，“出其不意”就是一切的关键。

以《万花筒》为例。四十六年前的一个早晨，我决定引爆一艘火箭飞船，将船上的宇航员抛入茫茫太空，看看会发生什么，结果便产生了一篇被收入无数选集并在中学和大学礼堂反复上演的故事。全国各地的学生都在课堂上表演这个故事，这让我再次认识到，戏剧无需布景、灯光、服装或音效。只要演员在学校或某人的车库或临街的店铺里说出台词并感受那份激情便足矣。

莎士比亚的无布景舞台仍然是最佳例证。一个明朗的夏日午后，在圣费尔南多山谷看着孩子们表演《万花筒》的茫茫黑暗，我决定创作并上演我自己的版本。如何将跨越百万英里的星际航行压缩在一个宽四十英尺、纵深二十英尺的舞台上，展现在九十九位观众面前呢？尽管放手去做就好。当最后一个人化为燃烧的流星从天空中坠落，在场的人无不眼角泛起泪光。整个时空和那七个人的心跳都被困在台词中，说出台词，便是将他们释放。

“如果……”是我许多故事的关键词。

如果你来到一个遥远的星球，耶稣基督恰好在前一天刚刚离开，你会怎么办？如果他仍然在那里等候，又会是怎样的情形？由此，产生了《那个人》。

如果你可以在房间里创造一个世界（四十年后，它将被称为首个虚拟现实场景），并把一个家庭引入这个房间，房间的墙壁会对他们的心理产生影响，从而引发一连串噩梦，那会演绎出怎样的故事？我在我的打字机上建造了这个房间，让我的家人流连其中。未及午时，狮群便从墙壁里跃出，而我的孩子们则在故事的结尾处若无其事地喝茶。

如果一个人能订购一个和他一模一样的机器木偶呢？如果他自己每晚外出，却把他的复制品留在家中陪伴妻子，会发生什么情况？《牵线木偶公司》讲的就是这样一个故事。

如果你童年时期钟爱的所有作家都因为作品在地球上被焚毁而躲藏在火星上呢？《流亡者》——三年后，我在《华氏451》中点燃的焚书烈焰便是从这里开始蔓延的。

如果有色人种（在我写作《乾坤逆转》的一九四九年，这是对黑人的称呼）率先登陆火星，定居下来开始新的生活，建好了城镇，他们将如何迎接白人的到来？随后又会发生什么？我用这篇故事来寻找答案。当时，没有一家美国杂志肯买下这个故事。民权运动尚未兴起，冷战已经开始，国会众议院非美活动调查委员会正在帕内尔·托马斯的主持下召开听证会（约瑟夫·麦卡锡迟些才会登场）。在这样的氛围中，没有哪个编辑愿意与我的黑人移民一起登陆火星。最后，我将《乾坤逆转》交给了《新故事》杂志——那是玛莎·弗利①的儿子戴维在巴黎办的一份杂志。

还有，如果你家后院有一大片废品旧货场，你会怎么办？你会不会经不住诱惑，将这些废铜烂铁焊接在一起，去月球旅行？在我十二岁时，距亚利桑那州图森市我家屋后

① Martha Foley（1897—1977），美国记者、出版人。1931年与丈夫惠特·伯内特（Whit Burnett，作家、写作教师）共同创办文学杂志《故事》，发表过许多重要作家如J.D. 塞林格、卡森·麦卡勒斯、理查德·赖特等人的早期作品。

四十英尺就有一个这样的废品旧货场。傍晚时分，我结束这里的月球之旅后，便匆匆赶往两个路口之外的机车“大象坟场”，爬上那些报废的蒸汽机车，在坎卡基、奥斯威戈和遥远的洛克威等小站短暂停靠。在旧货场的火箭飞船和早已被人遗忘的机车之间，我从来无暇回家。《火箭》便是这段经历的产物。

这些“如果”在我的头脑中来回反弹。

换言之，我的大脑左半球（如果真有所谓左半球）提出假设，大脑右半球（如果真有所谓右半球）给出结论。

如果右脑空空如也全无反应，左脑再怎么假设也是枉然。我幸运地拥有某种禀赋。上帝、宇宙秩序、生命力，无论哪个在起作用，都让我的右脑像接球手一样稳稳接住从左外场越过本垒板疾速而至的一切来球。左边的半球似乎就在明处，右边的半球则始终保持神秘，激起你将它引到明地里来的欲望。

如同沟通灵界的降神会，打字机、电脑、笔和纸就是我的工具，用来捉住那些即将消失在空中的鬼魂。

说正经的，我父亲会这样抱怨。你到底想表达什么?

我想表达的是，创作的过程很像用那种笨重的老式相机照相，你钻到黑色布罩下面，在黑暗中捕捉影像。拍摄对象也许不会老老实实地站着不动。光线也许太强或太弱。你只能在暗中摸索，但是动作要快，以期得到一张可以显影的快照。

本书中的故事就是一些冲洗出来的快照，它们在黎明时分被唤醒，在早餐时逐渐构思成形，到了中午便会最终确定。上午十点，所有的故事尚无定论；而就在午餐过后，或是啜饮着浓酒与淡咖啡的下午四点，它们全都有了各自或喜或悲的结局。

勇敢去爱，正如一首老歌里唱的。

或者借用梅尔·布鲁克斯在《十二把椅子》[①]中的歌词：

抱最好的希望，
做最坏的打算，
你可以成为托尔斯泰
或是范尼·赫斯特[②]。

我希望成为赫伯特·乔治·威尔斯，或是与儒勒·凡尔纳为伴。当我在二者之间开辟出一块生存空间时，我感到欣喜若狂。

最后再回到本文的开头。我在巴黎当侍者的朋友，洛朗，整夜跳舞，跳舞，舞步不停。

---

① 苏联作家伊·伊里夫和叶·彼得罗夫于1928年合著的讽刺幽默小说《十二把椅子》被多次改编搬上银幕，美国喜剧大师梅尔·布鲁克斯拍摄的版本上映于1970年。

② Fannie Hurst（1889—1968），二十世纪前期美国最受欢迎的畅销书作家之一。

我的旋律和曲目就在这里。它们填满了我的岁月，那些拒绝死亡的岁月。为了这个目的，我写作，写作，在正午时分或凌晨三点笔耕不辍。

为了生命不止。

雷·布拉德伯里

序幕：图案人

第一次遇见图案人是在九月初一个温暖的午后。我在威斯康星州为期两周的徒步旅行已接近尾声，正走在一条柏油路上。临近傍晚，我停下来歇脚，吃了点儿猪肉、豆子和一个面包圈，正打算舒展一下筋骨，看看书，就在这时，图案人从山的那边走来，在山冈上停了片刻。

那时我还不知道他是图案人。只见他高高的个子，曾经很健壮，现在却不知何故开始发福了。我记得他胳膊很长，双手粗大，但在庞大的身躯之上却长了张孩子似的脸。

他似乎只是意识到旁边有我这么个人，开口说话时并没有看着我：

“你知道我去哪儿能找到工作吗？”

“我恐怕不知道。”我说。

“四十年了，我没有一份工作能做得久。”他说。

那天傍晚天很热，他的羊毛衬衫的领子却系得紧紧的，袖子略微卷起，在粗壮的手腕上方扣住。汗水从他的脸上不断地往下淌，他却连一点儿解开衬衫的意思都没有。

“好吧，”他最后说，“在这个地方过夜也不错，你介意有人做伴儿吗？”

"我的干粮有富余，你可以吃点儿。"我说。

他喘着粗气，重重地坐下。"你会后悔把我留下来的，"他说，"大家都后悔。所以我才会一直在路上。现在是九月初，劳动节假期游乐场最热闹的时候。我本该在随便哪个镇子的游乐会上开工大把挣钱的，结果却两手空空来了这里。"

他脱下一只大鞋，仔细端详着。"一份工作我通常能干十来天。然后就会出点岔子，让人家开除了。现在，全美国的游乐场没有一个肯搭理我。"

"问题出在哪儿呢？"我问。

作为回答，他缓缓地解开系得紧紧的衣领。他闭上眼睛，从上到下把衬衫纽扣一个个慢慢解开。他的手指探进衣襟去摸着胸膛。"说来也怪，"他说，眼睛仍然闭着，"你摸不到它们，可它们确实在那儿。我总希望着有一天，低头去看时，它们已经不在了。最热的天气里，我顶着大太阳一走就是几个小时，希望汗水能把它们冲掉，希望太阳能把它们烤化，可是等到太阳下山，它们依然在。"他的头微微转向我，给我看他的胸膛，"它们现在还在吗？"

停顿良久，我才吐出口气。"是的，"我说，"还在。"

那些图案。

"我把衣领系紧的另一个原因，"他睁开眼睛说，"是那些孩子。他们在乡间小路上一路跟着我。人人都好奇地想看看那些图案，可又没有谁愿意真的看到。"

他脱下衬衫，攥在手里。从脖子上的一圈蓝色文身直到腰际，他身上布满了图案。

“再往下也都是，”他说，好像猜透了我的心思，“我浑身都是图案，瞧。”他张开手，手掌上有一朵刚采下来的新鲜玫瑰，娇嫩的粉红色花瓣上还带着晶莹的水珠。我伸过手去摸了摸，那只是幅图案。

至于他身上的其他地方，我坐在那儿看得目不转睛，惊奇之感难以言传。那里仿佛在举行一场由冲天炮、礼花和人群构成的盛大的狂欢派对。细节如此丰富，颜色如此缤纷，让人感觉简直能听到他身上的小人儿发出的喃喃低语。随着他身体的牵动，那些小嘴翕动着，那些绿色金色的小眼睛一眨一眨，那些粉红色的小手打着手势。黄色的草地、蓝色的河流，连绵的群山以及太阳星辰，通通散落在横贯他胸前的银河中。那些小人儿分作二十来群，各不相同，分散在他的手臂、肩膀、后背、两胁、手腕和肚皮上。他们藏身于毛发的森林里，有的潜伏在雀斑组成的星图中，有的从腋窝深处偷偷向外瞧，钻石般的眼睛闪闪发亮。每个人似乎都在专注于自己的事情，每一个都是美术馆里一幅独立的肖像画。

“啊，太美了！”我说。

我该怎样形容这些图案呢？假如格列柯[1]在他才华最盛

---

① El Greco（1541—1614），西班牙文艺复兴时期画家。

的时期画过手掌般大小、纤毫毕现的微型画，用上他所有的阴郁的色彩、刻意拉长的线条和解剖学知识，也许就是把这个人的身体当作了画布。各种颜色在三维空间炽烈地燃烧。这些画是望向火热现实的窗口。如同宇宙中所有精美绝伦的景象都汇聚在了一面墙上，他就是一个活的珍宝馆。这绝不是游乐场里满嘴喷着酒气、只会用三种颜色文身的蹩脚文身师的作品，而是一位真正的天才的伟大作品，生机勃勃，明净而美妙。

“可不是，”图案人说，“我太为这些图案自豪了，恨不得把它们烧掉。我试过用砂纸磨、用酸浸、用刀刮……”

太阳开始西沉。月亮已从东方升起。

“因为是这样，”图案人说，“这些图案能预言未来。”

我没有作声。

“在阳光下还没事，”他接着说下去，“游乐场白天的工作我还能保住。可一到晚上，这些画就会动，它们会变。”

我一定是笑了，“这些图案你文了多久了？”

“一九〇〇年文上去的，我那年二十岁，在游乐场工作，因为摔断了腿，不得不卧床休息。我得找点事情做，不能让自己闲下来，于是我决定去文身。”

“谁给你文的呢？文身师怎么样了？”

“她回到未来了，”他说，“我是说真的。她是个老太太，住在威斯康星州中部的一所小房子里，就离此地不远。那是个老巫婆似的小老太太，一忽儿看着像是活了一千岁，一忽儿又像是只有二十岁。她说她能作时间旅行，我还笑她来着。现在，我可算知道了。”

“你怎么会遇见她的？”

他告诉我，他在路边看到了她的彩色招牌，上面写着“人体彩绘”。彩绘，而不是普通文身，多么有艺术感！于是他在她那儿坐了一整夜，任由她那些神奇的针扎在他身上，好像黄蜂蜇、蜜蜂刺。到了早上，他看起来就像是失足掉进了一台二十彩印花机，被印花辊子碾过，留下了满身色彩斑斓的图画。

“五十年来，我每个夏天都在找她，”他说，双手举在空中，“等我找到这个老妖婆，一定宰了她。”

太阳落山了。夜空中开始有星光闪烁，月光照亮了草原和麦地。图案人身上的图画在微光中如火炭般闪闪发亮，好像一颗颗四处散落的红宝石和绿宝石，画的色彩像鲁奥[①]，像毕加索，修长扭曲的人体则像是出自格列柯笔下。

“每当这些画面活动起来，人家就会开除我。他们不喜欢看到画里出现暴力场面。每一幅图案都是一个小故事。要是你定睛观瞧，几分钟内它们就会给你讲个故事。要是看上

① Georges Rouault（1871—1985），法国画家。

三小时，你能在我身上看到十八到二十个故事上演，你会听到声音，思考些什么。全都在这儿，只等你来看。不过最重要的是，我身上有一处很特别。”他露出后背，“看到了吗？右肩胛骨那儿没有具体的画面，只是乱麻麻一片。”

“看到了。”

“如果我在一个人身边待得足够久，那个地方就会先变模糊，然后显示出画面。假如是跟一个女人在一起，一小时后，她的画面就会出现在我后背上，展现着她的一生——她将过上怎样的生活，又将如何死去，她六十岁的时候会变成什么模样。假如是个男的，一小时后他的画面也会出现在我背上。画里的他要么从悬崖上掉下去，要么死在火车轮下。于是，我就又被开除了。”

他讲这些话的时候，手一直来回摩挲着身上的图案，就像一位鉴赏家，一位艺术赞助人，在调整画框的位置，为它们拂去灰尘。他向后躺倒，在月光下摊直身体。晚上很热，没有一丝风，空气窒闷。我们都把衬衫脱了。

“你再也没找到那个老太太？”

“再也没有。”

“你相信她来自未来？”

“不然她怎么会知道她文在我身上的这些故事？”

他疲倦地闭上眼睛。他的声音变得含混起来。“有时在夜里，我能感觉到它们，这些画，像蚂蚁，在我皮肤上爬来爬去。我明白，它们是在完成自己的使命。我再也不去看它们。我只想休息。我睡得不多。我警告你，你也不要看它们。睡觉时背对着我。”

我在离他几英尺的地方躺下。他看起来人不凶，那些图画又美。否则我很可能会离他远远的，不去听他唠叨。可是那些图案……我让它们占据了我的全部视线。无论谁看到他身上的图案，都难免会变得有些疯狂。

夜很宁静。我听得到月光下图案人的呼吸声。蟋蟀在远处的沟壑中窸窸窣窣地活动。我侧身躺着，以便看到那些画。也许半小时就这样过去了。图案人到底睡没睡着我不知道，但是，我忽然听到他低声说：“它们在动，是不是？”

我顿了一会儿，然后回答：“是的。”

那些画在动，轮流着，每一幅短短一两分钟。月光下，在细微的思想的碎响和遥远的海浪声中，似乎每一出小剧都在上演。很难说这些故事用了一个小时还是三个小时才演完。我只知道我一动不动地躺着，看得入了迷，而天上的星星已经转动了方位。

十八幅图案，十八个故事。我一个一个地数着。

我的目光首先落在一幅场景上，一座大房子里有两个人。我看到一群兀鹫在晴朗耀眼的天空中飞翔，看到黄色的狮群，听到了画中的声音。

第一幅图案抖动着，活了过来……

大草原

“乔治，我希望你能去儿童房看看。”

“出什么问题了吗？”

“我不知道。”

“那为什么要去看呢。”

“我只是希望你能去看看而已，要么就请个心理医生去查看一下。”

“心理医生去儿童房能查出什么来呢？”

“你很清楚他能查出些什么。”站在厨房中央的妻子停顿了片刻，看着炉子兀自嗡嗡地忙碌着，做着一家四口的晚餐。

“因为儿童房跟过去不一样了。”

“好吧，那咱们就过去看看。”

他们沿着走廊向儿童房走去。这栋具有隔音功能的幸福之家，是他们花三万美元购置的，它为他们穿衣煮饭，摇他们进入梦乡，陪他们游戏唱歌，把他们照料得舒适惬意。他们的靠近触发了某处感应式开关，走到离儿童房不到十英尺的地方，房间的灯便啪的一声亮了。在他们身后的走廊里，灯光也同样随着他们的经过而柔和地自动点亮或熄灭。

“到了。”乔治·哈德利说。

他们踏进地面上铺着草皮的儿童房。房间四十英尺见方，高三十英尺，造价比整栋房子的其余部分加起来还要贵一半。“给孩子们的东西，再好也不过分。”乔治曾这样说过。

儿童房里寂静无声，就像炎热的正午时分的丛林空地一样空荡荡的。二维的墙壁上也是一片空白。随着乔治和莉迪亚·哈德利走到房间中央，四周的墙壁似乎发出呼呼的声音向后退去，变得如水晶般清澈透明，很快便呈现出一幅非洲大草原的三维画面，从四面包围着他们，连一枚石子、一茎草秆的颜色都精确地一一再现。他们头顶上的天花板化作深邃的蓝天，一轮炽热的黄色太阳高悬在天空。

乔治·哈德利感觉脑门上开始出汗了。

“咱们别在这太阳底下晒着了，”他说，“这感觉有点儿太真实了。可我没看出有什么问题来。”

“等一下，你就知道了。”他的妻子说。

这时，房间中隐藏的气味发生器开始向站在烈日炙烤下的草原中央的两人送来一阵微风，风中挟带着各种气味。有狮子草原上干热的草秆的气味，有被草丛遮蔽的水塘的清凉气息，有动物浓重的腥臭气，还有热风中的尘土类似红辣椒的呛人味道。而远方的羚羊在草原上奔跑时发出的杂沓的蹄声，以及兀鹫挥动翅膀的簌簌声也在这时传入二人耳中。一个黑影划过天空，它投下的阴影在乔治·哈德利仰起的汗湿的脸上一闪而过。

“肮脏的东西。”他听到妻子说。

“是秃鹫。”

“你看，那边有狮子，在远处。它们现在朝水塘走过去了。它们刚刚吃过东西，”莉迪亚说，“不知道吃的是什么。”

“某种动物呗。”乔治·哈德利抬手挡住刺眼的阳光，眯起眼睛细看，“大概是一匹斑马或一头小长颈鹿吧。”

“你能确定吗？”妻子的口气中带有某种怪异的紧张意味。

“不能，现在想确定这一点已经来不及了，”他俏皮地答道，“我只能看见一堆啃光的骨头，一群秃鹫正落在那儿打扫战场。”

“你听到那声尖叫了吗？”她问。

“没有。”

“就在大约一分钟前。”

“抱歉，没有。”

狮群向他们走来。乔治·哈德利再一次对设计了这个房间的机械天才钦佩不已。如此杰出的效率奇迹，售价却低得不合常理。每个家庭都该拥有这样一个房间。虽然它那临床医学般的精确有时会令你害怕，使你受到惊吓，给你带来一时的痛苦，但大多数时候，它能为人们带来多少乐趣啊，不只是为小儿女们，也为你自己。当你想要去陌生的地方短期旅行，想迅速换个环境，它就能为你实现。

狮群现在已近在眼前，离他们仅有十五英尺了。它们如此真实，真实得令人焦躁不安，心惊肉跳。你的手上仿佛能感觉到它们的毛发的粗粝的触感，嘴里充斥着它们那发烫的皮肤类似尘封的沙发套的味道，它们黄色的皮毛看起来好像精致的法国挂毯。你能看到黄色的狮群和夏日枯黄的草原，听到狮群在寂静的正午发出的粗重的呼吸声，闻到它们喘着粗气流着口水的嘴里泛出的肉腥气。

狮群站定了，可怕的黄绿色眼睛盯着乔治和莉迪亚。

“当心！”莉迪亚尖叫一声。

狮群朝他们跑来。

莉迪亚大惊之下，拔腿就跑。乔治本能地跟着她一起跑。待到跑出房间，把门重重地关在身后，两个人站在走廊上一个笑一个哭，又都为对方的反应感到惊诧不已。

“乔治！”

“莉迪亚！哦，我可怜的小莉迪亚！”

“它们差一点就抓住咱们了！”

“那是墙，莉迪亚，别忘了，那只是水晶玻璃墙而已。当然，看上去很逼真，这我承认——就像是把非洲搬进了客厅——但那也只不过是把反应力和灵敏度超强的彩色立体影片和心理图像投射在玻璃屏幕上而已。完全是气味发生器和音响设备制造出来的效果，莉迪亚。给你手绢。”

“我好害怕。”她走过来依偎在他身边，哭个不停，“你看到了吧？感觉到了吧？太真实了。”

“好了，莉迪亚……”

“你一定得告诉温迪和彼得，不许再看有关非洲的书了。”

“当然，当然。”他轻轻地拍着她。

“你保证？”

“我保证。”

“还得把儿童房锁上几天，等我的情绪安定下来。”

“你知道彼得在这件事上多固执。上个月我罚了他，把儿童房才锁上几个小时，他就发了那么大的脾气！温迪也一样。儿童房是他们生活的重心。”

“必须锁上，这事儿就这么定了。”

“好吧。”乔治无奈地锁上儿童房的大门，“你太操劳了，应该好好休息一下。”

“我不知道，不知道，”她擤了擤鼻子，在椅子上坐下来，椅子立刻轻轻摇动起来，使她坐得更舒适些，“也许我并没有足够的事可做，也许我有太多时间胡思乱想。咱们为什么不把整座房子关停几天，出去度个假呢？”

“你是说你愿意亲自为我煎蛋？”

“是的。”她点头。

“愿意给我补袜子？”

“是的。”她眼里含着泪，用力点头。

“还要自己打扫房间？”

“是的，是的，哦，我愿意！”

“但是咱们当初之所以买这栋房子，不就是为了摆脱家务之累吗？”

“是这样，我觉得自己不属于这里。这栋房子如今既是妻子又是母亲还是保姆。我能跟非洲大草原竞争吗？我能像那台自动搓澡浴缸一样，给孩子们洗澡洗得又快又好吗？不能。而且不只是我，你也一样。最近你的情绪紧张得不得了。”

“我想是因为烟抽得太多了。”

“你在这个家里似乎也找不到自己的位置。每天早上，你都要抽更多的烟；每天下午，你的酒也越喝越多；到了晚上，你需要借助更多的安眠药才能入睡。你也开始感到自己是个不被需要的多余的人。”

“是吗？”他有些迟疑，努力探寻着自己的内心，想知道自己心底真实的想法。

“喂，乔治，”她望向他的身后，盯着儿童房的门，“那些狮子不会跑出来吧？”

他看看那扇门。门颤动着，仿佛在门的另一侧，有什么东西在跳起来撞门。

“当然不会。”他回答。

晚餐时只有夫妻二人。温迪和彼得正在镇子的另一边参加一场特殊的塑料嘉年华，给家里打来可视电话说要晚归，让他们先吃。于是乔治·哈德利坐在餐厅的桌前，呆呆地看着餐桌内部的机械装置将一道道热菜做好后端上桌。

“忘了拿番茄酱。”他说。

“对不起。”桌子里有一个声音轻声细气地说，番茄酱随即被摆到桌上。

至于儿童房嘛，乔治·哈德利心想，把它锁上几天对孩子们也不会有什么坏处。什么东西太多了，对人都不好。很显然，孩子们花在非洲上的时间的确太多了一些。那火辣辣的太阳！他仍然能感到它滚烫的利爪搭在他脖子上的感觉。还有那群狮子，那股血腥味儿。儿童房能接收到孩子们发出的心电感应信号，并创造出栩栩如生的形象满足他们的每一个欲望，这真令人惊叹。孩子们想到狮子，就有狮子。想到斑马，就有斑马。想到太阳就有太阳，想到长颈鹿就有长颈鹿。想到死亡就有死亡。

关于最后这一点。他食不知味地吃着餐桌为他切好的肉。关于死亡的想法。温迪和彼得还太小，不该想到死亡。不过，也许从来就没有所谓太小。你在知道死亡的含义之前很久，就已经希望它降临在别人头上了。两岁时，你就已经在用玩具手枪向别人射击了。

但是像这样——非洲大草原炎热的漫漫长日——葬身狮子口中的可怕死法……而且重复了一遍又一遍。

“你去哪儿？”莉迪亚问。

他没有回答，而是心事重重地向儿童房走去，任由灯光在他前方柔和地点亮，在他身后熄灭。来到儿童房门口，他把耳朵贴在门上听了听。从远处传来狮子的咆哮。

他开了锁，打开房门。就在踏进房间之前，他听到远处传来一声尖叫，紧接着是狮群的咆哮声，之后又很快平息了。

他走进非洲。在过去的一年中，他曾多少次打开这扇门，看到奇境、爱丽丝和假海龟，看到阿拉丁和神灯，看到奥兹国的南瓜头杰克，或是怪医杜立德，或是那头跳过月亮的母牛——全都是幻想世界创造的令人愉快的形象。他曾多少次看到飞马珀伽索斯在天空中飞翔，看到漫天洒落的红色花火，听到天使美妙的歌声。可是如今，这里只有枯黄炎热的非洲，只有烤箱一般酷烈的杀戮现场。也许莉迪亚是对的。也许他们需要去度个假，让孩子们从这些想象中抽离一段时间，对于十岁的孩子来说，这些想象已变得太过真实了。发挥想象让头脑得到锻炼是好的，可是如果孩子活跃的头脑总是陷在同一个场景中呢？他现在隐约想起，过去的一个月，他曾经听到过远方的狮吼，也曾经闻到过飘散到书房门口的狮子的强烈气味，但是他当时太忙了，完全没有在意。

乔治·哈德利独自站在非洲草原上。狮群中断进食，抬头看着他。这幅幻象唯一的漏洞是他能够通过洞开的房门，看到妻子远远地坐在黑暗的走廊的那一端，心不在焉地吃着晚饭，像镜框中的一幅画。

“走开。”他对狮群说。

它们没有动。

他很清楚这个房间的工作原理。你通过思想发出指令，想到什么，就会出现什么。

“我要阿拉丁和神灯。”他命令道。

依然是草原，依然是狮群。

“照我说的做，房间！我要阿拉丁！”他说。

依然毫无变化。狮群在阳光的炙烤下发出咕哝声。

“阿拉丁！”

他回到餐桌上。“那个破房间坏掉了，”他说，“一点儿反应都没有。”

“也许是——”

“也许是什么？”

“也许是它没办法反应，”莉迪亚说，“因为这么多天来孩子们想非洲、狮群和杀戮想得太多了，以至于它一时反应不过来。”

“有可能。”

“也可能是彼得把它设置成那样了。”

“设置成那样？”

“他可能进入机械的操作系统做了些改动。”

“彼得又不懂机械。”

“他在十岁的孩子里算是聪明的，他的智商是——”

“话虽如此——”

"妈妈，爸爸，晚上好。"

哈德利夫妇转过头，只见温迪和彼得正从前门走进来。他们的脸颊像薄荷糖一样白里透红[①]，眼睛像明亮的蓝色玛瑙珠，因为刚坐过直升机，两人的连衫裤带有一股臭氧的味道。

"你们刚好赶上吃晚饭。"夫妇俩同声说道。

"我们吃了好多草莓冰激凌和热狗，已经吃饱了，"两个孩子手拉着手回答道，"不过我们可以坐下看你们吃。"

"好的，给我们讲讲儿童房的事吧。"乔治·哈德利说。

兄妹俩朝他眨眨眼睛，又互相使了个眼色，"儿童房？"

"就是有关非洲啊什么的。"作父亲的装出高兴的样子说。

"我不明白你在说什么。"彼得说。

"我跟你妈妈刚从非洲探险归来，就像《汤姆·斯威夫特和他的电动狮子》里写的一样。"乔治·哈德利又说。

"儿童房里没有非洲。"彼得一口咬定。

"哦，别这样，彼得。我们都知道了。"

"我不记得有什么非洲，"彼得冲温迪说，"你记得吗？"

"不记得。"

"你过去看看，回来告诉我们。"

温迪应声而去。

"温迪，回来！"乔治喊道，但她已经走了。房子里的灯

① 红白相间是美国薄荷糖的传统花色之一。

光像一群萤火虫跟随着她的脚步。为时已晚，他想起在最后一次视察后，忘记把儿童房的门锁上了。

“温迪会把她看见的告诉我们。”彼得说。

“不用她告诉我，我看见了。”

“我敢肯定是你弄错了，父亲。”

“我没弄错，彼得。跟我一起来。”

正在这时，温迪回来了。“不是非洲。”她气喘吁吁地说。

“咱们会弄清楚的。”乔治·哈德利说。他们一起走过走廊，打开儿童房的门。

眼前是一片苍翠秀丽的森林，清澈的河流，紫色的高山，回荡着嘹亮的歌声。神秘可爱的莉玛[①]藏身于树丛中，一群群色彩缤纷的蝴蝶像轻灵的花朵，在她的长发间翩翩飞舞。非洲大草原不见了，狮群不见了。只有莉玛在歌唱，歌声如此美妙，令人几乎要落泪。

乔治·哈德利看着变化了的画面。“去睡觉吧。”他对孩子们说。

孩子们张大了嘴。

“别假装没听见。”他说。

孩子们走进风橱，一阵风像卷起落叶一样将他们吸入风道，送进卧室。

---

① Rima，英国作家哈德森（William Henry Hudson，1841—1922）的小说《绿厦》（*Green Mansions*）中的女主人公，一个精灵般的少女。

乔治·哈德利走过飘荡着歌声的林中空地，在狮群曾经逗留过的角落里拾起一个物件，又慢慢走回妻子身边。

“那是什么？”她问。

“我的一个旧钱夹。”他回答。

他把它拿给她看。钱夹上残留着热干草和狮子的气味，还有几滴唾液，显然被谁咬过，而且两面都血迹斑斑。

他关上儿童房的门，把它牢牢锁上。

夜深了，他还没有入睡，他知道妻子也同样醒着。“你说会是温迪把画面改了吗？”黑暗中，她终于开口说道。

“当然。”

“把它从草原变成森林，用莉玛代替了狮群？”

“是的。”

“为什么？”

“我不知道。不过在我找到答案之前，那个房间得一直锁着。”

“你的钱夹怎么会掉在那里呢？”

“我什么都不知道，”他说，“我只知道我现在开始后悔了，不该给他们买那个房间。如果孩子们真的神经敏感，那样的房间——”

“那本该是用健康的方式帮助他们克服神经质的呀。”

“我现在开始怀疑这一点了。”他盯着天花板说。

"我们对孩子们一向有求必应。难道这就是他们的回报——有事瞒着大人，不听父母的话？"

"是谁说的来着，'孩子就像地毯，时不时得踩踩'？咱们从来没动过他们一个手指头。他们让人无法容忍——咱们就承认吧。他们想来就来，想走就走。他们跟咱们没大没小的。他们被惯坏了，咱们也被惯坏了。"

"自从几个月前，你不准他们乘火箭去纽约之后，他们的行为就一直很古怪。"

"他们还不到独自乘坐火箭出行的年龄，我跟他们解释过了。"

"话虽如此，可我发现他们从那之后对咱们明显冷淡了不少。"

"我打算明天早上请戴维·麦克林过来，去看看那个非洲。"

"可是那儿现在不是非洲，是《绿厦》里的林野和莉玛。"

"我有种感觉，在他来之前，那里又会变成非洲的。"

过了片刻，他们听到了尖叫。

两声尖叫。楼下传来两个人的尖叫声，随后又传来一阵狮吼。

"温迪和彼得没在自己的房间里。"妻子说。

他躺在床上，心脏一阵狂跳。"是的，"他说，"他们溜进了儿童房。"

"刚才那阵尖叫——听着耳熟。"

“是吗？”

“是的，耳熟极了。”

尽管他们的床使出浑身解数，也无法再将这两个人摇入梦乡了。暗夜的空气里传来猫科动物的气息。

“父亲。”彼得叫他。

“什么事？”

彼得低头看着脚上的鞋。他的眼睛再也不看父亲了，也不看母亲。“你不会把儿童房永远锁上吧，会吗？”

“那得看情况。”

“看什么情况？”彼得没好气儿地说。

“看你和妹妹的表现。如果你们能稍微换换样儿——换成瑞典啦、丹麦啦，或是中国啦什么的——别总想着非洲。”

“我以为我们想怎么玩都行。”

“是的，但要有合理的界限。”

“非洲有什么不好，父亲？”

“噢，你现在承认你们一直在想非洲来着，对不对？”

“我不希望你把儿童房锁上，”彼得冷冷地答道，“永远不想。”

“其实，我们正在考虑把整栋房子关停一个月，无牵无挂地过一段自足自乐的日子。”

“那太可怕了！难道我得自己系鞋带，而不是让系鞋带机帮我系吗？还得自己刷牙，自己梳头，自己洗澡？”

“换个生活方式也挺有意思的，你不觉得吗？”

“不，我讨厌那样。上个月你把自动绘画机拿走的时候，我就不乐意。”

“那是因为我希望你学会自己画画，孩子。”

“除了动动眼睛，听听声音，闻闻味道之外，我什么都不想做，有什么可做的？”

“好吧，去非洲玩去吧。”

“你们会很快把这座房子关掉吗？”

“我们正在考虑。”

“我觉得你最好不要再考虑这件事了，父亲。”

“我不会让自己的儿子威胁我的！”

“很好。”彼得说罢，便向儿童房走去。

“我没来晚吧？”戴维·麦克林说。

“要不要吃点儿早餐？”乔治·哈德利问。

“谢谢，我吃过了。出什么事了？”

“戴维，你是一名心理医生。”

“我想是的。”

“那就去我们的儿童房看一看吧。一年前你来的时候去那房间看过，你当时注意到有什么不寻常的地方了吗？”

“那倒说不上。只是多少有些暴力和多疑的倾向，这在儿童中很常见，因为他们总觉得自己受到了父母的迫害，不过，嗯，真的没什么特别的。”

他们来到走廊上。“我把儿童房锁上了，”那位父亲解释道，“孩子们夜里又偷偷溜进去了。我没去管他们，好让他们制造出我希望你看到的画面。”

从儿童房里传来可怕的尖叫声。

“就是这个，”乔治·哈德利说，“看看你有什么想法。”

他们没敲门就进了房间，正撞见两个孩子在里面。

尖叫声已经消失，狮群正在进食。

“孩子们，先去外面玩一会儿，”乔治·哈德利说，“不，不要改变心里的想法，让墙面保持现在的样子。快出去！”

孩子们离开后，两人站在那里研究着聚集在远处的狮子，它们正津津有味地吃着捕获的猎物。

“真想知道它们吃的是什么，”乔治·哈德利说，“有时候我几乎就要看见了。要是我拿高倍望远镜来，你觉得——”

戴维·麦克林淡淡地笑了笑。“可能性不大。”他转过身仔细审视着四周的墙壁，“这种状况持续多久了？”

“一个月出头。”

“确实感觉不妙。”

“我要的是事实，不是感觉。”

“亲爱的乔治，心理医生的世界里从来就不存在事实。他听到的只有感觉，模糊的想法。我跟你说，情况不妙。请相信我的直觉和预感。我对坏事很敏感，这件事就很糟糕。我的建议是，把这该死的房子整个拆掉，然后把孩子们每天送到我那儿，治疗一年。”

“有这么糟吗？”

“恐怕是的。这类儿童房最初的用途之一，是可以通过它来研究儿童留在墙上的心理图像，既方便我们研究，又对儿童有所帮助。不过，以目前的情形看来，这个房间已经变成通往破坏性想法的途径，而不是摆脱它们的手段了。”

“你以前没有发现这一点吗？”

“当时我只是觉得你们比大多数人更娇惯孩子而已。而现在你们令他们很失望。出了什么事？”

“我不许他们去纽约。”

“还有别的吗？”

“一个月前，我从家里拿走了几台机器，并且威胁他们说，如果不做作业，我就关闭儿童房。我确实锁了几天，我说到做到。”

“啊哈！”

“这件事重要吗？”

“太重要了。他们原先拥有的是圣诞老人，现在却变成了吝啬鬼斯克鲁奇[①]。孩子们当然更喜欢圣诞老人。你们让这个房间和这栋房子取代了你们夫妻俩在孩子们心目中的位置。这

① Scrooge，狄更斯《圣诞颂歌》的主人公。

个房间成了他们的父母，在他们的生活中远比亲生父母更重要，而你现在却说要把它关掉。难怪这里充满了敌意。你从那片天空里就能感受出来——瞧那太阳多厉害。乔治，你们的生活必须做出改变。跟许多人一样，你们把生活建立在物质享受的基础上。瞧着吧，要是厨房里哪台机器出了问题，你们明天就得饿肚子。你连鸡蛋都不会打。尽管如此，还是得把这一切关掉，开始新生活。这需要点时间。不过一年之内咱们就能把孩子们由坏变好，等着瞧吧。”

“可是如果突然把房间永久关闭，对孩子们的打击会不会太大了？”

“我只是不希望他们在这里越陷越深。”

狮群享用完了血淋淋的大餐，站在空地的边缘盯着这两个人。

“现在轮到我觉得自己受迫害了，”麦克林说，“咱们离开这儿吧。我从来都不喜欢这些见鬼的房间。它们让我紧张。”

“那些狮子看上去很真实，是吧？”乔治·哈德利说，“我想会不会——”

“什么？”

“——它们会不会变成真的？”

“据我所知不会。”

“如果机器出了什么故障，被人故意破坏了或是什么的？”

“不会。”

他们走到门口。

“我想这房间不会喜欢被人关掉的。”那位父亲说。

“谁都不愿意死——房间也一样。”

“我在想，它会不会因为我要关掉它而恨我？”

“今天你这儿疑神疑鬼的气氛真浓啊，”戴维·麦克林说，“你就继续揪着它不放吧。哎？”他弯腰拾起一条染血的围巾，“这是你的吗？”

“不。”乔治·哈德利的脸僵住了，“是莉迪亚的。”

他们一起走到配电箱前，切断电源，关掉了儿童房。

两个孩子的情绪完全失控了。他们又是叫，又是跳，又是乱摔东西。他们一会儿嚷，一会儿哭，一会儿骂，还在家具上踩来踩去。

“你们不能这么对待儿童房，不能！”

“不许闹了，你们两个。”

孩子们扑到沙发上，哭了起来。

“乔治，”莉迪亚说，“把儿童房打开，就开一会儿。不能关得这么突然。”

“不行。”

“你不能这么狠心。”

“莉迪亚，它已经被关上了，不会再打开了。我现在就把这座该死的房子整个关掉。我越看咱们给自己找的这堆麻烦，就越感到厌恶。咱们在这些机械和电子设备里沉迷得太久了。天哪，咱们多需要呼吸一点新鲜空气啊！”

他在屋里四处走动，将会说话的时钟、炉子、加热器、擦鞋机、系鞋带机、搓澡机、拖地机和按摩机一一关闭，所有能关的都关了。

屋子仿佛变成了一个尸横遍野的机器坟场，一片死寂。曾经只要一揿按钮，机器的隐藏能量就会开始工作，发出嗡嗡声，如今再也听不到了。

“别让他们这么做！”彼得冲着天花板哀号，仿佛在跟房子和儿童房说话，“别让父亲杀掉一切。”他转过头对父亲说：“哦，我恨你！”

“出言不逊可帮不了你。”

“我巴不得你死了的好！”

“我们已经死了很长时间了。现在才真的要开始生活。开始真正的生活，不再被这些机器摆布和侍弄。”

温迪仍在哭泣，彼得也再次跟她一起哭了起来。“再把儿童房打开一会儿，就一会儿，一小会儿。”他们哀号着。

“好了，乔治，”妻子说，“也不碍事的。”

“好吧，好吧，只要他们肯闭嘴就行。记住，只开一分钟，然后就永远关上。”

“好爸爸，好爸爸！”孩子们亲热地喊着，破涕为笑。

“然后咱们就去度假。戴维·麦克林半个小时后回来，帮咱们搬东西去机场。我去换衣服，你去把儿童房打开，莉迪亚，记住，只开一分钟。”

母子三人说着话走开了。乔治从风道乘着风力来到楼上，开始换衣服。过了一会儿，莉迪亚回来了。

“真开心咱们要离开了。”她叹息着说。

“你把孩子们留在儿童房了？”

“我也要换衣服呀。嘀，吓人的非洲。他们到底喜欢它什么呢？”

“好了，五分钟之后咱们就已经在去艾奥瓦的路上了。上帝呀，咱们当初怎么会住进这所房子的？到底是什么念头促使咱们买下这么个噩梦的？”

“傲慢，金钱，愚蠢。”

“我想咱们最好趁孩子们再次沉迷于那些可恶的野兽之前就下楼去。”

正在这时，他们听到孩子们的叫声：“爸爸，妈妈，快来啊——快！”

他们从风道下楼，跑过走廊。到处都看不见孩子们的踪影。“温迪，彼得！”

他们跑进儿童房。草原上空空荡荡，只有狮群等候在那里，望着他们。“彼得，温迪？”

门砰的一声关上了。

“温迪，彼得！”

乔治·哈德利和妻子猛地转身，跑向门边。

“把门打开！”乔治·哈德利一边大喊，一边去拧门把手，“哎呀，他们从外面把门锁上了！彼得！”他用力拍门，“把门打开！”

隔着房门，他听到彼得的声音。

他说：“不能让他们关闭儿童房和这个家。”

乔治·哈德利夫妇拍打着房门。“别闹了，孩子们。咱们该出发了。麦克林先生马上就到……”

这时，他们听到有动静。

在黄草漫漫的草原上，狮群从三面包围了他们，它们踏过干枯的草茎，喉咙中发出低沉的吼声。

狮群就在眼前。

哈德利先生看看妻子，两人一齐转身看着慢慢逼近的猛兽，它们作势欲扑，尾巴紧绷。

哈德利夫妇齐声惊呼。

他们突然间明白，为什么之前听到的尖叫声如此熟悉。

“嗨，我来了，”戴维·麦克林出现在儿童房门口，“哦，你们好。”他看见两个孩子坐在林中空地的中央吃着午餐。他们身后是水塘和黄色的草原，头上是似火的骄阳。他开始冒汗。“你们的爸爸妈妈呢？”

孩子们抬头看看他，微笑着回答：“哦，他们很快就过来。”

“好的，咱们必须得出发了。”麦克林远远地看见狮子在厮打争斗，打斗停息后又开始在树荫下安静地进食。

他手搭凉棚，眯起眼睛看着狮群。

这时狮群已经填饱了肚子，走到水塘边去喝水。

一抹暗影从麦克林发烫的脸颊上闪过。又有许多暗影闪过。明亮的天空中，一群兀鹫从天而降。

“要不要来杯茶？”寂静中，温迪问他。

图案人在睡梦中翻来覆去。他翻了个身，每一次翻身都会有一幅新的图画呈现出来，那些画将他的后背、手臂和手腕点缀得色彩缤纷。他的一只手在夜晚干燥的草地上一伸，手指摊开着，手掌上的一幅图画活了起来。他又转过身，胸前出现一片空旷深邃的黑暗星空，星星之间有什么东西在移动，就在我眼前，往那片黑暗中坠落、坠落……

万花筒

第一次震荡像一把巨大的开罐器，将火箭从侧面剖开。船员们像十几条扭动的银鱼一样被抛入太空。他们仿佛散落在漆黑的大海上，而飞船爆裂成无数碎片，继续飞行，好像一群流星追寻着失落的太阳。

“巴克利，巴克利，你在哪里？”

一声声呼叫，如同寒夜里走失的孩子。

“伍德，伍德！”

“船长！”

“霍利斯，霍利斯，我是斯通。”

“斯通，我是霍利斯。你在哪里？”

“我不知道。我怎么会知道！哪边是上？我在往下掉。天哪，我在往下掉！”

他们在坠落。如同石子坠入井下，如同被一只巨手掷出的一把小卵石般四处散落。现在四下里不见一个人影，只听得到他们的声音——各种各样的声音，急切中带着不同程度的惊恐和无奈。

“咱们离得越来越远了。”

这是事实。翻滚着不断下坠的霍利斯知道这是事实。他对这个结果竟隐约有些欢迎。他们如今已各奔东西，任何力量都无法将他们带回原点了。他们穿着密闭的太空服，苍白的脸上罩着玻璃头盔，但是他们来不及扣紧动力装置。有了动力装置，他们在太空中就如同一艘艘小小的救生船，既能自救，也能救人，直到最后把大伙聚拢在一起，一起想主意。但是没有了固定在肩头的动力装置，他们就成了漫无目的的流星，朝向各自不同又无可挽回的命运前进。

大约过了十分钟，最初的惊恐消退了，取而代之的是一种金属般的冷静。太空中各种奇异的声音此起彼伏，犹如在一台巨大的黑暗的织机上穿梭往复，编织出最终的纹样。

“斯通呼叫霍利斯。咱们还能通话多长时间？”

“这要取决于你我飞离彼此的速度。”

“我估计，一个小时。”

“那就够了。”霍利斯有些心不在焉，有些沉默。

“到底怎么回事？”一分钟后，霍利斯问道。

“火箭爆炸了，如此而已。这种事时有发生。”

“你在去往哪个方向？”

“我好像是要朝月球撞过去了。”

“我是在朝着地球的方向。以一万英里的时速回归地球母亲的怀抱。我会像火柴一样燃烧的。”霍利斯想着这幅情景，却奇怪地有些漠然。他似乎脱离了自己的身体，看着它在太空中不断坠落，就像多年前的某个冬日看着第一场雪花飘落那样无动于衷。

其他人沉默着，思考着将他们带到这条不归路上来的命运，却已无力回天。就连船长也默不作声，因为他不知道还有什么命令或计划能够挽回这样的局面。

“哦，下边的路好长啊。哦，这一路下去好长、好长啊，”一个声音说，“我不想死，我不想死，啊，这下完了。”

“那是谁？”

“我不知道。”

“我想是斯廷森。斯廷森，是你吗？”

“这条路太长太长了，我不喜欢。啊，天哪，我不要这样。”

“斯廷森，我是霍利斯。斯廷森，听得见吗？”

短暂的停顿，与此同时，他们继续向着不同的方向坠落。

“斯廷森？”

“我在。”他终于回话了。

“斯廷森，不要慌，咱们大家的处境都一样。”

“我不想待在这儿，我想待在别的地方。”

“咱们也许会遇到救援的。”

“一定要，他们一定要找到我，”斯廷森说，“我不相信，我不相信发生的这一切。”

“这是场噩梦。”有人插话。

“闭嘴！”霍利斯说。

“你来让我闭嘴啊。”那个声音说。那是阿普尔盖特。他漫不经心地笑着，带着与霍利斯类似的淡漠。“你过来让我闭嘴啊。”

霍利斯第一次感受到对目前处境的无能为力。他满腔怒火，他此刻最想做的就是去教训阿普尔盖特一顿。多年来他一直想教训他一顿，如今却已经太迟了。阿普尔盖特现在只是听筒里传来的一个声音。

坠落，坠落，坠落……

这时，仿佛突然意识到了恐惧，有两个人放声尖叫起来。在这叫声的折磨中，霍利斯看到其中一人从他身边飘过，离他很近，一声接一声地尖叫着。

“别叫了！”那个人近在他手边，疯狂地尖叫着。他不会住口的。他会继续尖叫一百万英里。只要他还在无线电信号接收范围内，他的叫声就会干扰所有人，使他们无法交谈。

霍利斯伸出手去。这样做对大家都好。他费力地探出去摸到那个人，一把抓住他的脚踝，顺着他的身体往上捋，直到够着他的头。那个人拼命地又抓又喊，就像是个溺水的人。他的叫声响彻宇宙。

反正是迟早的事，霍利斯想。无论月球、地球还是流星，最终都会要了他的命，为什么不现在就结果他呢?

他一记铁拳砸碎了那人的玻璃头盔。尖叫声停止了。他推离尸体，任由它沿着自己的轨道急速下坠。

霍利斯和其他人在太空中继续下坠，他们进入了漫无尽头的坠落和寂静的漩涡中。

“霍利斯，你还在吗？”

霍利斯没有答话，但感到一股怒火烧到了脸上。

“又是我——阿普尔盖特。”

“好的，阿普尔盖特。”

“咱们聊聊，反正也没别的事可做。”

船长插了进来。“聊得够多了。咱们得想个法子脱离目前的困境。”

“船长，你干吗不闭嘴？”阿普尔盖特说。

“你说什么！”

“你听见我说的了，船长。别想用你的职位压我，你现在远在一万英里之外，咱们别自欺欺人了。斯廷森说得对，这一路下去长着呐。”

“听着，阿普尔盖特！”

“省省吧。我现在不听你指挥了。我没有任何可以失去的。你的飞船很烂，你这个船长很糟糕，我希望你在月球上撞个粉身碎骨。”

“我命令你住口！”

“继续啊，再对我发号施令啊。”阿普尔盖特在一万英里外微笑着说。船长沉默了。阿普尔盖特接着说道："咱们聊到哪儿了，霍利斯？哦，对了，我想起来了。我也讨厌你。不过你知道这一点，你早就知道了。"

霍利斯攥紧双拳，也是徒然。

"我想告诉你件事，"阿普尔盖特说，"让你高兴高兴。五年前投票反对你加入火箭公司的人就是我。"

一颗流星划过。霍利斯低头一看，发现自己的左手不见了。鲜血喷涌而出。太空服里的空气瞬间流失殆尽。好在他肺里的氧气还足以支撑他伸出右手，将太空服左手肘部的旋钮旋紧，压紧接口处，封住漏洞。事情发生得如此突然，他甚至没有来得及吃惊。再没有什么会令他吃惊了。漏洞封好后，太空服里的气压立刻恢复了正常。他将旋钮旋得更紧一些，直到它像止血带一样，将一度快速失血的伤处压紧。

在事情发生的整个过程中，霍利斯这边都静得可怕。其他人则继续聊着天。其中一人，莱斯佩尔，不停地讲着他在火星上的妻子，金星上的妻子，木星上的妻子，他的金钱，他度过的精彩时光，他的酣醉，他的豪赌，他的幸福。当所有人都在下坠的时候，他无休无止地说着这些。在坠向死亡的路上，莱斯佩尔幸福地回顾着往昔。

这真是幅奇特的景象。在成千上万英里的偌大的宇宙空间中，回荡着这些人的声音，却完全看不到人，只有无线电波振动着，挑动着其他人的情绪。

“你生气吗，霍利斯？”

“不。”他不生气。他又开始变得心不在焉，像一块无知无觉的混凝土块，向着不知何处永恒地坠落。

“你一辈子都想出人头地，霍利斯。你一直想知道发生了什么。我在自己被踢出局之前说了你的坏话。”

“那不重要了。”霍利斯说。的确不重要了，一切已成过往。当生命结束时，就像一段明亮的胶片在银幕上一闪而过，生命中所有的爱与憎都浓缩其间，在一瞬间被照亮。你还来不及喊出“这一天很快活，那一天很糟糕，我讨厌这个人，我喜欢那个人”，胶片已烧成灰烬，银幕暗了下来。

从生命的边缘回望，他只为一件事憾恨不已，那就是他还想活下去。是否所有垂死的人都有这种感觉，好像自己从未真正生活过？是否人生真的如此短暂，在你得以稍作喘息之前就完结了？死亡是否令所有人都感到仓猝和难以置信，还是只有身处此时此地，尚有几个小时可以思考的他才会这么想？

那个叫莱斯佩尔的人仍在喋喋不休：“嗯，我过得好快活呀，我在火星、金星和木星上各有一位妻子。她们每个人都很有钱，待我也好极了。我常常喝得飘飘欲仙，还有一次我赌输了两万美元。”

但是你现在人在这里，霍利斯想。你说的那些东西我都不曾拥有。活着的时候我嫉妒你，莱斯佩尔；当我的前方还有明天的时候，我嫉妒你的那些女人和你的好日子。女人令我害怕，我远走太空，却一直渴慕着她们，也一直嫉妒你有女人，有钱，嫉妒你在放浪的生活中所享受到的全部幸福。可是现在，在这向下坠落的时刻，在这一切都结束了的时刻，我不再嫉妒你了，因为你的生命和我的一样到头了，从前的一切仿佛从来没有存在过。霍利斯向前探着头，对着话筒喊道："全都结束了，莱斯佩尔！"

一阵静默。

"如同从未存在过，莱斯佩尔！"

"你是谁？"莱斯佩尔的声音颤抖了。

"我是霍利斯。"

他这样做很刻毒。他感觉到了这种刻毒，临死前毫无意义的刻毒。阿普尔盖特伤害了他，他现在想伤害其他人。阿普尔盖特和这茫茫太空都伤害了他。

"你现在在这里，莱斯佩尔。全都结束了。过去的一切就像从来没有发生过，不是吗？"

"不是。"

"当一件事结束了，就跟它从未发生过一样。此时此刻，你的人生还有哪一点比我的强？'现在'才是唯一有意义的。你的人生比我的好吗？嗯？"

"比你的好！"

"好在哪儿？"

“因为我有回忆，我都记得！”远方的莱斯佩尔愤怒地喊道，双手将他的记忆牢牢地护在胸前。

他是对的。仿佛一盆冷水兜头浇下，霍利斯知道他是对的。回忆和梦境是有区别的。他只能在梦中见到自己想要的东西，而莱斯佩尔拥有对做过的事和得到过的东西的回忆。这一认识以令人颤抖的精确缓慢地撕扯着霍利斯的心。

“那对你有什么好处？”他冲莱斯佩尔喊道，“事情结束了，它的好也随之而去。你现在的处境并不比我好。”

“我可以平静地安息，”莱斯佩尔说，“我享受过我的那份好日子。我没有在最后变得刻毒，像你这样。”

“刻毒？”霍利斯反复咀嚼着这个词。就他记忆所及，他这一生中从未对人刻毒过。他从来不敢对人刻毒。他一定是把这许多年来的怨毒全部积攒了下来，留待这一刻的爆发。“刻毒。”他在心底大声重复着这个词。他感到泪水涌入眼眶，又从脸颊滚落。一定是有人听到了他的哽咽声。

“想开点儿，霍利斯。”

真是可笑啊。短短一分钟前，他还在劝解别人，开导斯廷森；他当时感到一种勇敢，他还以为那是真正的勇敢，而现在看来，那不过是震惊和震惊之余一时的客观罢了。而他此刻在将一生压抑的情感集中在这短短几分钟内发泄出来。

“我明白你的感受，霍利斯，”已远在两万英里之外的莱斯佩尔说，他的声音渐行渐远，“我不会往心里去的。”

但我们难道不是平等的？他问自己。莱斯佩尔和我，此时此地？如果一件事结束了，那就是结束了，它对人还有什么好处呢？反正都一样要死。可他也知道自己是在强词夺理。因为，这就像试图指出一个活生生的人和一具死尸的区别。二者一个有生气，一个没有——那是某种灵光，某种神秘的成分。

莱斯佩尔和他就是如此。莱斯佩尔度过了幸福美满的一生，使他如今成为了一个不同的人，而他霍利斯，多年来却过着行尸走肉般的生活。他们经由不同的道路走到死亡面前，如果死亡有不同的类别，他们的类别十之八九将判若昼夜。死亡的质量，如同生命的质量，一定有着无穷的种类，如果一个人已经死过一次，就像他这样，那么长眠不起于他又有什么分别呢？

过了一会儿，他才发觉自己的右脚被整个削掉了。他差点儿笑出声来。太空服里的空气再度流失。他迅速弯下腰，只见鲜血淋漓，流星把踝部以下连衣服带肉都割走了。啊，死神在外太空是最有幽默感的。它像一个看不见的黑色屠夫，将你一块一块砍斫净尽。他将太空服膝部的阀门拧紧，因为疼痛而晕眩，又挣扎着保持清醒。阀门拧紧后，血止住了，空气也不再外泄。他直起身来，继续坠落，坠落，因为那是他现在唯一能做的事了。

“霍利斯？”

霍利斯困倦地点了点头，等待死亡已令他疲倦不堪。

“又是我，阿普尔盖特。”那个声音说。

“噢。”

“我刚才花时间想了想。我听了你说的话。这不是好事。它让我们变坏。这是种很糟糕的死法。它把人心的恶意全部激发了出来。你在听吗，霍利斯？”

“在听。”

“我说谎了，就在刚才。我骗了你。我没有投你的反对票。我不知道我为什么要那么说，我想也许是为了伤害你吧。你似乎是最佳人选，因为咱俩一直斗来斗去的。也许是我老得太快，后悔得也快；也许是听你说了刻薄话让我也感到羞愧。无论是什么原因，我想让你知道，我也是个白痴。我先前说的没有一星半点是实话。你见鬼去吧。”

霍利斯感觉自己的心脏又开始跳动了。它似乎曾经停跳了五分钟，而现在他的四肢都恢复了血色，暖和了过来。震惊结束了，愤怒、恐惧和孤独所引发的一连串打击也在逐渐消退。他现在的心情就好像早晨冲过一个冷水澡后，准备吃早餐，迎接新的一天。

“谢谢你，阿普尔盖特。”

“不客气。活该气死你，臭小子。”

“喂。”斯通开口了。

“哎？”霍利斯远隔万里回应着他。在所有人里，斯通算是他的好朋友。

"我掉进了一个流星群，周围都是些小行星。"

"流星群？"

"我想这是密耳弥多涅流星群——它向外飞过火星，然后每五年接近地球一次。我现在正在它的中间。它就像个大万花筒，各种颜色、形状、大小，应有尽有。天呀，这些金属真美啊。"

众人沉默了。

"我跟它们一起去了，"斯通说，"它们带着我一起走了。我这下完蛋了。"他笑着说。

霍利斯抬眼张望，却什么也没看到。太空中只有巨大的钻石和蓝宝石一样的星辰、绿宝石色的云霭和墨一般浓重的黑暗，上帝的声音与晶莹的火光交织在一起。想到斯通将要随着流星群，向外飞越火星数年，每五年回归地球一次，想到他将在接下来的百万个世纪中反复出现和消失在地球人的视野中，这实在令人惊叹，使人浮想联翩。斯通和密耳弥多涅流星群将会永恒不息地移动着变幻着，就像小时候举着长长的万花筒对着太阳转动时，所看到的千变万化的花色一样。

"再见，霍利斯。"斯通的声音已经十分模糊了，"再见。"

"祝你好运。"霍利斯在三万英里之外大声向他道别。

"别逗了。"斯通的声音随即消失了。

星星离他们越来越近了。

此刻，所有人的声音都在逐渐消失，每个人都在各自的轨道上前行，有的朝向火星，有的朝向宇宙的尽头，而霍利斯自己……他向下望去。所有人中只有他一人将要回到地球。

“再见。”

“保重。”

“再见，霍利斯。”说话的是阿普尔盖特。

一声声再见，道不尽离别。如今，这颗松散的大脑正在解体。在穿越太空的宇宙飞船这个头颅中曾经工作得如此高效出色的大脑，它的每一个组成部分都在一一死去，他们共同生活的意义也随之消散。大脑停止运转，身体就会死亡，同理，这艘飞船的精神、他们共度的时光以及他们对彼此的意义都在消亡。阿普尔盖特现在只不过是被炸离身体的一根手指，不再是令人鄙视和反对的对象。大脑被炸碎了，它那毫无意义、毫无用处的碎片远远地散落四方。他们的声音消失了，整个太空阒然无声。霍利斯独自一人，向下坠落。

他们全都形单影只。他们的声音像上帝话语的回声一样消失在星光闪烁的深空。船长坠向月球，斯通被流星群裹挟而去，阿普尔盖特飞往冥王星，斯廷森、史密斯、特纳、安德伍德和其他人也分别前往各自的归宿，曾经长久地组成过一幅有意义的图案的万花筒碎片就这样被粗暴地打散了。

我呢？霍利斯想。我能做什么呢？现在我还能做点什么来弥补我那空虚贫乏的一生吗？要是我能做一件好事，补救多年来逐渐累积却并不自知的刻毒就好了！可是现在这里只有我一个人，独自一人又能为谁做好事呢？做不到。明晚我就将进入地球大气层了。

我将会燃烧，他想着，灰烬将散落于大地之上。我会派上用场的，尽管很少，但灰烬毕竟是灰烬，它们终将归于土壤。

他疾速下坠，像一颗子弹，一枚卵石，一只秤砣。他的心情始终平静，既不悲伤也不欢乐，只是一心想着在这一切都终结的时候做一件好事，一件只有他自己知道的好事。

当我坠入大气层，我会像流星一样燃烧。

“我想知道，”他自言自语道，“会不会有人看见我？”

乡村公路上，一个小男孩仰头看着天空，突然大声叫道：“看呀，妈妈，快看！一颗流星！”

一颗光辉灿烂的白色星星从伊利诺伊州上空黑暗的天际坠落。

“许个愿，”男孩的妈妈说，“快许个愿。”

图案人在月光下翻了个身。他又翻了个身……又一次……再一次……

乾坤逆转

听到消息后，人们纷纷从餐厅、咖啡馆和旅店里走出来，抬头望着天空。他们举起黑色的手，为白色的眼睛遮挡阳光。他们的嘴巴张得大大的。在这炎热的中午时分，数千英里范围内的各个小镇上，黑人们脚下踩着自己的影子，抬头仰望天空。

厨房里，哈蒂·约翰逊将煮开的汤锅盖好，用厨布擦了擦瘦削的手指，小心地走到屋后的门廊上。

“快来呀，妈！动作快一点儿，不然就错过了！”

“嗨，妈妈！”

三个黑人小男孩在尘土飞扬的院子里蹦来蹦去，不停地叫唤着。他们时不时焦急地向房门口张望。

“就来了，”哈蒂一边答应着，一边打开纱门，“你们从哪儿听来这个消息的？”

“从琼斯家，妈妈。他们说有一艘火箭要来，二十年来头一次，载着白人来这儿！”

“白人是什么？我从来没见过。”

“你会知道的，”哈蒂说，“没错，你会知道的。”

“给我们讲讲吧，妈，就像从前一样。”

哈蒂蹙了蹙眉头。“嗯，那是很久以前的事了。要知道，我那时还是个小姑娘呢，那是在一九六五年。”

“告诉我们白人长什么样儿，妈妈！”

哈蒂走到院子里，抬眼看着火星蔚蓝晴朗的天空和天空中飘浮着的薄薄的白云，以及高温炙烤下的远处的群山。她终于开口说：“嗯，首先，他们长着白色的手。”

“白色的手！”孩子们笑嘻嘻地互相打闹着。

“他们的胳膊也是白的。”

“胳膊也是白的！”孩子们哄笑起来。

“脸也是白的。”

“脸也是白的！真的吗？”

“像这么白吗，妈妈？”最小的孩子往脸上扬了一把尘土，打着喷嚏说，“像这样？”

“比这还要白。”她神情凝重地说，再次抬头望向天空。她的眼神中透着一丝忧虑，仿佛要在天空中寻找雷阵雨的踪迹，并为没有找到而焦灼。“我想你们最好进屋去。”

“哦，妈妈！”他们不肯相信似的瞪大眼睛看着她。“我们要看，一定要看。不会出什么事的，对吗？”

“我不知道，我只是有种预感。”

“我们想看那艘飞船，还想去机场看那个白人。他长什么样子，妈妈？”

“我不知道，真的不知道。”她若有所思地摇摇头。

“再给我们多讲点儿！”

“嗯。那些白人住在地球上，我们都是二十年前从地球上来的。我们离开地球来到火星，留在这里，建造起城镇，在这儿安了家。咱们现在不再是地球人，而是火星居民了。这么多年来从来没有白人来过这里。事情就是这样。”

“他们为什么不来呢，妈妈？”

“那是因为，就在我们离去后不久，地球上爆发了核战争，交战各国互相狂轰滥炸，损失惨重，他们就把我们遗忘了。许多年后，当战争结束时，地球上已经没有火箭了。直到最近他们才造了新的火箭，于是，时隔二十年，他们终于到这儿来了。”她木然地盯着孩子们看了一会儿，开始朝院外走去。“你们在家等着。我去伊丽莎白 · 布朗家一趟。答应我，你们会乖乖待在家里。”

“我们不想在家，可是不会出门的。”

“好的。”说罢，她沿着马路走了。

来到布朗家门口，她刚好看到他们全家人正挤坐进车里。“嗨，哈蒂！跟我们一起走吧！”

“你们要去哪儿？”她气喘吁吁地跑到他们跟前。

“去看那个白人！”

“是的。”布朗先生一本正经地说。他挥手指了指车上的一家子。“孩子们从来没见过白人，就连我都快把他们忘了。”

“你们打算怎么处置那个白人呢？”哈蒂问。

“怎么处置？”大家异口同声地说，“不——我们只想看看他而已。”

“你是说真的？”

“不然还能怎么样？”

“我不知道，”哈蒂说，“我只是觉得可能会出乱子。”

“会出什么乱子？”

“你知道，”哈蒂嗫嚅着，有点不好意思，“你们不会私刑处死他吧？”

“私刑处死他？”大家都笑了。布朗先生手拍着膝盖说：“嗨，瞧你说的，孩子，当然不会！我们会跟他握手的。对吧，各位？”

“当然，当然！”

一辆车从另一个方向上开了过来，哈蒂叫了一声：“威利！”

“你在这儿干吗呢？孩子们在哪儿？”她的丈夫气呼呼地嚷着。他瞪了其他人一眼：“你们像一帮傻瓜似的是要去看那个白人着陆吗？”

“还真让你说对了。”布朗先生点头微笑表示同意。

“那就带上你们的枪吧，”威利说，“我正要回家取枪呢！”

“威利！”

“上车，哈蒂。”他态度坚决地打开车门，看着哈蒂，直到她顺从地上了车。他不再跟其他人说一句话，驾车呼啸着驶过尘土飞扬的马路。

“威利，别开这么快！”

“别开这么快，哈？那就等着瞧吧。”他看着马路在车轮下飞快地向后倒退，“过了这么多年，他们有什么权利到这儿来？他们为什么就不能让我们清静清静？他们为什么不把自己都炸死在那个旧世界，别来打扰我们？”

“威利，这可不是基督徒该说的话。”

“我现在没有心情当基督徒，”他紧紧握住方向盘，粗暴地说，“我只有一肚子怨气。他们在那些年里对咱们的人所做的那些事——对我的爸爸妈妈，还有你的爸爸妈妈——你还记得吗？你还记得他们是怎么把我父亲绞死在诺克伍德山上，又枪杀了我母亲吗？你还记得吗？还是你也跟其他人一样健忘？”

“我记得。”她说。

“你还记得菲利普斯医生、伯顿先生和他们的大房子吧，记得我妈妈的洗衣棚，记得我爸爸上了年纪还在干活，而他所得到的感谢却是被菲利普斯医生和伯顿先生绞死吧。”威利说，“现在的情况可颠倒过来了。咱们就等着看法律会制定得对谁不利，谁会被私刑处死，谁去坐电车后排的末等座，谁在看戏时得去坐隔离座吧。咱们等着瞧吧。”

“哦，威利，你这么说会惹出麻烦的。”

“每个人都在谈论这件事。每个人都设想过这一天，以为它永远不会到来。人们想着，‘白人来火星，那得是太阳打西边出来了吧？’可是这一天还是来了，咱们不能逃避。”

“你会让白人住在这里吗？”

“当然，”他微笑着说，可是他的笑容十分狰狞，眼睛里也喷射着怒火，“他们可以来这儿居住和工作，当然可以。他们所要做的就是住在镇子一角自己小小的贫民窟里，给我们擦鞋，收拾垃圾，看戏时坐在楼座最后一排。我们要求的就是这些。然后每星期再绞死他们一两个。很简单。”

“你这些话太残忍了，我不喜欢。”

“你得学着适应。”他说。他在家门口把车刹住，跳下车去。“我去找枪和绳子。得把这件事办好。”

“哎，威利。”她哀求他，坐在车上没动。他跑上台阶，将前门砰地关上。

她跟着他进了屋。她本不想跟过去，可是他在阁楼上啪嗒啪嗒地走来走去，像个疯汉似的咒骂着，直到找出了四把枪为止。她看见金属枪管在黑暗的阁楼里闪着寒光，却看不到他——他的肤色太黑了，她只听到他的咒骂声。终于，在如雨点般落下的灰尘中，他迈着两条长腿爬下阁楼，将几匣黄铜子弹堆在桌上，打开枪膛，吹干净，把子弹一颗颗压进去。他的脸板得紧紧的，笼罩着仇恨的阴云。“别来打扰我们，”他不住地嘟囔，双手不自觉地挥舞着，“为什么他们就不能别来打扰我们？”

“威利，威利。”

“还有你，你也是。”他对她怒目而视，眼神中的仇恨令她心头一震。

窗外，孩子们正叽叽喳喳地说着话。

“像牛奶一样白，妈妈说的，像牛奶一样白。”

“像这朵开败的花一样白，瞧见了吗？”

“像石头一样白，像写字的粉笔一样白。”

威利大步冲出屋外。“你们几个都给我回屋去，我要把你们锁在家里。不许看白人，也不许谈论他，什么都不许做。快进屋去。”

“可是，爸爸——”

他把孩子们推进屋，走过去取来一桶油漆和一块模板，又从车库里找出一卷又长又毛糙的粗绳，在上面打了个绞刑结。手上忙着这些活计的时候，他的眼睛一直密切地注视着天空。

他们再次坐进汽车，车子一路上扬起滚滚尘土。“开慢点儿，威利。”

“这不是开慢点儿的时候，”他说，“这是要开快点儿的时候，我要开快点儿。”

沿途到处都有人在仰望天空，有的正在上车，有的已经坐在车上。不时能看到车里探出长长的枪管，好像伸出的一架架望远镜，瞄准着走到尽头的那个世界的全部罪恶。

她看着那些枪。“你去动员大家了。”她责怪丈夫。

“那正是我做的。”他点点头，没好气地咕哝着。他恶狠狠地盯着马路。“我去了每户人家，告诉他们该做什么，让他们拿上枪，带上油漆和绳子，做好准备。现在一切就绪，我们这个欢迎委员会将为那些白人颁发城市钥匙。没错！”

她黑瘦的双手紧紧地绞在一起，仿佛要驱走心头不断增长的恐惧。她感到乘坐的汽车在车流中快速地左穿右插。当他们从其他车旁边疾驰而过时，她听到别人朝他们喊着“嘿，威利，瞧啊！”，看到人们手里举起枪和绳索，冲他们微笑。

“咱们到了。”威利说着把车刹住，车轮卷起一片尘土，停下不动了。他一脚踹开车门，拎着枪下了车，提着它们走过机场的草坪。

“你想清楚了吗，威利？”

“我都想了二十年了。我十六岁那年离开地球，我很高兴离开那儿，”他说，“你我和任何一个像咱们这样的人在那个世界里什么也得不到。我从不后悔离开那儿。咱们在这儿得到了安宁，第一次可以好好地喘口气。现在跟我来。”

他从迎上前来跟他打招呼的黑压压的人群中挤了过去。

“威利，威利，我们现在要做什么？”他们问。

“给你支枪，”他说，“给你一支，还有你。”他动作粗鲁地把枪递给人们，“给你把手枪。给你把猎枪。”

人们紧紧地挤在一起，看起来就像是从一个黑色的身体上伸出一千只手臂去接武器。“威利，威利。”

他的妻子在他身边笔直地站着，一言不发，纹路很深的嘴唇紧紧地抿着，大大的眼睛湿润了，露出悲伤的神情。“拎上油漆。”他吩咐她。于是她吃力地提着一桶一加仑的黄色油漆走过草坪，放到一辆刚刚停下来的有轨电车旁边。电车的车头上有一行新漆好的标志：前往白人着陆点。乘客们一边交谈一边下了车，磕磕绊绊地穿过草坪，眼睛一直在向天空中张望。妇女们提着野餐篮，男人们头戴草帽，只穿了衬衫。乘客走光了，只剩下电车空荡荡地停在那里，发动机嗡嗡地响着。威利登上电车，放下油漆桶，打开盖子搅了搅，又拿出刷子试了试，然后取出一块模板，爬到了车座上。

“喂，我说你哪！”电车售票员走到他身后，身上的零钱包叮当作响，“你在那儿干什么呢？快下来！”

“你马上就会知道了。别发火。”

威利开始往模板上刷黄色油漆。他非常自豪地描出一个“F”，一个“O”和一个“R”。等他写完了，售票员眯起眼睛，读着新漆好的闪亮的黄字——“专供白人使用：后排座位”。他又念了一遍。“专供白人使用，”他眨了眨眼睛，“后排座位。”售票员看着威利，露出了笑容。

“你觉得怎么样？”威利一边问一边从座椅上跳了下来。

售票员答道：“我觉得很不错，先生。”

哈蒂站在外面看着车上的标识，双手在胸前攥得紧紧的。

威利回到人群中。不断有人从戛然停在路边的汽车和从附近镇上呼啸着疾驰而来的电车上下来，人越聚越多。

威利站在一个包装箱上。“咱们派几个人在一小时内把每辆电车都漆上标识。有没有自愿的？”

许多人举手。

“去吧！”

几个人离开了。

“再派几个人去处理剧院的座位，把最后两排用绳子隔开，留给白人。”

更多只手举了起来。

“去吧！”

那些人也跑开了。

威利环顾四周，虽然浑身大汗、累得直喘粗气，却为自己的号召力而深感自豪。他把手搭在妻子肩头，而她却目光低垂，看着地面。“接下来，”他宣布，“哦，对了，咱们今天下午得制定一条法律，禁止异族通婚！”

“没错。”许多人应和着。

“所有擦鞋童从今天起就不用再干了。”

“现在就不干了！”一些人兴奋地扔掉了手里的擦鞋布。

“还得通过一条最低工资法案，是不是？”

“当然了！”

“每小时至少付给那些白人一毛钱。”

“太对了！”

镇长匆匆赶了过来。“听我说，威利·约翰逊。赶快从箱子上下来！”

“镇长，我是不会听从这种命令的。”

“你这是在聚众闹事，威利·约翰逊。”

“我正是这么打算的。”

“你从小一直痛恨的就是这种事。你现在的做法和你痛恨的那些白人有什么区别！”

“今时不同往日，镇长，世界颠倒过来了。”威利说话时看也不看镇长一眼，而是看着面前的人群。他们中有的人脸上挂着笑容，有的人脸上带着疑虑，有的人一脸茫然，还有些人迟疑了一下，害怕地迅速走开了。

“你会后悔的。”镇长说。

“我们会办一场选举，选出新的镇长。”威利说。他扫视了一下小镇，只见街道上各处都在挂出新漆好的标语——“限定服务对象；本店保留随时拒绝提供服务之权利”。他高兴地拍着手咧嘴一笑。干得好！人们拦停电车，将后排座位漆成白色，标志着未来乘客的身份。男人们嬉笑着冲进剧院，将后排座位用绳子隔开。他们的妻子站在路边满脸疑惑地看着眼前的景象，孩子们则被赶回家中，远离这混乱的场面。

“大家准备好了吗？”威利·约翰逊大声说，手里拿着打好结的绞索。

“准备好了！”人群中有一半人高声响应。另一半人则小声嘀咕着，不安地想要从这场他们不愿参与的大混乱中脱身。

“它来了！”一个小男孩大声喊道。

众人齐刷刷地仰起头，就像一根线上连着的牵线木偶。

一艘火箭喷射着橙红色的火焰从高高的天空中飞来。人们屏气凝神地看着它盘旋下降。火箭着陆时，草地上有几块草皮被燎着了。火熄灭后，火箭又静静地停了一会儿，人们也静静地看着。随后，火箭侧面巨大的舱门喷出一股氧气，门向后滑开，一位老人走了出来。

“白人，一个白人……”这句话在围观的人群中向后传开，孩子们头碰着头，相互耳语着；这句话像水面的涟漪层层荡漾开，一直到人群的最后面。电车静静地停在阳光下微风里，油漆味从敞开的车窗里飘出来。耳语声越来越低微，最后慢慢地消散了。

谁也没有动。

那个白人身材高大挺拔，脸上却带着深深的倦意。他没有刮胡子。他的眼睛极其苍老，毫无神采，多年来他所见到的一切已经使他的眼睛蒙上一层白翳，几乎什么都看不见了。他像冬天的枯枝一样瘦削。他看着外面的人群，双手颤抖着，不得不倚在船舱口。

他伸出一只手，微微一笑。人们一动不动。他又把手缩了回去。

他低头看着他们的脸，也许他看到了那些枪和绳索却并没有意识到它们的存在，也许他闻到了油漆味。没人问他。他开始讲话，讲得很慢很平静，不想被人打断，也没有人去打断他。他的声音疲倦、苍老而虚弱。

“我是谁并不重要，”他说，“反正对你们而言，那只是个名字罢了。我也不知道你们的名字。这些话咱们稍后再说。”他停顿片刻，闭了一会儿眼睛，又继续说下去：

“二十年前你们离开了地球。那是很久很久以前了。这二十年更像是二十个世纪，其间发生了那么多的事。你们走后，战争爆发了。”他缓缓地点着头，“是的，一场大战，第三次世界大战。战争持续了很久，直到去年才结束。我们轰炸了世界上每一座城市。纽约、伦敦、莫斯科、巴黎、上海、孟买和亚历山大都被夷为平地。大城市炸光后，我们又转向小城市，用原子弹把它们也全都烧成了灰烬。”

他开始列举城市和街道的名字。他报出那些地名，在听众中引起了一阵阵轻微的骚动。

“我们摧毁了纳奇兹……”

有人小声嘀咕。

“还有佐治亚的哥伦布……”

又有人嘀咕了一声。

“我们把新奥尔良烧毁了……”

一声叹息。

“还有亚特兰大……”

又一声叹息。

“亚拉巴马的格林沃特也被完全摧毁了。”

威利·约翰逊猛一转头，惊讶地张大了嘴巴。哈蒂看到了他的反应。他的黑眼睛里闪过一道亮光，他认出了这个名字。

“什么都没有留下，”老人站在舱门旁边缓缓地说，“棉花地，烧光了。”

唉，众人叹道。

“棉纺厂被炸成了平地——”

“呀！”

“工厂受到了放射性污染，所有的东西都受到了放射性污染。所有的公路、农场和粮食都被污染了。所有的一切。”他报出更多城市和村庄的名字。

“坦帕。”

“那是我的家乡。”有人小声说。

“富尔顿。”

“我的家乡。”另一个人说。

“孟菲斯。”

“孟菲斯，他们把孟菲斯也炸毁了？”有人惊讶地问。

“孟菲斯，被炸飞了。”

“孟菲斯第四大街呢？”

“整个城市都不存在了。”老人回答。

人们的记忆被唤醒了。时隔二十年，对往事的回忆如潮水般涌上心头。那些城镇，那些地区，那些树和砖房，街上的招牌，教堂和熟悉的商店，所有的一切都浮现在人们的眼前。每个地名都触动一段回忆，在场的人没有一个不想到曾经的岁月。除了孩子们，每个人都有着对于过去的记忆。

“拉雷多。”

“我记得拉雷多。”

“纽约。”

“我在哈莱姆区开过一家商店。”

“哈莱姆，炸成焦土了。”

令人揪心的回答。那些熟悉的，记忆中的地方。人们努力地想象着它们沦为一片焦土的画面。

威利·约翰逊喃喃自语：“格林沃特，亚拉巴马。我就出生在那儿。我记得。”

不在了，全都不在了。老人是这么说的。

老人继续说：“我们像傻瓜一样摧毁了一切，将它们全部变为废墟，我们现在仍然是傻瓜。我们杀死了千百万人。目前地球上的全部人口总计不超过五十万。我们从废墟中找到的材料只够建造这一艘火箭，就在这个月乘着它前来火星寻求你们的帮助。”

他迟疑地看着人们的脸，想看到他们的反应，但他们的表情让他捉摸不透。

哈蒂·约翰逊感到丈夫的手臂绷紧了，看到他的手指紧握着绳索。

“我们愚蠢至极，”老人平静地说，“我们毁灭了地球上的文明，给自己带来了灭顶之灾。所有的城市都已不值得拯救——它们残留的辐射污染将持续一个世纪。地球彻底完了。它的时代过去了。你们这里有火箭，二十年来你们从未尝试乘坐它们返回地球。我这次来就是想请你们使用这些火箭，回到地球，把那里的幸存者带回火星，帮助我们渡过这次劫难。我们太愚蠢了。上帝为证，我们承认自己的愚蠢和邪恶。我代表所有中国人、印度人、俄罗斯人、英国人和美国人，请求你们收留我们。你们火星上的土地沉睡了无数个世纪，能够容得下每一个人。这里土地肥沃——我在空中看到了你们的田地。我们可以来替你们耕作，真的，下地干活我们也愿意。你们怎样对待我们都是我们活该应得的，但是请不要将我们拒于千里之外。我们不能强迫你们立刻行动。如果你们希望我离开，我现在就坐飞船返回地球。事情就这么算了。我们不会再来打扰。但是，我们愿意来这里为你们工作，做你们从前为我们做过的那些工作——打扫房间，煮菜做饭，为你们擦鞋，为了我们过去几个世纪对自己、对别人、对你们的所作所为而在上帝面前谦卑做人。”

他的话说完了。

全场鸦雀无声，万籁俱寂。空气仿佛凝固了。寂静笼罩着人群，仿佛远处的风暴即将来袭，压得人们喘不过气来。阳光下，人们长长的手臂像黑色的钟摆一样下垂着。他们的眼睛看着老人，他没有动，他在等待。

威利·约翰逊手里拿着绳子。围在他身边的人等着看他采取什么行动。他的妻子哈蒂紧紧地握着他的手臂，等待着。

她想要触碰到他们的仇恨，一点一点地撬动它，坚持不懈，直到找到一条细小的裂缝，从那里抽出一颗石子、一块石头或者一块砖，拆掉墙的一部分，这个过程一旦开始，整幢大厦也许将会轰然倒塌，不复存在。它现在已经开始晃动了，但是最关键的那块石头在哪里，如何找到它呢？怎样才能打动大家，打开他们的心结，将他们的仇恨彻底化解呢？

在一片沉寂中，她瞅了威利一眼。眼下，她所了解的只有他，他的人生和他的遭遇。她忽然领悟到，他就是那个关键，如果能让他的态度松动下来，那么所有人的恨意也许都会随之消解了。

“先生——”她向前迈出几步。她甚至不知道该如何开口。众人盯着她的后背，她能感觉到他们的目光。“先生——”

老人转头看着她，露出疲倦的笑容。

“先生，”她说，“你知道亚拉巴马州格林沃特的诺克伍德山吗？”

老人回头跟飞船里的人说了些什么。很快，一张实景地图被递了出来，老人拿着地图，等着她说下去。

“你知道山顶上的那棵大橡树吗，先生？”

那棵大橡树。威利的父亲就是在那棵树下中枪后被吊在树上的，人们在晨风中发现了他随风摇摆的尸身。

“是的。”

“那棵树还在吗？”哈蒂问。

“不在了，”老人说，“炸掉了。整座山都炸平了，大橡树也不在了。这儿，看到了吗？”他指着地图。

“让我看看。”威利说，他大步冲上前，看着地图。

哈蒂看了老人一眼，她的心在狂跳。

“给我讲讲格林沃特的情况吧。”她急切地说。

“你想问哪方面的事？”

“关于菲利普斯医生。他还活着吗？”

飞船上的人在一台机器上咔哒咔哒地敲了一会儿，找到了他的信息。

“在战争中被杀了。”

“他儿子呢？”

“也死了。”

“他们家的房子呢？”

“烧了。跟其他所有的房子一样。”

“诺克伍德山上的另一棵大树呢？”

“所有树都没了——烧光了。”

“那棵树没了，你确定？”威利问。

“是的。”

威利的身体松弛了一些。

“伯顿先生和他的家怎么样了？”

"一座房子都不剩了，人也都死光了。"

"你知道约翰逊太太的洗衣棚吗，我妈妈的家？"

她就是在那里被枪杀的。

"那个地方也不在了。所有的东西都不在了。这里有照片，你可以自己看。"

火箭里装满了照片和问题的答案，关于任一城镇、任一建筑、任何地方，都有照片供人们拿在手上细细察看，抚今追昔。

威利手里拿着绳子站在原地。

他回忆着地球，那颗绿色的星球和他出生长大的那座绿色的小镇。他又想到它被炸成碎片，沦为废墟的模样。所有的地标，所有想象的和真实的罪恶都随着它一起灰飞烟灭了，所有冷酷无情的人都已不在人世。那些马厩、铁匠铺、古玩店、冷饮店、轧棉厂、河上的桥梁、充当私刑绞架的大树、散落着大号铅弹弹壳的山丘、公路、牛群、含羞草，全都不见了踪影。他的家连同河畔那些有着高大立柱的大房子——那些如同秋光中扑动翅膀的飞蛾一样娇弱的妇女置身其间的白色停尸房，已成遥远的回忆。曾经在那些大房子里，门廊的柱子边倚放着枪支，那些冷酷的男人手握酒杯坐在摇椅上，嗅着秋天的气息，动着杀机。消失了，全部消失了，再也不会回来了。如今可以肯定的是，那个文明已经被撕得粉碎，抛撒在他们脚下。再没有遗留下任何东西可以供他仇恨——没有留下一个空弹壳，没有留下一根绞索、一棵树，甚至连一座山丘都没有。只有乘坐火箭前来的一些陌生人，这些人将会为他擦鞋，坐在电车的最后一排，或是在午夜的剧场里远远地坐在人群后面……

“你们不需要那么做。”威利·约翰逊说。

他的妻子瞥了一眼他的大手。

他的手指松开了。

绳子从他手中跌落，在地上蜷作一团。

人们跑进镇上的大街小巷，将之前匆匆赶制出来的标语统统拆掉，用油漆把电车上新刷好的黄色标识涂掉，把隔离剧院楼座的绳子剪断，退下枪里的子弹，把绳索放回仓库。

“这对每个人来说都是个新的开始。”在回家的车上，哈蒂说。

“是的，”威利沉默了半晌，终于说道，“主一点一滴引领我们渡过难关，接下来会怎样就全看我们自己了。愚蠢的日子已经结束。我们不能再做傻瓜。听他讲话的时候我就明白了。我知道那个白人现在就像我们多年以来那样孤独。他现在已经无家可归，就像我们曾经有那么多年无家可归一样。现在一切都扯平了。我们可以在平等的基础上重新开始。”

他停了车，坐在车里没动，哈蒂则进屋叫孩子们出来。他们跑到父亲身边，大声问：“你看见那个白人了？看见他了？”

“是的。”威利回答，他坐在方向盘后面，用手指慢慢地揉着脸。“我好像今天才第一次真正看到白人——第一次真的看清楚他。”

公　路

午后清凉的雨洒落在山谷中，雨滴轻柔地抚摸着山上耕地里的玉米，轻轻地敲打着农舍的茅草屋顶。在雨天的昏暗中，农妇在火山岩制成的磨盘上磨着玉米，不停地劳作着。天气阴暗潮湿，某个地方传来婴儿的哭声。

埃尔南多站着等雨停，他好再推着木犁下地去。下方的河道中，浑浊的河水翻滚着卷起泥沙。而另一条河流——那条混凝土公路——则完全没有动静，空荡荡的路面上只有雨水在闪着亮光。一个小时都没有汽车从路上经过了，这实在是很不寻常。这么多年来，从来没有一个小时间断过，总是有车开到路边停下，车上的人朝他喊："喂，能给你照张相吗？"然后随着他们手里的盒子"咔嚓"一响，一枚硬币就递到了他的手上。如果他慢吞吞地走过田地时头上没戴帽子，他们有时会喊："喂，我们希望你把帽子戴上！"还一边挥着手，手上戴满了金饰，有的可以报时，有的表明身份，还有的没有任何用处，只是像蜘蛛的眼睛一样在阳光下闪闪发亮。于是他就转身回去取帽子。

他的妻子说："埃尔南多，出什么事了吗？"

"是的，那条公路。一定是发生了什么大事。只有出了大事，才会让公路变得这么冷清。”

他不紧不慢地走出农舍，雨水冲刷着他脚上那双用茅草和厚厚的轮胎橡胶编织的鞋。他清楚地记得这双鞋的来历——那是一场事故。一天夜里，一个轮胎猛地撞进农舍，撞飞了鸡群，撞碎了瓶瓶罐罐。轮胎是高速旋转着自己冲过来的，脱落了一只轮胎的那辆汽车则一直冲到公路拐弯处，在路边逗留了一会儿，车头的灯光在水面上晃了两晃，才一头扎进河里。那辆汽车现在仍然在河里。天气好的时候，水流平缓，泥沙退去，可以看见这辆又长又豪华的汽车无声地躺在深深的河底，车身闪耀着金属的光泽。但过不了多久，泥沙淤积起来，将车子再度掩埋，就什么都看不见了。

那场车祸的第二天，他从轮胎上割下两块橡胶做了鞋底。

埃尔南多走到了公路上，站在路中央，听着雨水敲打路面发出的细微的声响。

突然之间，仿佛一声令下，许多车开了过来。成百上千辆车，绵延数英里，浩浩荡荡地从他身边疾驰而过。一辆辆宽大的黑色汽车朝着北边美国的方向呼啸而去，不停地按着喇叭，遇到转弯也不减速。车上人的神情令人不安，使他陷入了深深的沉默。他退到路边，给呼啸而过的车流让路。他数着经过的汽车，直到数累了为止。五百辆、一千辆车从他面前驶过。所有人的脸上都带着某种共同的表情。但是他们过去得太快，他来不及分辨那究竟是什么表情。

终于，公路又重归空旷和寂静。那些车身长而低的敞篷汽车已经高速离去，他听着最后一声喇叭声消失在远方。

路上再次变得空荡荡的。

刚刚过去的车流就像是一支送葬队伍，只是人们的情绪更为激动，他们争先恐后，张皇失措，尖叫着奔赴某个在北方举行的葬礼。为什么？他只能摇摇头，轻轻地搓着手指。

这时，最后一辆车孤零零地开过来了。一眼就能看出它是落在最后面的车。在清凉的细雨中，这辆老旧的福特车喷吐着大团大团的蒸汽从山路上开下来。它以最快的速度开着，让人担心它随时会散架。这辆福特老爷车上的司机看见埃尔南多后，把车停了下来，裹着一层泥浆的生锈的散热器剧烈地沸腾着。

“能给我们一些水吗，先生？”

开车的是个也许有二十一岁的小伙子，身穿黄毛衣、灰裤子和一件白色开领衬衫。除了他之外，这辆没有顶篷的汽车上还有五名非常漂亮的年轻女子，一车人挤得紧紧的，动弹不得。雨点从敞开的车顶上落下来，几个女孩用旧报纸为自己和司机挡雨。但他们还是被淋湿了，雨水浸透了女孩们鲜艳的衣裙，也把小伙子浇得浑身湿透，头发湿漉漉地紧贴着头皮。可是他们似乎并不在意，谁也没有抱怨。这实在很不寻常。这些人过去总是抱怨个不停，抱怨下雨，抱怨时间，嫌冷，嫌热，嫌路远。

埃尔南多点点头说：“我去给你们拿水来。”

“哦，请快一点！”一个姑娘大声说。她的声音尖尖的，好像很害怕的样子。她这样催促他并不是因为不耐烦，而是纯粹出于恐惧。埃尔南多破天荒头一次应观光客的要求跑了起来，以前人们越是催他，他就走得越慢。

他用一个轮毂盖盛满水回来了。这个轮毂盖也是这条公路的馈赠。一天下午，这个又圆又亮的物件像一枚被人随手抛出的硬币一样滚进他的田里。而那辆车则继续向前行驶，丝毫没有察觉它少了一只银光闪闪的眼睛。直到现在，他们夫妇仍在用它洗菜烧饭。它还是一只很好用的大碗。

埃尔南多一边往滚沸的散热器里倒水，一边看着车上人的满面愁容。“哦，谢谢，谢谢，”一个姑娘说，“你不知道这对我们帮助有多大。”

埃尔南多微微一笑：“这一个小时开过去好多车，全都开往同一个方向——北方。”

他并没打算说任何伤害他们的话。可是当他再次抬起头来，却发现她们全都坐在雨中哭泣，哭得很伤心。那个年轻人搂住她们的肩膀轻轻摇晃着，试图让她们停止哭泣，可她们却用手中的报纸蒙着头，嘴唇抽动，眼睛紧闭，有的哭声大，有的哭声小，一个个直哭得花容失色。

埃尔南多手里拿着剩下的半盖水呆呆地站在那里。“我没想说任何不得体的话，先生。”他向年轻人道歉。

“不要紧的。”司机答道。

“出什么事了，先生？”

“你没听说吗？”年轻人转过头，一只手紧紧握住方向盘，身体向前倾，“那件事终于发生了。”

这下坏了。那些女孩一听这话，哭得更厉害了，她们抱作一团，把报纸忘在了一边，任由雨水打在脸上，和泪水混在一起。

埃尔南多动作僵硬地把剩下的水倒进散热器。他看了看天空，天空阴沉沉的，蓄积着风暴。他又看了看湍急的河水。他感到脚下的沥青路面仿佛也在颤抖。

他走到车门边。年轻人握住他的手，递给他一比索。“不用，”埃尔南多把钱还了回去，“别客气。”

“谢谢，你真是个好人，”一个女孩轻轻啜泣着，“哦，妈妈，爸爸，我想回家，我想回家。哦，妈妈，爸爸。”其他人抱住她安慰着。

“我没听说出了什么事，先生。”埃尔南多轻声说。

“战争！”年轻人大声叫着，仿佛别人听不到他的声音似的，“核战争，世界末日，到来了！”

“先生，先生。”埃尔南多说。

“谢谢你，谢谢你的帮助。再见。”年轻人说。

“再见。”他们在雨中跟他道别，眼睛没有看他。

他站在原地，看着车子发动，看着它丁零咣啷地驶过山谷，越开越远。终于，这最后的一辆车也消失在视线之外，连同车上的年轻女孩，连同她们举在头上挡雨的报纸，一起走远了。

埃尔南多一动不动地站了很长时间。冰冷的雨水流过他的脸颊，流过他的手指，钻进他的毛线裤里。他屏住呼吸，紧张地等待着。

他看着公路，路上再没有动静。他想，恐怕这里很长时间都不会有什么动静了。

雨停了。蓝天从云层后露了出来。十分钟之内，风暴就像一股坏口气一样消散了。一阵清新的风为他吹来丛林的气息，他听到河水轻柔欢畅地流淌着。丛林郁郁葱葱，到处都是一派清新的气象。他穿过田地走回家，扛起犁头。他手握犁把，仰头看了看天空，太阳出来了，天开始热了起来。

他的妻子一边干活儿，一边大声问："出什么事了吗，埃尔南多？"

"什么事都没有。"他回答。

他把犁推进犁沟里，吆喝着毛驴："嘚儿——驾！"他们一起走在逐渐放晴的天空下，走在深深的河流旁这片耕作过的肥沃的土地上。

"他们说的'世界'是什么东西？"他自言自语着。

那个人

哈特船长站在飞船船舱门口。“他们为什么不来？”他问。

“谁知道呢，”他的副手马丁答道，“我怎么会知道呢，船长。”

“这到底是个什么地方？”船长点上一支雪茄，顺手将火柴丢在泛着亮光的草地上。草地顿时被点着了。

马丁走过去，要用靴子将火踩熄。

“不要管它，”哈特船长命令道，“让它烧吧。也许这样他们才会过来看看这里发生了什么情况，那些无知的笨蛋。”

马丁耸了耸肩，从蔓延的火上把脚撤了回去。

哈特船长查看自己的手表。“一个小时之前咱们在此地着陆，有没有欢迎委员会带着军乐队赶来迎接咱们呢？没有！咱们在太空中飞越了数百万英里远道而来，而这个不知名的星球上的愚昧小城里的好市民却对咱们不闻不问！”他哼了一声，轻轻地叩击着手表，“好吧，我再给他们五分钟时间，然后——”

“然后怎样？”马丁看着船长颌下抖动的垂肉，一如既往地保持着礼貌。

“然后就再次飞过这该死的城市上空，吓他们一个屁滚尿流。”他的口气缓和了一些，“你说，马丁，会不会是他们没看见咱们着陆？”

“他们看见了。咱们飞过来的时候他们抬头看了。”

“那他们为什么不赶紧跑过来？他们是在躲着咱们吗，因为胆小？”

马丁摇摇头。“不是，长官。给你望远镜，你自己看吧。人们都在走来走去，并没有害怕。他们——怎么说呢，他们好像只是不在乎罢了。”

哈特船长把双筒望远镜举到疲惫的眼前。马丁借此机会仔细打量着船长脸上由恼怒、疲倦和紧张切割而成的沟沟壑壑。哈特看上去像是有一百万岁了，他从不睡觉，吃得也很少，总是一刻不停地拼命工作。这时，他举着望远镜开口了，他的嘴唇缺乏生气，尽显老态，但是从这张嘴里说出的话却很尖刻。

“说实在的，马丁，我真不知道咱们这是何苦呢。咱们造了火箭，不辞辛劳地穿越星空，只为寻找他们，结果又得到了什么呢？不理不睬。瞧那些四处乱晃的白痴。他们难道意识不到这件事的意义有多重大吗？第一艘来到他们这个乡下地方的宇宙飞船。这种事他们能碰上几次？他们就这么无动于衷吗？”

马丁回答不上来。

哈特船长疲惫地把望远镜交还给他。

“咱们为什么要这么做呢，马丁？我是说这次太空旅行。始终不停歇，始终在寻觅。大家的精神高度紧张，一刻也不得休息。”

“也许咱们是在寻找和平和安宁——在地球上显然已经找不到了。”马丁说。

“是啊，找不到了，不是吗？”哈特船长若有所思，火气渐渐平息了一些，“自从达尔文之后就找不到了，是吧？自从人们将曾经相信过的一切——诸如神圣力量之类的事物——全都抛诸脑后，就再也找不到了，是吧？所以你认为这大概就是咱们探索星空的理由，是吗，马丁？寻找咱们失落的灵魂，摆脱那个邪恶的星球，找到一个好去处，是吗？”

“也许吧，长官。咱们肯定是在寻找着什么。”

哈特船长清了清嗓子，又恢复了一贯的严厉。“嗯，咱们现在要找的是这个城市的市长。跑步进城去告诉他们我们是谁——第一支来到第三星系第四十三号行星的太空探险队。哈特船长向他们致意，并希望与市长会面。跑步——走！”

“是，长官。”马丁慢慢地走过草地。

“跑起来！”船长喝道。

“是，长官！”马丁一溜小跑地离开了。过了一会儿，他重又慢下脚步，偷偷地乐了。

马丁回来时，船长已经吸完了两支雪茄。

马丁停下脚步，抬眼看着飞船的舱门。他的身体直打晃，眼神涣散，人也有些恍惚。

“怎么了？”哈特严厉地问，“出什么事了？他们会来迎接咱们吗？”

“不会。”马丁感到一阵晕眩，赶紧倚靠在飞船上。

“为什么不来？”

“因为不重要。”马丁回答，“请给我支烟，船长。”他的手指在船长递过来的烟盒中盲目地摸索着，眼睛望着金色的城市，不时眨动。他点燃一支烟，默默地吸了好一阵。

“说话呀！”船长喊道，“他们对咱们的火箭不感兴趣吗？”

“什么？哦，火箭？”马丁盯着手里的香烟，“不，他们不感兴趣。咱们似乎来得不是时候。”

“来得不是时候？”

马丁耐心地解释道：“听我说，船长。昨天城里发生了一件大事。一件非常重要的大事，使得咱们的到来相形见绌。我得先坐下。”他失去平衡，跌坐在地上，大口喘着气。

船长恼火地咬着雪茄：“发生了什么事？”

马丁抬起头，夹在他指间的香烟燃烧的淡淡烟雾飘散在风中。“长官，昨天城里来了个不平凡的人——和善，睿智，富有同情心，拥有无上的智慧！”

船长瞪了副手一眼。“那跟咱们有什么关系？”

“很难解释清楚。不过，他是他们等待了很久的人——也许已经等待了一百万年。昨天他终于来到这座城市。因此咱们的火箭今天着陆对他们而言变得毫无意义。”

船长重重地坐下。“他是谁？不会是阿什利吧？他的火箭没有抢在咱们之前着陆，抢了我的风头吧，对不对？”他一把抓住马丁的胳膊，脸色苍白而沮丧。

“不是阿什利，长官。”

“那就是伯顿！我就知道。伯顿偷偷地赶到咱们前面，毁了本应属于我的着陆欢迎仪式！真是再也不能相信任何人了。”

“也不是伯顿，长官。”马丁轻声回答。

船长不肯相信。“总共只有三艘火箭，咱们一路领先。这个人比咱们先到这里？他叫什么名字！”

“他没有名字，他不需要名字。他在不同的星球上有不同的名字，长官。”

船长那锐利的目光怀疑地盯着自己的副手。

“那么，他到底做了什么了不起的事，以至于人们看都不看咱们的飞船一眼？”

“首先，”马丁镇定地答道，“他医治病人，抚慰穷人。他与虚伪和肮脏的政治为敌，他坐在百姓们中间，和他们整日交谈。”

“这很了不起吗？”

“是的，船长。”

“我不明白，”船长直视着马丁，仔细打量他的脸和眼睛，“你喝酒了，是不是？”他满面狐疑，退后几步，“我无法理解。”

马丁看着那座城市。“船长，如果你无法理解，那就没办法跟你说了。”

船长顺着马丁的目光望去。城市宁静而美丽，笼罩在祥和的气氛中。船长向前走了几步，从唇边取下雪茄，眯起眼睛看了看马丁，又看了看城里林立的金色尖塔。

“你不是说——不会是说——你说的那个人不会是——”

马丁点点头。“我说的就是这个意思，长官。”

船长沉默地站在原地，一动不动。他的身体慢慢挺直了。

“我不相信。”他最后说。

正午时分，哈特船长迈着轻快的步伐进城，随同他前往的还有副手马丁和一个提着电子设备的助手。一路上船长不时放声大笑，双手叉腰，摇着脑袋。

市长接见了他们。马丁支起一个三脚架，将一个盒子固定在上面，打开电池电源。

“你就是市长？”船长伸出一根手指指着对方。

“是的，我就是。”市长答道。

马丁和助手操作着立在两人中间的那台精致的仪器。这台仪器能够即时传译各种语言，它发出的清脆的语音回荡在城市柔和的空气中。

“关于昨天的事，”船长问，“真的发生了？”

“是的，发生了。”

“有目击者吗？”

“有。”

“我能和他们谈谈吗？”

“和谁谈都可以，”市长说，“我们都是见证人。”

船长低声对马丁说：“群体幻觉。”然后继续对市长说，“这个人——这个外乡客——长什么样子？”

“这很难说。”市长微微地笑着说。

“为什么难说？”

“每个人的看法也许不尽相同。”

“告诉我你的看法就可以，先生，”船长转头命令马丁，“开始录音。”马丁按下了手提式录音机的开关。

“好吧，”市长说，“他非常温和，非常友善。他博学多闻，才智过人。”

“好了好了，我知道了。”船长摆了摆手，“说得太笼统了。我希望你能说具体一点。他长什么模样？”

“我认为那不重要。”市长回答说。

“那很重要，”船长严肃地说，“我需要对这个家伙的具体描述。如果你不能告诉我，我会去问其他人的。”他对马丁说：“我敢肯定那就是伯顿，又在搞他的恶作剧呢。”

马丁不去看他的脸，冷冰冰地沉默不语。

船长弹了一个响指。“还有一件什么事来着——他能给人治病？”

“他治愈了很多人。”市长说。

“能让我见见被他治好的人吗？”

“可以，”市长答道，“我儿子就是。”他朝一个小男孩点头示意，男孩走上前来。“他的一条手臂过去是萎缩的。瞧他现在多好。”

船长宽容地笑了笑。“好了好了。要知道这连间接证据都算不上。我没见过他萎缩的手臂，只看到他现在健全的样子。这不算证据。你有什么证据能证明他的手臂昨天还残疾着，今天就痊愈了吗？”

“我说的话就是证据。”市长淡淡地说。

“我亲爱的朋友！”船长喊道，“你不会指望我相信这种道听途说吧，是不是？我当然不信！”

“我很遗憾。”市长看着船长，目光中露出既好奇又同情的神色。

“你有那孩子在今天之前的照片吗？”船长又问。

过了一会儿，一幅很大的油画被抬了出来，画中的孩子有一只残疾的手臂。

“老兄！”船长挥挥手让人把画抬走，“随便什么人都可以画这么一幅画。画儿会说谎。我要的是孩子的照片。”

市长没有照片。照相术在这个地方尚不为人们所知。

“好吧，”船长叹了口气，脸上的肌肉抽动着，“让我跟城里其他人谈谈吧。咱们再谈下去也是徒劳。”他指着一名妇女：“就是你吧。”她迟疑着。“对，就是你，到这来，”船长命令她，“给我讲讲你昨天见到的那个了不起的人。”

那个妇人眼神坚定地看着船长。“他来到我们中间，亲切又友善。”

“他的眼睛是什么颜色的？”

“和太阳一个颜色，和大海一个颜色，是花儿的颜色，是大山的颜色，是夜晚的颜色。”

“够了，”船长扬起双手，“你看到了吗，马丁？一无所获。某个江湖骗子来到这里，在他们的耳边说了些毫无意义的甜言蜜语，他们就——”

“请不要再说下去。”马丁说。

船长向后退了一步。“你说什么？”

“你听见我说的了，”马丁说，“我喜欢这些人。我相信他们说的话。你可以有自己的看法，但请你不要说出来，长官。”

“不许你这么对我说话。”船长喝道。

“我受够了你这种专横跋扈的态度，”马丁答道，“不要骚扰这些人。他们得到了某样好东西，你却来到他们的地盘上捣乱并嘲笑人家。我也跟他们交谈过。我在城里四处转过，看到了人们脸上的表情，他们拥有某种你永远不会拥有的东西——一点单纯的信仰，他们可以用它创造奇迹。而你呢，只因为别人抢了你的风头，比你早到这里，让你显得无足轻重，你就大发雷霆！”

“我给你五秒钟把话说完，”船长说，“我理解，你压力太大了，马丁。在太空中一连航行了几个月，想家，孤独。现在又出了这种事，我能谅解你，马丁。我原谅你这次轻微的犯上行为。”

“我可不原谅你的霸道态度。”马丁答道，“我退出了。我要留在这里。”

“你不能这么做！”

“不能吗？你拦不住我。这正是我要寻找的东西。我先前并不知道，但我现在知道了，这正是我要的东西。带着你肮脏的思想到别处去吧，用你的怀疑和科学手段去把别的地方搞得乌烟瘴气吧！”他快速地环顾四周，“这里的人们经历了某种宗教体验，而你似乎就是不能理解奇迹真的发生了，咱们差一点就赶得及亲眼见证这个奇迹，已经足够幸运了。

“自从他在旧世界走过，地球上的人们已经谈论了他二十个世纪。人们都想见到他，聆听他的声音，却从未得到机会。而今天，咱们只来迟了几个小时，就与他擦肩而过了。”

哈特船长看着马丁的脸颊。“你哭得像个孩子，别哭了。”

“我不在乎。”

“我在乎。咱们在这些当地人面前得保持体面。你工作得太累了。我刚才说过了，我原谅你。”

“我不需要你原谅。”

“你这个傻瓜。难道你看不出这是伯顿耍的鬼花招吗，他在愚弄这些人，欺骗他们，好打着宗教的幌子建立他的石油和矿业公司！你真傻呀，马丁，你真是个十足的傻瓜！你应该已经了解地球人的品性了。他们为达目的不择手段——亵渎神明，坑蒙拐骗，偷盗，杀人，什么都肯干。只要有效，怎样都行。伯顿正是这样一个不折不扣的实用主义者，你知道他这个人！”

船长继续用鄙夷的口吻说：“算了，马丁，你就承认吧；伯顿是做得出这种卑鄙事的，先给这些人灌些迷魂汤，等到时机成熟，再把他们洗劫一空。”

“不。”马丁想了想说。

船长高举双手：“就是伯顿，就是他。这正是他的卑鄙伎俩、下流手段。不得不佩服这个老恶棍。像一道闪光似的飞临此地，带着光环，带着甜言蜜语和脉脉温情，给这个人敷点药膏，对那个人进行射线治疗。这就是伯顿，不会有错！”

“不。”马丁的声音充满困惑，他捂住眼睛，“不，我不相信。”

“你只是不愿意相信。”哈特船长仍然不依不饶，“承认吧。这正是伯顿会做的事。别再心存幻想了，马丁。醒醒吧！已经是早晨了。这是个现实的世界，咱们都是现实的、卑劣的人——而伯顿正是所有人中最卑劣的那一个！”

马丁转身背对着他。

“好了好了，马丁，”哈特边说边机械地拍拍马丁的后背，“我知道，这对你是个很大的打击。我明白。那个无耻的败类。伯顿是个恶棍。你要想开点。这边的事就让我来处理吧。”

马丁慢慢地朝火箭走去。

哈特船长目送他离开，然后深吸一口气，转向他刚才提问过的那名妇女。“嘿，再多给我讲讲那个人的事吧。你刚才讲到哪儿了，夫人？”

晚些时候，飞船上的军官们围坐在船舱外的小方桌边吃着晚餐。马丁眼睛红红的，闷声不响地对着饭菜想心事。船长则把收集到的材料向他做着综述。

“我访问了三十几个人，说的全都是同样空洞无物的废话，”船长说，“我能肯定，这就是伯顿干的好事。他明天或下周还会回来，重演他那套奇迹，在合同竞标中击败咱们。我认为我应该守在这里，破坏他的计划。”

马丁阴沉地抬起眼睛。“我要杀了他。”

“好了，马丁！别这样，孩子。”

“我会杀了他的——上天作证，我会的。”

“咱们会阻挠他的行动的。必须承认他很聪明，不道德却很聪明。”

“他卑鄙无耻。”

“你要保证不使用暴力。”哈特船长检查了一下他记录的数字，“根据我的记录，总共有三十个病人奇迹般地痊愈了。一个盲人重见光明，一个麻风病人康复了。嗯，不得不承认，伯顿的工作效率还挺高。”

一声锣响。不一会儿，一个人跑了过来。“船长，报告长官，伯顿的飞船即将降落。阿什利的飞船也快到了。”

“瞧见了吗？”哈特船长捶了一下桌子，“这些豺狼前来收获猎物了！他们等不及要大吃一顿呢。我会去跟他们正面交锋，从他们的这席盛宴中分一杯羹——我会的！”

马丁盯着船长，显得心烦意乱。

“生意，我的好孩子，生意要紧。”船长说。

众人抬起头来，只见两艘火箭从空中急坠而下。

这两艘火箭在着陆时几乎坠毁了。

“那些笨蛋是怎么回事？”船长跳起来叫道。船员们跑过草地，来到冒着烟的飞船旁边。船长也过来了。伯顿飞船上的密封舱门砰的一声打开了。

一个人摔出舱门，倒在他们怀里。

“出什么事了？”哈特大声问他。

那个人躺在地上。他们俯下身去查看，发现他被烧伤了，伤得很严重。他浑身是伤，伤口发炎红肿还冒着烟。他睁着肿胀的双眼看着他们，肿胀的舌头在开裂的嘴唇后蠕动着。

“发生了什么事？”船长跪在地上摇着那个人的胳膊问。

“长官，”垂死的人用微弱的声音答道，“四十八小时前，在太空第七十九区一号行星附近，我们的飞船和阿什利的飞船遭遇了宇宙风暴。”他的鼻孔里流出灰色的液体，嘴角淌着血。“船员们都死了，伯顿死了，阿什利一个小时前也死了。只有三个人幸存了下来。”

“听我说！”哈特弯下身去大声问那个伤员，“你们在这之前从来没到过这颗行星吗？”

没有回话。

“回答我！”哈特继续喊道。

垂死的人答道：“没有。风暴。伯顿两天前死了。这是我们六个月来第一次着陆。”

“你确定吗？”哈特抓住那个人用力摇晃着，“你能确定吗？”

“是的，确定。”那个人含糊不清地说。

“伯顿两天前就死了？你肯定？”

“是的，肯定。”那个人轻声回答。他的头向前一低，死了。

船长跪在无声的尸体旁，面部肌肉不由自主地抽搐着。船员们站在他身后低头看着他。马丁等在一旁。最后，船长让人把他扶了起来。他们站在那里眺望着那座城市。“这就表示——”

“表示什么？”马丁问。

“咱们是唯一一批到达这里的人，”哈特船长低声说，“那个人——”

“那个人怎么了，船长？”马丁问。

船长的脸不停地抽动着。他的样子十分苍老，面色灰暗，目光呆滞。他踏着干燥的草地向前走去。

“跟我来，马丁。帮帮忙，扶着我。我怕我会摔倒。快一点，咱们不能浪费时间——”

他们跌跌撞撞地朝城市走去，走过高高的荒草，走在吹拂的风中。

几小时后，他们坐在城市的礼堂里。一千个市民前来讲述前一天发生的事，来了又走了。船长一直坐在那里，面容憔悴地听着人们的讲述。那些前来提供证言的人们是如此地神采奕奕，他简直无法忍受看到他们。他的手一直抖动着，不停地在膝盖和腰带上游走。

听完人们的讲述，哈特船长转头看着市长，眼神古怪。

“但是你一定知道他去了哪儿。”

“他没说要去哪里。”市长答道。

“是去附近的某个星球吗？”船长追问道。

“我不知道。”

“你肯定知道。”

“你看见他了吗？”市长指着人群问。

船长扫视了一下人群。“没有。”

“那么他很可能已经离开了。”市长说。

“可能，可能！”船长无力地喊道，“我犯了个严重的错误，我现在想要见到他。唉，我刚刚才意识到，遇到这样一件事是多么不寻常。就在他降临此地的第二天，我们在千百万颗行星之中恰好来到这颗行星，这种事情发生的几率是亿万分之一。你肯定知道他去哪儿了！”

“每个人都会以自己的方式与他相遇。”市长温和地说。

“你把他藏起来了。”船长的表情慢慢变得狰狞了。一贯的强硬态度在逐渐复苏。他站起身来。

“没有。”市长说。

“那么你知道他在哪里？”船长的手指拨动着佩戴在身体右侧的手枪皮套。

“我实在没有办法告诉你他在哪里。”市长说。

“我劝你老实交代。”船长掏出一把小钢枪。

“我交代不出任何东西。”市长说。

“你说谎！”

市长看着哈特船长，脸上现出怜悯之色。

“你太疲惫了，”他说，“你刚刚经历过长途旅行，而且你是长期没有信仰的疲惫的人们中的一员，但是你现在过于迫切地想要有信仰，以至于干扰了自己的判断力。杀人只会让情况变得更糟，那样你就永远无法找到他了。”

“他去哪儿了？他告诉你了，你知道。快告诉我！”船长挥动着手枪。

市长摇摇头。

“告诉我，告诉我！”

一声枪响，两声枪响。市长应声倒地，他的手臂受伤了。

马丁冲上前来。“船长！”

枪口转向马丁："你别插手。"

倒在地上的市长捂住受伤的手臂，抬头说道："把枪放下。你在伤害自己。你之前从来没有信仰，你现在自以为有信仰了，却因此而伤害了别人。"

"我不需要你，"哈特看着脚边的市长，"如果我在这里和他错过了一天，我会去其他地方，一个地方一个地方地走下去。也许，到了下一个星球，我将只跟他错过半天，到了第三个星球，只错过四分之一天，再下一个星球，只差两个小时，然后是一个小时、半个小时、一分钟……但是最后总有一天，我会追上他，同他见面的！你听见了吗？"他疲惫地弯着腰，冲地上的人越说越大声，直到嚷了起来。他筋疲力尽，步履蹒跚。"跟我来，马丁。"他放下握枪的手。

"不，"马丁说，"我要留在这里。"

"你这个傻瓜。要是愿意你就留下吧。但我会带着其他人一起走下去的。"

市长看着马丁说："我不会有事的。不用管我，别人会照料我的。"

"我马上回来，"马丁说，"我到飞船那儿去去就回。"

他们以极快的速度穿城而过。看得出，船长走得很费力，但他竭尽全力想要表现得像往日一样强悍。回到飞船旁边时，他用颤抖的手拍了一下船身，把枪收回枪套，看着马丁。

"马丁。"

马丁也看着他。“船长。”

船长眼望天空。“你下定决心不会——跟——跟我走了，是吗？”

“是的，长官。”

“老天作证，这将会是场伟大的冒险。我知道我会找到他的。”

“你已经下定决心了，是不是，长官？”马丁问他。

船长的脸颤抖了，他闭着眼睛说：“是的。”

“有一件事我想知道。”

“什么事？”

“长官，当你找到他之后——如果你能找到他的话，”马丁问他，“你会向他提出什么请求？”

“这个嘛——”船长犹豫了一下，睁开眼睛。他的双手握紧又松开。他苦苦思索了一阵，不自然地笑了笑说：“嗯，我会向他请求一些平静和安宁。”他摸了摸飞船，“我已经好久——好久好久——没有放松过了。”

“你有没有尝试过呢，船长？”

“我不明白你的意思。”哈特说。

“没什么。再见，船长。”

“再见，马丁先生。”

全体船员站在舱门旁边。只有三名船员愿意继续跟着哈特。另外七个人表示，他们要跟马丁一起留下。

哈特船长打量了他们一番，给他们下了定论："一群傻瓜！"

他最后一个走进密封舱，匆匆敬了个礼，尖利地笑了几声。舱门重重地关上了。

火箭喷出一条火柱，升上了天空。

马丁目送着火箭越飞越高，消失在空中。

市长由几个人搀扶着来到草地边，招呼他过去。

"他走了。"马丁朝市长走去。

"是啊，这个可怜的人走了，"市长说，"他将前往一个又一个星球，不停地寻找，却永远都将迟到一个小时、半个小时、十分钟或者一分钟。直到后来，他将只错过几秒钟。等到他垂垂老矣、去过三百个星球之后，他也许将只错过零点几秒、零点零几秒。他会继续疲于奔命，只为找到被他丢弃在这个星球、这个城市里的那样东西——"

马丁目不转睛地看着市长。

市长伸出手来。"难道还有任何怀疑吗？"他冲其他人招招手，转过身去，"快点走吧，不能让他等着咱们。"

众人一起向城里走去。

苦　雨

雨仍在下。这场苦雨无休无止来势汹汹；时而如牛毛，时而如瓢泼，时而如喷泉，雨水抽打着眼睛，在脚下形成暗流。这场雨淹没了一切雨和有关雨的记忆。雨水倾盆而下，如银河倒泻，以刀砍斧劈之势扫荡着丛林，如利剪般将树木拦腰斩断，它削平了草地，剃秃了灌木，在地面上冲刷出深沟。在雨水的浸泡下，人的双手已皱缩得如同猿猴的手。透明的雨线紧密地连成一片，这雨从不停歇。

“还要走多远啊，中尉？”

“我也不知道。也许一英里，也许十英里，也许一千英里。”

“你也说不准吗？”

“我怎么说得准呢？”

“我不喜欢这雨。只要能知道离太阳屋还有多远，我就会感觉好受点。”

“再走一两个小时就到了。”

“此话当真，中尉？”

“当然。”

“你在骗人，想哄我们高兴吧？”

“我就是在骗你哄你高兴。闭嘴吧！”

两人在雨中并肩坐了下来。在他们身后还有另外两个人，浑身湿透，疲惫不堪，像摊软泥一样没精打采地坐在地上。

中尉抬头看了看天。他的脸原本是黝黑的，如今在雨水的冲刷下已经变得苍白。雨水还带走了他眼睛的颜色，它们现在已经和他的牙齿、头发一样白了。他整个人都是白色的，甚至连他的制服也已开始泛白，只是由于长了霉菌而微微带些绿色。

中尉感受着落在脸颊上的雨水。“金星这儿上一次不下雨是多少万年前的事儿了？”

“别做梦了，”另外两个人中的一个开口了，“金星上的雨从来没停过，总是下呀下的。我在这儿已经住了十年了，这雨没有一分一秒不下得跟瓢泼似的。”

“感觉像住在水里一样。”中尉说着，站起身来，把枪挎在肩上，“好啦，咱们该继续上路了，还得去找太阳屋呐。”

“也许根本就找不着。”有人悲观地说。

“大约再走一个钟头就到了。”

“你这就是在骗人了，中尉。”

“不，我是在骗我自己。这种时候只能自欺欺人，否则就撑不下去了。”

他们沿着丛林小道往前走，不时掏出罗盘看一眼。丛林中无法辨别方向，只能依照罗盘的指示前进。天空灰暗，雨下个不停，他们走在丛林中的小径上。在他们身后很远的地方，他们的飞船就坠毁在那里。两个遇难的同伴静静地躺在飞船上，雨水从他们的身上滴落。

他们排成一列纵队前进，一路无话。不久，他们来到一条河边，河面平坦宽阔，棕黄色的河水奔流注入辛格尔海[①]。雨点在河面上砸出亿万个小坑。

“来吧，西蒙斯。”

中尉朝西蒙斯点点头，西蒙斯从背后取出一个小包，在某种化学物质的作用下，小包迅速膨胀成一艘很大的充气艇。中尉指挥大家用砍下的木头迅速做了几支桨，几个人开始冒雨渡河，在平静的水面上快速划向对岸。

中尉感到冰冷的雨水打在他的脸和脖子上，打在他划桨的手臂上。寒意渐渐渗入他的肺里。他感到雨水落在他的耳朵上，眼睛上，双腿上。

“我昨天夜里没睡着。”他说。

“谁能睡得着呢？有谁在什么时候睡着过？三十个日日夜夜啊！咱们睡过几个晚上？雨点乒乒乓乓地砸在头上，谁还能睡得着……我愿意拿所有东西换一顶帽子，拿什么换都成，只要别再让雨点敲打我的脑袋。我的头都疼了，生疼生疼的，疼个不停。”

“我后悔到中国来。”另一人说道。

---

① 原文为“Single Sea”，意为“唯一的海”。

"我头一次听见有人管金星叫中国。"

"没错，就是中国。中国式水刑。记得这种古老的刑罚吗？把人用绳子绑在墙上，每隔半个钟头往你头上滴一滴水。你等着下一滴水落下来，等着等着就发了疯。喏，金星就是这样，只是情况更糟糕。人不是生活在水里的。你没法睡觉，没法正常呼吸，光是浑身湿乎乎的就足以让人发狂。如果早知道飞船会在这里坠毁，咱们就带上防水的制服和帽子了。最让人受不了的就是砸在头上的雨，力道这么重，像 BB 弹似的。我不知道自己还能再忍多久。"

"嘀，我投太阳屋一票！想出这个点子的人可真是干了件好事。"

他们过了河。过河时他们一直想着太阳屋，想着它就在前边某个地方，从雨雾笼罩的丛林中亮闪闪地探出头来等着他们。一座黄色的房子，和太阳一样又圆又亮，高十五英尺，直径一百英尺，屋里温暖安静，能吃上热腾腾的饭菜，摆脱雨水的纠缠。太阳屋里自然要有太阳，在屋顶的中央悬浮着一团黄色的小火球，大小和在地球上看到的太阳一样。当你坐在屋里抽烟、读书，或是享受着一杯漂浮着棉花糖的热巧克力时，只要一抬头，就能看到一轮金黄色的太阳，源源不断地散发着热力。只要你悠然自在地待在太阳屋里，自会把金星上的雨中世界抛到九霄云外。

中尉回头看了看身后咬紧牙关奋力划桨的三个人。跟他一样，他们也面色苍白。几个月的工夫，金星就把所有东西都漂白了。就连丛林都像是一个巨大的漫画噩梦——阴雨连绵，不见天日，丛林又如何能披上绿色的外衣呢？白茫茫的丛林，树叶的颜色像干酪一样惨白，地面像潮湿的卡门贝干酪，树干像巨大的伞菌——眼前的一切只有黑白两种颜色。而地面又曾有多少次展露真容呢？那上面不总是被小溪、水洼、池塘，乃至江河湖海覆盖着吗？

“咱们到了！”

他们跳上最远的海岸，脚下激起成片的水花。充气艇放气后被收到香烟盒里。几个人站在雨中的岸边，打算抽根烟解解乏，他们的手颤抖着，忙了将近五分钟才用内嵌式打火机把烟点燃。他们用手护住火，勉强吸了几口，香烟就被雨水打湿，旋即被一阵密集的雨点从他们的唇边打落了。

他们继续前进。

“等一下，”中尉说，“我好像看见前边有什么东西。”

“是太阳屋吗？”

“我不确定，雨又把它遮住了。”

西蒙斯边跑边喊：“太阳屋！”

“回来，西蒙斯！”

“太阳屋！”

西蒙斯消失在雨中。其他人追了上去。

他们在一小块空地前追上了他，几个人停下脚步，看着西蒙斯和他的发现。

他们的飞船。

飞船仍留在原地，和他们离开时一样。不知怎的，他们兜了个圈子又回到了起点。在飞船的残骸中，两个死去的同伴的嘴里已经长出了绿色的真菌。他们眼看着真菌开出花来，花瓣在雨中凋零，真菌也随即死去。

“咱们怎么又绕回来了？”

“附近肯定发生了雷暴，干扰了咱们的罗盘，这就是原因。”

“你说得对。”

“那咱们现在怎么办？”

“重新出发。”

“天哪，那么多路全都白走了！”

“冷静点儿，西蒙斯。”

“冷静！冷静？这雨都快把我逼疯了！”

“如果省着点儿的话，咱们的粮食还够吃两天的。”

雨水在他们裸露的皮肤上跳跃，在他们湿透的制服上狂舞；雨水沿着他们的耳朵鼻子汇成细流，顺着他们的手指和膝盖往下淌。他们就像僵立在丛林中的石雕喷泉，每个毛孔都在往外冒水。

就在这时，他们听到远方传来一声轰鸣。

一头怪兽从雨中现身了。

这头怪兽有一千条闪着电光的蓝色触手，行动迅速，所向披靡。它猛地伸出一只只触手，所及之处，树木倒地燃烧。阵阵臭氧的味道弥漫在潮湿的空气中，腾起的烟很快被雨水打散。这头怪兽一英里高，半英里宽，像一头失明的巨兽一样在地面上胡乱摸索着前进。偶尔，有那么短短的一瞬间，它的触手全部缩回体内。紧接着，在下一个瞬间，一千条触手同时从它的体内张开，如同一千条蓝白相间的鞭子，狠狠地抽打着丛林。

“那就是雷暴，”一个人说，“就是它让咱们的罗盘失灵的。它朝这边过来了。”

“大家快卧倒。”中尉招呼着大家。

“赶紧跑吧！”西蒙斯喊道。

“别做傻事。雷电会击中高处的物体。赶快卧倒，说不定咱们能毫发无损地逃过一劫。在离飞船五十英尺以外的地方趴好。雷暴很可能会把气力消耗在那里而放过咱们。快卧倒！”

几个人扑通一声趴在地上。

“它过来了吗？”过了一会儿，他们互相问着。

“过来了。”

“离得更近了？”

“离咱们还有两百码。”

“现在呢？”

“已经到咱们跟前啦！”

怪兽来到他们的头顶上。它投下十道蓝色的闪电，击中了飞船。飞船火光四溅，像一面被敲击的巨锣，发出洪亮的鸣响。怪兽又投下十五道闪电，电光在丛林和积水的地面上乱窜，仿佛群魔乱舞。

“不，不要！”一个人从地上一跃而起。

“卧倒，你这个傻瓜！”中尉出言阻止。

“不！”

又有十几道闪电劈中了飞船。中尉转过头，只见耀眼的蓝色闪光，树木从中间被劈开，轰然倒地，残暴的乌云在半空中翻卷，抛出上百条带电的柱子。

从地上跳起来的那个人已经跑了起来，他仿佛奔跑在一个有许多柱子的大厅里，一边跑一边躲避着那些柱子，可是最终还是有十几根柱子劈头盖脑地砸在他身上，发出类似飞蝇落在灭蚊灯电网上的声音。中尉小时候在农场生活过，他记得这个声音。随后，空气中传来人被烧焦的味道。

中尉低下头，对另外两个人说：“不要抬头。”他怕自己也会随时忍不住发足狂奔。

头顶上的雷暴又发动了新一轮闪电攻势，大逞一通威风后终于离开了。天地间再度只剩下雨雾茫茫，雨水迅速冲走了空气中的焦糊味。余下的三人坐起身来，等着心跳慢慢回落到正常水平。

他们走到倒下的人身旁，想着他或许还有救。他们不愿意相信自己已无力回天，让他就这样无可挽回地死掉了。这是人们的正常反应，他们总是本能地拒绝接受死亡的事实，直到亲手触摸到毫无生气的尸体，将死者翻转，商量着如何下葬，或是将他的后事托付丛林——迅速生长的植物只消一个小时便能将他掩埋——待这一切尘埃落定后，方才承认死亡的现实。

尸体僵硬而扭曲，包裹在烧焦的皮革中。它的样子就像一具被投入焚化炉、待到蜡熔化后紧贴在已成焦炭的骨架上时才被拖出来的蜡像。只有牙齿还是白色的，它们垮垮地套在紧握的黑色拳头上，像一只诡异的白手镯一样闪着亮光。

“他不该跳起来的。”几个人不约而同地说。

就在他们的注视下，地上的尸体开始慢慢地消失，不仅有细小的爬藤和常春藤等藤蔓植物朝尸体聚拢过来，就连小花儿也觊觎着死者。

远处的雷暴继续挥舞着蓝色的闪电，消失不见。

他们渡过一条条河流，越过一道道水湾，跨过一条条小溪。不断有新的河流奔腾着出现在他们眼前，先前的河流则改道流向其他地方——河水的颜色像水银，像白银，像乳汁。

他们终于来到了海边。

辛格尔海，唯一的海。金星只有一块大陆，长三千英里，宽一千英里，从四面环抱着这片陆地孤岛的就是辛格尔海，覆盖了这整个落雨的星球的辛格尔海。在灰暗的岸边，辛格尔海波澜不惊……

“往这边走，”中尉朝南边点点头，“我敢肯定在这个方向上有两座太阳屋。”

“既然已经盖了，为什么不多盖它一百座？”

“目前已经盖了一百二十座了，是吧？”

“到上个月为止，是一百二十六座。一年前，他们计划推动国会通过一条法案，为新建几十座太阳屋拨款，可是你也知道那些人，他们宁愿让雨逼疯几个人，也不愿意掏钱。”

他们向南边走去。

中尉和西蒙斯，还有第三个人，皮卡德，一起走在雨里。雨势时大时小，却一刻也不停息，雨水不间断地捶打着陆地、海洋，捶打着行路的人。

西蒙斯最先看见它。“就在那儿！”

“什么在那儿？”

“太阳屋啊！”

中尉眨眼挤掉眼里的雨水，抬起手挡住疾飞而来的雨线。

在远处的丛林边缘，靠着海边，有一抹黄色的亮光。的确就是太阳屋。

几个人相视而笑。

“看来你是对的，中尉。”

“是咱们运气好。”

“太好啦，光是看见它，我就来了力气。加油啊，最后一个到的是孬种！”西蒙斯小跑起来。另两个人也不由自主地跟着跑了起来，虽然累得上气不接下气，却谁都不肯放慢脚步。

“我要一大壶咖啡，”西蒙斯气喘吁吁地说，脸上挂着笑容，“还要一盘肉桂卷！然后就舒舒服服地躺下来晒太阳。发明太阳屋的那位老兄，真该给他发一枚勋章！”

他们越跑越快。那抹黄色的亮光也越来越亮。

“在他们想出这个妙招之前，肯定有不少人都发疯了。显然是这样，一想就能想到。”西蒙斯一边跑，一边和着脚下的节拍喘息着说，“下雨，下雨！好几年前，发现我的，一个朋友，在丛林里，独自转悠。在雨里，反复念叨，‘不了解情况，走进雨里。不了解情况，走进雨里。不了解情况……’就像那样，一遍一遍，可怜的家伙。”

“你也省点力气吧！”

他们向前跑着。

边跑边笑。他们来到太阳屋的门口，仍然笑个不停。

西蒙斯一把把门拉开。“喂！”他朝屋里喊道，“把咖啡和面包端上来！”

没有人回应。

几个人走进屋内。

太阳屋里空荡荡的，一片昏暗。没有人工合成的黄色太阳悬浮在蓝色的天花板中央，也没有食物等待着他们。屋里冷得像地窖。天花板上有上千个新凿的洞，雨水从洞口流进来，浸透了厚厚的地毯，浸泡着笨重的新式家具，在玻璃台面上溅起水花。丛林像苔藓一样在屋里生了根，在书架和长沙发上盘踞着。雨水穿过屋顶的洞，落在三个人的脸上。

皮卡德轻声笑了出来。

“别笑了，皮卡德！”

“哦，天哪，瞧瞧这儿都有些什么在等着咱们——没有食物，没有太阳，什么都没有。金星人——是金星人干的，错不了！”

西蒙斯点头表示同意，屋顶漏进来的雨水浇在他的脸上。雨水流过他银白色的头发和眉毛。“每隔一段时间，金星人都会从海里出来袭击一座太阳屋。他们知道，只要毁了太阳屋，就能毁了咱们。”

“可是太阳屋不是都有武装守卫吗？”

“是的，”西蒙斯挪到一个相对干燥的地方，“但是金星人已经五年没出来搞破坏了，防卫松懈了，他们就乘人不备袭击了这座太阳屋。”

“守卫们的尸体在哪儿？”

“金星人把他们都拖进了海里。我听说他们以淹死人类取乐。他们会花八个小时慢慢地把人淹死。实在是壮观。”

“我敢打赌，这里什么吃的都没有。”皮卡德大笑着说。

中尉对他皱了皱眉，又朝西蒙斯点点头。西蒙斯无奈地摇着头，走进椭圆形大厅旁边的一个房间。厨房里到处都散落着湿答答的面包和长着淡绿色霉菌的肉。雨水从厨房房顶的上百个洞里漏进来。

“好极了，”中尉瞟了一眼屋顶上的那些洞，“我看咱们不大可能把这些洞都堵上，在这儿暖暖和和地安顿下来。”

“饿着肚子，长官？”西蒙斯哼了一声，“我发现那颗人造太阳已经被破坏了。咱们的最佳选择是赶到下一座太阳屋。那儿离这儿有多远？”

“不太远。我记得他们在这一带建了两座离得很近的太阳屋。如果咱们在这儿等着，说不定会有救援队从另一座太阳屋——”

“救援队很可能前几天已经来过了。六个月后，等他们从国会拿到拨款，他们会派人来把这儿修好。我认为咱们最好还是别在这儿傻等了。”

“那好吧，咱们先把剩下的干粮吃了，然后就出发去下一个太阳屋。”

皮卡德说：“要是雨别总敲在我头上就好了，哪怕只有几分钟也行。要是我能记得不受它打扰的感觉就好了。”他用双手紧紧抱住头，“我记得在学校的时候，班里的一个小霸王就坐在我身后，他总是掐我，每隔五分钟就掐一次。他掐了我几个星期、几个月。我的胳膊被他掐得生疼，满是淤青。我想我迟早会被他给逼疯了。有一天他真把我掐急了，我转身抄起一把机械制图课上用的金属角尺，差点儿宰了那个杂种。我几乎把他那恶心的脑袋割了下来。要不是别人及时把我拉出教室，我就把他的眼睛挖出来了。他们把我拉走的时候，我不停地喊着：‘他为什么不肯放过我？他为什么不肯放过我？’嗨呀！”

他颤抖的双手紧紧箍在头上，越箍越紧，双目紧闭，“可是我现在能怎么办呢？我该去揍谁，我该去跟谁说‘住手，别碰我’呢？这该死的雨，就像那只掐我的手，总是缠着我不放，你只能听到它的声音，只能感到它的存在！”

“咱们下午四点之前就能赶到下一座太阳屋。”

“太阳屋？看看这里吧！假如金星上所有的太阳屋都被毁了，那该怎么办？假如所有的房顶都被凿穿了，往屋里漏雨怎么办？”

“咱们必须得碰碰运气。”

“我已经碰累了。我只想要一片屋顶，一份清静。我想一个人待着。”

“只有八小时的路程，再坚持一下。”

“别担心，我会坚持的。”皮卡德笑了，眼睛看着别处。

“吃饭吧。”西蒙斯看着他说。

他们沿着海岸继续向南进发。四小时后，他们来到一条河边，河水湍急，水面宽达一英里，无法驾船通过。他们不得不折向内陆，从河的上游绕过去。走了六英里，他们来到一个地方，只见河水从地下猛地喷涌而出，仿佛在大地上划出一道致命的伤口。他们淋着雨走在坚实的地面上，回到了海边。

“我得睡觉了，”皮卡德说罢，一屁股坐在地上，“四个星期没睡觉了。想睡，睡不着。我就在这儿睡了。”

天黑了下来，夜幕降临了。金星的夜晚漆黑如墨，四处走动是很危险的。西蒙斯和中尉也跌坐在地上。中尉说："好吧，那咱们就试试吧。咱们之前试过，可是谁知道呢。在这种天气里，睡眠似乎是种可望而不可即的东西。"

他们躺平了身体，头稍稍垫高，以防水流进嘴里。他们闭上眼睛。中尉的身体抽动着。

他没有睡着。

有什么东西在他皮肤上爬动，在他身上层层叠叠生长。雨滴落下，彼此相遇，汇成细流流过他的身体；与此同时，丛林中的细小植物在他的衣服上扎了根。他感到常春藤紧紧地抱住他，为他织就第二层外衣；他感到小花儿含苞、绽放、凋落，而雨依然急切地拍打在他的身上和头上。在夜的微光中——因为周围的植物在黑暗中发着光——他能看到另外两人的轮廓，好像倒地的树干上生出一层由花草构成的绒毯。雨水打在他脸上。他用手护住脸。雨水打在他脖子上。他翻身俯卧在泥泞中，趴在坚韧的植物上。雨水打在他的后背和腿上。

突然，他从地上纵身而起，开始把水从身上往下掸。一千只手在抚摸着他，而他不想再被抚摸，不能容忍再被触摸。他踉跄着撞到了什么东西，他知道那是西蒙斯，后者站在雨中，被水呛得又是喷嚏又是咳嗽。接着，皮卡德也起来了，大喊大叫着，四处乱跑。

"等一等，皮卡德！"

“住手，住手！”皮卡德尖叫着。他朝夜空放了六枪。在火药爆炸产生的火光中，他们看到无数雨点悬在半空，宛如定格在一块巨大的琥珀之中。好似在白天鹅绒背景板的映衬下闪闪发亮的宝石，一百五十亿颗小雨滴，一百五十亿颗泪珠，一百五十亿颗晶莹的饰品，仿佛受到枪声的惊吓而迟疑了一瞬。然后，随着火光熄灭，在镜头前暂时停下下落的脚步、等待影像被记录的雨滴，劈头盖脑地落在他们身上，像一大群飞虫叮咬着他们，寒冷而疼痛。

“快停下，停下！”

“皮卡德！”

然而此时的皮卡德只是独自站在雨中。中尉打开一把小手电，照在皮卡德被雨水打湿的脸上，只见他的眼睛大睁着，嘴巴张开，仰着脸，雨水在他的舌头上溅起水花，雨水遮盖了他圆睁的双眼，冒着小气泡流进他的鼻孔。

“皮卡德！”

皮卡德没有答话。他只是久久地站在原地，任由雨水在他的白发间汩汩流淌，成串的雨珠像镣铐一般从他的手腕和颈项上滴落。

“皮卡德！我们要走了。我们要出发了，跟我们一起走吧。”

雨水从皮卡德的耳中滴落。

“能听见我说话吗，皮卡德！”

如同对着井底喊话。

“皮卡德！”

“别管他了。”西蒙斯说。

“咱们不能把他丢下。”

“那该怎么办，抬着他走？”西蒙斯不满地说，“他对咱们、对他自己已经毫无益处了。你知道他要干什么吗？他要站在这儿让自己淹死。”

“什么？”

“按说你应该知道这是怎么回事了。你没听说过那个故事吗？他会就这么仰着头站着，让雨水流进他的鼻子和嘴巴。他就呼吸那雨水。”

“不。”

“他们那次发现门特将军就是这样。他坐在一块石头上，头向后仰着，呼吸着雨水。他的肺里灌满了水。”

中尉再次用手电照了照那张毫无表情的脸。皮卡德的鼻孔里发出微弱的流水声。

“皮卡德！”中尉打了他一记耳光。

“他根本感觉不到，”西蒙斯说，“在这样的雨里浇上几天，你的脸呀、手呀、腿呀就都失去知觉了。”

中尉惊恐地看着自己的手，他的手确实没有感觉了。

“那咱们也不能把皮卡德丢在这儿。”

“我来告诉你咱们该怎么做。”西蒙斯开了一枪。

皮卡德倒在雨水横流的地上。

西蒙斯对中尉说："别动，中尉。我的枪也瞄着你呢。你再好好想想，他只会待在那儿让自己淹死。这么做还痛快点儿。"

中尉不安地瞅着尸体。"可是你杀了他。"

"是的，因为他会拖累咱们，把咱们也害死。你看见他的表情了，他已经疯了。"

过了一会儿，中尉点点头。"那好吧。"

他们在雨中出发了。

天仍然黑着，手电的光束只能将雨幕刺破一个小口子，照亮前方几英尺的地方。半小时后，他们不得不停下脚步，坐等黑夜过去，一边忍受饥饿的煎熬，一边期盼黎明的来临。当黎明终于到来，天空依旧昏暗，雨依旧下个不停。他们又继续上路了。

"咱们算错了。"西蒙斯说。

"没有。再走一个钟头就到了。"

"大声点儿，我听不见。"西蒙斯停下脚步，朝他笑笑，"老天哪，"他摸了摸耳朵，"我的耳朵完全听不见了。这雨终于彻底麻木了我的所有感觉。"

"什么都听不见了吗？"中尉问。

"什么？"西蒙斯迷惑地看着他。

"没什么。继续走吧。"

"我打算在这儿等着。你先走吧。"

"那可不行。"

“我听不见你说什么。你走吧。我累了。我认为太阳屋不在这个方向上，即便在，恐怕屋顶也都漏了，就像上一座一样。我决定就在这儿待着了。”

“站起来，西蒙斯！”

“再见，中尉。”

“你不能这时候放弃。”

“我的枪说我就在这儿待着了。我什么都不在乎了。我现在还没疯掉，但马上就快了。我不想落得那样的下场。等你走到我看不见的地方，我就用这把枪送自己上路。”

“西蒙斯！”

“你在叫我的名字。我能从你的口型上看出来。”

“西蒙斯。”

“喏，这是迟早的事。要么现在死，要么过几个钟头再死：等到到了下一座太阳屋——如果真能走到的话——发现房顶漏雨，等到那时候再死，岂不更糟？”

中尉等了一阵，独自蹚着水上路了。他曾回头喊过西蒙斯一次，但西蒙斯只是拿着枪坐在原地，等着他走出视线。他摇着头，挥手让中尉继续往前走。

中尉甚至没有听到枪声。

他开始沿路采摘花朵充饥。它们在他的胃里停留了片刻，没有毒，可也没什么营养，不多一会儿，他便将它们全部呕了出来。

他还曾摘下一些树叶，打算编一顶草帽，不过他之前已经尝试过了，雨水总是把他头上的树叶溶化冲走。树叶一经摘下，很快就会腐烂，在他的手指间化作灰色的一团。

“再坚持五分钟，”他对自己说，“再走五分钟，然后我就走到海里，再也不回头。我们无法适应这样的环境，没有哪个地球人能承受得住。挺住，挺住。”

他挣扎着穿过一大片泥泞和树丛，来到一座小山上。

在冷冷的雨雾中，远方出现了一个模糊的黄点。

另一座太阳屋。

在树木的掩映中，一座圆形的黄色建筑浮现在远方。有那么一会儿，他只是站定了看着它，心里摇摆着拿不定主意。

然后他跑了起来，紧接着又慢下脚步，因为他害怕。他没有欢呼。万一这仍是之前的那座太阳屋怎么办？万一这里也没有太阳，只是一片死寂，怎么办？

他脚下一滑，摔倒在地。躺在这里吧，他想，这不是你要找的那座房子。就躺在这儿吧，去了也没用。就把雨水尽情喝个够吧。

但他还是硬撑着从地上爬了起来。越过几条小溪后，前方的黄光变得愈加明亮。他再度奔跑起来，脚下踏破了一块块平滑如镜的水面，手臂击打着一串串从天而降的闪亮的宝石。

他站在了黄色的大门前。门上有几个印刷体的大字：“太阳屋”。他伸出麻木的手抚摸着这几个字。然后他转动门把手，跌跌撞撞地走进屋里。

他环顾四周。在他身后，雨水急打着房门。在他面前的一张矮桌上，热巧克力在银壶里冒着热气，一杯倒好的热巧克力上漂浮着棉花糖。在旁边的一个浅盘里，放着几块厚厚地夹着肥美鸡肉、新鲜番茄和嫩洋葱的三明治。在他眼前的衣杆上，挂着一条又大又厚的绿色浴巾，衣杆下面是一个装湿衣服的箱子。在他右手边，是一个可以把身体快速烘干的小隔间。一把椅子上，放着一套干净的制服，供他或任一个迷路的人换上。再往前几步，铜壶里飘出咖啡的香气，留声机上播放着轻柔的音乐，书架上摆满红色和棕色皮面的精装书。书架旁边是一张帆布床，松软而富有弹性，你可以脱光衣服躺在上面，尽情享受那俯视整个房间的光辉灿烂的物体发出的光和热。

他用手捂住眼睛。他看到先前的几个同伴朝他走来，但他什么话都没对他们说。他等了一会儿，睁开眼睛。制服上滴落的雨水在他脚边积成一小摊，他感到头上、脸上、胸前和四肢都在慢慢变干。

他抬头看着太阳。

它悬在房间中央，巨大，金黄，温暖。它没有一点声音，整个房间也寂静无声。门关上了，门外的雨只是残存在他酸痛的身体上的记忆。黄色的太阳高悬在屋顶的蓝天上，温暖，热情，美好至极。

他向前走去，边走边扯掉身上的衣服。

火箭人

电子萤火虫在妈妈的黑发上方盘旋，照亮她脚下的路。我从寂静的客厅走过时，她站在卧房门口向外看着我说："你这次会帮我把他留下的，是不是？"

"我想是的。"我回答。

"一定要帮帮我。"萤火虫在她白皙的脸上投下跃动的光点，"这次一定不能再让他离开了。"

"好的，"我在原地站了一会儿后回答，"可是不会有什么用的，没用的。"

她走开了，那些萤火虫在电力的驱动下在她身后飞舞，像一团飘忽的星团，在黑暗中为她照亮前边的路。我听到她低声说："无论如何，我们得试试。"

另有一群萤火虫跟随我回了房间。上床时，我的体重切断了床上的某条电路，萤火虫熄灭了。已是午夜，我和妈妈身处被黑暗分隔的各自的房间，在床上等待着。床开始轻轻摇动，为我唱起催眠曲。我按了一下开关，歌声和摇动停止了。我不想睡，一点也不想睡。

这个夜晚和我们生活中其他的千百个夜晚没什么不同。我们会在夜里醒来，感到空气由凉爽变得燠热，感到火在风中燃烧，或是看到墙壁在瞬间被照得雪亮，这时，我们便知道，他的火箭正飞越我们的房子上空——他的火箭，把房子周围的橡树震得枝叶不停摇摆。我会躺在床上，双眼圆睁，心跳加速。妈妈则在她的房间，她的声音通过房间里的对讲机传到我的耳畔：

“你感觉到了吗？”

我总会回答：“就是他，没错。”

那是爸爸的飞船飞过我们镇的上空——一个宇宙飞船从不造访的小镇。接下来的两个小时，我们会清醒地躺在床上，脑海里想象着：“现在，爸爸降落在斯普林菲尔德了，他走上停机坪了，他正在文件上签名，他登上直升机了，飞越河流，飞越群山，他现在正在把直升机停在格林村这儿的小飞机场上……”此时夜已过半，我和妈妈躺在各自的床上，用心倾听着。“现在，他正走在贝尔大街上。他总是自己走，从来不坐出租车……他正穿过公园，他走到橡树街的拐角了……”

我从枕上抬起头来。街上远处，轻快敏捷的脚步声越来越近。现在这脚步已经来到我家门前，走上了门廊的台阶。于是，在凉夜的黑暗中，听着前门为爸爸自动开启、说着欢迎归来和关门的声音，我和妈妈都绽开了笑容……

三小时后，我轻轻转动他们房间的黄铜门把手，屏住呼吸，蹑手蹑脚地走进如星际空间一般广阔的黑暗中，伸手去够放在爸妈床脚的黑色小手提箱。我拿着它悄无声息地跑回自己的房间，心想，他不会告诉我的，他不希望我知道。

箱子一打开，他的黑色制服就冒了出来，它像一团黑色的星云，衣料上隐隐泛着点点星光。我把这黑色的一团捧在温热的手上揉捏着。我闻到了火星的味道，一股铁腥气；闻到了金星的味道，是绿色常春藤的味道；闻到了水星的味道，硫磺和火的味道。我呼吸着银色的月亮和坚硬的恒星的气息。我把制服塞进我在九年级手工课上做的离心机里，启动了机器。随着离心机的旋转，一些细小的粉尘很快被甩进了曲颈瓶。我把它们放到显微镜下。此刻，爸妈正在安睡，对我的行动一无所觉；家里的自动烘焙机、上菜机、清洁机器人等电器也处于休眠状态，屋里的一切都陷入了沉沉的睡梦之中。只有我，目不转睛地观察着镜头下那些流星的尘埃、彗尾的微粒和遥远的木星的土壤，这些光彩闪耀的星辰的细屑，就像一个个缤纷的世界，以风驰电掣之速将我带往十亿英里外的太空中尽情遨游。

拂晓时分，我疲惫地结束了神游太空之旅。由于害怕被爸妈发现，我把制服收进手提箱，悄悄放回他们的卧室。

我上床睡下，却很快被停在楼下院子里的干洗车的喇叭声吵醒。工作人员取走了装有制服的黑色提箱。我想，幸好我没有拖延。因为一小时后制服就会被洗干净送回来，洗去那上面命运之旅的所有征尘。

我再次躺下，把那一小瓶充满魔力的星尘放在睡衣口袋里，紧贴着我的心口。

我下楼时，爸爸正坐在早餐桌旁吃着烤面包片。“睡得好吗，道格？”他问话的语气好像他一直待在家里，而不是外出了三个月才刚刚回来。

“睡得挺好。”我回答。

“来点儿烤面包片？”

他按下一个按钮，早餐桌为我烤了四片金黄的面包片。

我记得那天下午爸爸忙碌的身影，他不停地在花园里挖呀挖的，好像一只动物在寻找着猎物。他那长长的黝黑的手臂动作麻利地下种、填土、架秧、修剪、整枝，黝黑的脸庞朝向地面，眼睛专注地盯着手头的工作，从不抬眼看天，也不看我和妈妈。除非我们跪在他身边，感受着透过工装裤渗到膝盖上的土壤的湿气，把手插进黑黑的泥土，不去理会明亮而荒唐的天空，只有这时，他才会把头转向一边，看看妈妈或我，朝我们温柔地挤挤眼睛，然后继续弯下身，脸朝下，背对着蓝天的凝视。

那天晚上，我们坐在门廊上的自动秋千上，秋千一边摆动，一边为我们送上凉风和低唱。那是个月光皎洁的夏夜，我们手拿冰凉的杯子，喝着柠檬水。爸爸读着立体报纸——这种报纸的微缩胶片插在一个带有放大镜的特制的帽子里，读的时候把帽子戴在头上，连眨三下眼睛，报纸就会自动翻页。爸爸一边抽烟，一边给我讲述一九九七年，他小时候的事情。过了一会儿，他又像往常一样问我："你为什么不出去玩踢罐子游戏呢，道格？"

我没有做声，妈妈替我回答道："你不在家的时候他会去玩的。"

爸爸看了看我，又看了看天，这是他那天第一次抬头看天。每当他的目光扫过星空，妈妈都会留意着他。在他回家的第一天，他很少抬头看天空。我想到他在花园里卖力干活的情景，那时他的脸都快贴在地上了。但到了第二天晚上，他仰望星空的次数就会有所增加。妈妈并不太担心白天的天空，可是夜晚的星空却让她恨不能把星星全部熄灭，有时我甚至能感到她正在寻找一个想象中的开关，却从来没有找到过。到了第三天晚上，爸爸也许会在门廊上一直待到早已过了上床的时间，这时我就会听见妈妈喊他进屋，就像她有时把我从街上叫回家一样。然后我会听到爸爸叹一口气，将电子眼门锁锁好。接下来的那个早晨，在他往烤面包片上抹黄油时，我会低头瞥见他的黑色小手提箱放在他的脚边。那天妈妈总是很晚才起床。

"好了，再见了，道格。"他边说边握握我的手。

"大约三个月后回来？"

"是的。"

然后，他就在街上走远了，不坐直升机，不坐甲壳虫，也不坐巴士，就这样腋下夹着装有制服的小提箱走在街上；他不愿意让别人觉得他因为身为火箭人而自命不凡。

大约一个小时后，妈妈会从房里出来吃早餐，一片什么都不抹的烤面包片。

不过现在还是第一个晚上，幸福的晚上，爸爸根本不怎么留意星空。

“咱们去电视嘉年华吧。”我提议。

“好的。”爸爸回答。

妈妈朝我笑笑。

我们乘直升机匆匆赶到城里，拉着爸爸参观了一千件展品，把他的目光和心思留在我们身边，不让他有丝毫闲暇顾及其余的事。当我们被滑稽的展品逗得开怀大笑，或是面对严肃的展品一脸严肃时，我想，爸爸去过土星、海王星和冥王星，却从来不带礼物给我。别的男孩的父亲从太空归来时，会给他们带回木卫四的矿石标本、黑色的流星碎片或蓝色的沙粒。我却只能通过交换，从其他孩子手里搞到藏品。我的房间里堆满了来自火星的岩块和来自水星的沙子，爸爸看了却一句话都不说。

我记得，他偶尔会给妈妈带回点什么。他曾经在院子里种下几株火星向日葵，但在他走后一个月，那些向日葵长大了以后，妈妈有一天跑到院子里把它们都砍倒了。

我们在一件三维展品前驻足观看时，我未经思考就随口问了爸爸一个我经常问起的问题：

“待在太空是什么感觉？”

妈妈向我投来惊恐的一瞥，但是已经太迟了。

爸爸在原地站了足足半分钟，考虑着该如何作答，然后他耸了耸肩。

“那是人在一生中所能经历的最美好的事。”他随即收住话头，“哦，其实也没什么大不了的，例行公事而已。你不会喜欢的。”他有些担心地看着我。

“可你总是一次次回到太空。”

“我那是去习惯了。”

“你这次要去哪儿？”

“我还没想好，我要仔细考虑考虑。”

他总是考虑得很仔细。当年，飞船驾驶员还很稀缺，他可以选择去哪里工作，何时工作。在他回家的第三个晚上，你会看到他在众多的星星中做着选择。

“走吧，”妈妈说，“咱们回家了。”

我们到家时时间还早。我请求爸爸穿上制服。我不该提这样的要求——这会惹妈妈不高兴——可我总是忍不住。虽然他以往总是拒绝，我还是不停地央告着。我从来没见过他穿制服的样子，这一次他终于同意了。“嗯，好吧。”

爸爸乘着风道上楼了，我和妈妈在客厅里等着。妈妈沮丧地看着我，仿佛无法相信她的亲生儿子竟然会这样对待她。我转头看着别处，说了声“对不起”。

“你一点儿忙都没帮上，”她说，“一点儿也没帮上。”

片刻之后，风道里传来一声轻响。

“来看吧。”爸爸平静地说。

我们看着身穿制服的他。

黑色的制服光滑平整，银色纽扣和银色镶边一直延伸到黑色皮靴的鞋跟处。整件衣服就像是从黑色星云上裁下来的，闪烁着点点星光。制服穿在爸爸身上就像手套戴在修长的手上一样合适。它带着凉风、金属和太空的味道，带着火和时间的味道。

爸爸站在房间中央，有些难为情地笑着。

“转过身让我们看看。”妈妈说。

她看着他，眼神悠远。

爸爸不在家时，妈妈从来不提他。除了谈谈天气，说我的脖子脏了该洗了，或者说她夜里没睡好之外，她什么都不说。有一次她抱怨，夜里光线太强了。

“可是这个星期都没有月亮啊。”我说。

“星星太亮了。”她回道。

我去商店给她买来颜色更暗更深的遮光窗帘。晚上躺在床上时，我听到她放下窗帘，把窗户遮得严严实实，窸窸窣窣的声音持续了好一阵。

有一次，我打算去修剪草坪。

“不要，”妈妈在门口拦住我，“把割草机放回去。”

于是，草坪一连三个月没有人打理。直到爸爸回家才把它修剪一新。

其他的，诸如修理早餐机和阅读机这类事情，妈妈也不让我做。她像攒着过圣诞节一样把所有活儿都攒起来。等到爸爸回来后，他就会敲敲打打修修补补忙得不亦乐乎。他干活的时候脸上总是带着笑容，妈妈在一旁看着他，也是一脸幸福的微笑。

是的，他不在家的时候她从来不谈起他。而身在千百万英里之外的爸爸也从来不和家里联系。他曾说过：“要是我给你打电话，我就会想要陪在你身边。我会感到难过的。”

有一次爸爸对我说：“有时候，你妈妈对待我的态度就好像我不在她面前——好像我是隐形人一样。”

我见到过她的这种态度。她的目光越过他的肩膀，看着他的身后；她看他的下颌，看他的手，就是不看他的眼睛。即使看着他的眼睛，她的眼里也仿佛笼着一层薄雾，蒙眬得如同动物的睡眼。她会在合适的时候表示赞同，该笑的时候笑一笑，可总比预期的慢了半拍。

“她好像根本就看不见我。”爸爸说。

但有的时候，他们会把心都放在对方身上。他们会手牵手在街上散步，或是开车出去兜风，她的头发在身后飞扬，宛若少女。她会停下厨房里所有的自动设备，亲手为他烤制美味至极的蛋糕、馅饼和曲奇，深情凝视他的脸，露出发自心底的笑容。但是在这样温馨的日子临近结束时，她总会伤心地哭起来。爸爸则总是手足无措地环顾房间，像是要从中找出答案，却从来都找不到。

爸爸穿着制服，慢慢地转身让我们看。

“再转过来。”妈妈说。

第二天早上，爸爸手里抓着一大把票冲进屋里。粉色的是去加利福尼亚的火箭票，蓝色的是去墨西哥的。

“走吧！”他说，“咱们可以在路上买些一次性服装，穿脏了就烧掉。咱们搭中午的火箭去洛杉矶，坐下午两点的直升机去圣巴巴拉，然后坐九点的飞机去恩塞纳达，就在那儿住一晚上！”

于是我们去了加利福尼亚，沿着太平洋海岸游玩了一天半，最后在马里布海滩上住了下来，煮着熏肉香肠。爸爸一刻不停地倾听、哼唱，或是观看着周围的一切，好像要牢牢抓住一切，仿佛这世界是一个高速旋转的离心机，稍不留神就会把他从我们身边抛离出去。

在马里布的最后一个下午，妈妈先回了旅馆房间。爸爸和我两个人在烈日下的沙滩上躺了很长时间。“啊，”他叹了口气说，“要的就是这种感觉。”他轻轻地合上眼，畅饮着阳光。“你会想念这种感觉的。”他说。

他指的当然是“在火箭上”。但他从来不说“火箭”二字，也从来不提火箭和在火箭上无法拥有的东西。在火箭上，他享受不到带着咸味的海风的吹拂，看不到蓝天丽日，尝不到我妈妈的手艺。在火箭上，他无法与自己十四岁的儿子交谈。

“跟我说说话吧。”他最后说。

我知道我们会像往常一样，一连聊上三个钟头。整个下午，我们都会躺在懒懒的太阳下，轻声谈论着我在学校的成绩，我能跳多高，我能游多快。

每次我说话的时候，爸爸都会点头微笑，赞许地轻轻拍拍我的胸膛。我们就这样聊着天。不聊火箭和太空，而是聊着墨西哥——我们曾驾着老爷车去到那个绿色的温暖国度，在正午的雨林里捉蝴蝶。我们看着上百只蝴蝶被吸进汽车散热器，拍着蓝色和绯红色的翅膀，抽搐着死去，美丽而哀伤。我们聊着这些闲话，却不谈我真正想谈的话题。他认真地听我说话。他用心听着，仿佛要用他所能捕捉到的每一个声音把自己填满。他总是全神贯注地听风声，听海水退潮，听我说话。他听得那样认真，仿佛完全忽略了发声者的形体，只把声音留下来。他闭上眼睛倾听。修剪草坪时，他从不使用遥控装置，总是自己操作割草机，一边听着马达的声音，一边呼吸着如碧绿的飞瀑般散落在他脚下的新割的青草的味道。

“道格，”下午五点钟左右，我们拿着毛巾踏着沙滩上的碎浪往回走的时候，他对我说，“我希望你答应我一件事。”

“什么事？”

“永远不要当火箭人。”

我停下脚步。

“我是认真的，”他说，“因为当你身在太空时，你的心牵挂着这里，而当你人在这里，你的心又飞向了太空。不要开始这样的生活，不要让这种情绪左右你。”

“可是——”

“你不了解那种感觉。每当我身在太空，我都会想：‘如果我能回到地球，我会留在那里，再也不上太空了。’可是我还是会离开，我想我将来依然会不断地离开。”

“我想当火箭人已经很久了。”我说。

他没听见我的话。“我努力想留下。上周六我回家时，我开始用尽一切努力想要留在这里。”

我想到他在花园里流汗忙碌的身影，想到这趟旅行，想到他不停地做事和倾听的样子，我知道他这么做是想要说服自己，大海、城市、大地和家庭才是真实存在和真正美好的事物。但是我也知道他今晚将要做什么：在屋前的门廊上凝望猎户座如宝石般璀璨的群星。

“答应我，你将来不会变得和我一样。”他说。

我犹豫了一会儿，然后说：“好吧。”

他和我握手。“好孩子。”他说。

那天的晚餐很丰盛。妈妈拿着肉桂和面团在厨房里忙活了半天，弄得锅碗瓢盆叮当作响。终于，一只香喷喷的火鸡冒着热气上了桌，填着馅料，配着蔓越莓酱、豌豆和南瓜派。

“才八月中旬就吃这个？”爸爸惊讶地问。

“因为今年感恩节你不在家。”

“那倒是真的。”

他闻着饭菜的香气。他把每个菜盘上的盖子揭开，让饭菜的香气氤氲在他晒黑的脸上。他每闻一道菜都发出“啊”的一声赞叹。他看看房间和自己的双手。他盯着墙上的画，盯着桌子椅子，盯着妈妈和我，然后清了清喉咙。我看出他在下决心。“莉莉？”

“嗯？”妈妈坐在对面看着他，双眸闪着亮光。餐桌被她布置得如同一张诱人的银色罗网，美味的羹汤就好比是陷阱，说不定她的丈夫最后也会像从前那些陷在沥青坑里拼命挣扎的野兽一样，落进这个陷阱无法脱身，从此永远安全地待在她用许愿骨[①]打造的牢笼中，眼巴巴地看着外面的世界。

“莉莉。”爸爸又叫了一声。

接着往下说啊，我焦灼地等待着。快点说出来吧：说你这次会留在家里，永远留下，再也不走了；快说呀！

就在这时，外面飞过一架直升机，震得窗玻璃抖动着发出

---

① wishbone，鸟类胸腔内的“Y”形叉骨。西方传统风俗认为，两人各拉住这根骨头的一端将其扯开，得到长一些的骨头的那个人就能实现愿望。感恩节人们常用火鸡的叉骨来许愿。

清脆的声音。爸爸瞥了一眼窗户。

蓝色的星星在夜空中闪烁，火星这颗红色的行星正从东方升起。

爸爸盯着火星足足看了一分钟。然后心不在焉地朝我伸出手说："帮我盛一些豌豆。"

"对不起，"妈妈说，"我去拿些面包来。"

她起身冲进厨房。

"可是桌上就有面包呀。"我说。

爸爸没有看我，径自吃了起来。

那天夜里我失眠了。凌晨一点钟，我来到楼下。只见月光洒落之处，屋顶上好像铺了一层冰霜，草坪也仿佛化身为雪地，无数闪亮的露珠点缀其间。我穿着睡衣站在门口，感受着夜风的温暖。随即，我发现爸爸正坐在前廊的自动秋千上，轻轻地摇动着。我看到他的侧影向后仰着，抬头望着星星在夜空中流转。他的眼睛像灰色的水晶，每一颗水晶里都映着月亮的身影。

我走到门外，坐在他身边。

我们在秋千上荡了一会儿。

最后我问他："人在太空里有多少种死法？"

"一百万种。"

"说几种我听听。"

“被流星砸中，飞船空气泄漏，被彗星挟持而去；撞击、窒息、爆炸、离心力；加速太快，加速太慢；太热，太冷；太阳、月亮、恒星、行星、小行星、太空辐射……全都能杀死你。”

“如果死了，人们会埋葬你吗？”

“他们根本就找不到你。”

“那你会去哪儿？”

“十亿英里之外。他们管那叫漂泊的墓穴。你会像一颗流星或小行星那样，永远在太空中漂流。”

我默不作声。

“不过有一点好处，”他停了一下说，“在太空中，死亡的过程很短。一瞬间就结束了。你不会垂死挣扎。大多数时候你甚至根本意识不到死亡的来临。死亡突如其来，一下子就没了。”

我们上楼，各自回房睡觉。

早上。

爸爸站在门口，听着黄色的金丝雀在金色的鸟笼中歌唱。

“好啦，我决定了，”他说，“下次我回来，就留下不走了。”

“爸爸！”我兴奋地说。

“等你妈妈起床后，把我的话转告她。”他说。

“你是说真的！”

他庄重地点点头：“三个月后见。”

他提起装有制服的神秘手提箱，走在街道上，一边看着身旁高大的绿树，一边吹着口哨。走过无患子树丛时，他揪下几颗无患子随手抛起。他就这样在明亮的晨光中走远了……

那天早上，爸爸出门几小时后，我问了妈妈几个问题。“爸爸说，有时候你表现得好像对他视而不见，听而不闻。”

她平静地向我解释个中原委。

“十年前他上太空时，我对自己说：‘他已经死了。’或者就等于是死了。我就当他死了。每年有那么三四回，他会回来，可是回来的根本不是他，只是一小段愉快的回忆或梦境。如果你是从回忆或梦境中醒来，你的痛苦要小得多。所以大多时候我都当他已经死了。”

“可有时候——”

“有时候我情不自禁。我给他做好吃的，像是他还活在这世上那样对待他，可是接下来就会感到伤心难过。不，还是当作他十年都没有回来过，再也见不着的好。这么想心里不会那么难受。”

“他不是说下次就再也不离开了吗？”

妈妈缓缓地摇着头。“不，他死了。我很肯定他已经死了。”

“他会活着回来的。”我说。

“十年前，”妈妈说，“我想：‘如果他死在金星上了怎么办？’那样我们就再也不能坦然直视金星了。‘如果他死在火星上怎么办？’那样一来，每当我们看到天空中闪着红光的火星，就会想要躲进屋里把门锁上。要是他死在木星、土星或者海王星上呢？这些行星高高地在天空中升起的夜晚，我们完全不会想和星空扯上任何关系。”

“我想也是。”我说。

第二天，电报来了。

邮递员把电报交给我，我站在门廊上把它看完。夕阳西下。妈妈站在我身后的纱门里，看着我把电报折好后揣进衣兜。

“妈妈。”我叫了她一声。

“不要告诉我我不知道的事。”她说。

她没有哭。

杀死爸爸的不是火星，不是金星，不是木星也不是土星。我们不用在每个木星、土星或火星点亮夜空的夜晚想起他。

情况有所不同。

他的飞船坠毁在太阳上。

太阳，这个巨大的无情的火球，总是高悬在天空，令人无处躲藏。

于是，在爸爸死后很长时间，妈妈白天在家睡觉，从不出门。我们午夜时分吃早餐，凌晨三点吃午餐，晚餐则安排在昏暗冷清的清晨六点。我们看通宵电影，日出时上床睡觉。

很长一段时间，我们只有在天上下雨不出太阳的日子才出门。

天　灯

烟花在夏夜的草坪上空怒放，照亮了叔叔婶婶们的脸庞。堂兄弟们站在门廊上，闪闪发亮的棕色瞳仁里映着冲天火箭矫捷的身姿。花炮燃尽的残梗落在远处干燥的草地上。

教长约瑟夫·丹尼尔·佩里格林[①]神父睁开眼睛。多么美好的梦境啊：他和堂兄弟们在俄亥俄祖父的老宅里放烟火，那是多少年前的事了！

他躺在床上，倾听着教堂大厅和其他神父所住的房间的动静。在“十字架”号火箭升空的前夜，他们是否也会带着七月四日的回忆入梦？是啊，此刻就像是年少时那些独立纪念日的黎明时分，你兴奋地屏息等待第一声花炮炸响，然后便冲上结着露水的人行道，手里握满了响亮的奇迹和喜悦。

在这黎明即将到来的时刻，这些美国新教圣公会的神父聚集在这里，他们将会乘上火箭，像五彩转轮烟火一样飞往火星，在宇宙空间这个漆黑静谧的大教堂里留下香烟一缕。

“我们究竟应不应该去火星呢？”佩里格林神父低声自问，“我们难道不是应该留在地球上应对人类自身的罪恶吗？我们

① 佩里格林神父的姓 peregrine 意为“游隼”，也有旅游异国、朝圣之意；而斯通神父的姓 stone 则是“石头”之意。

是不是在逃避自己的责任呢？”

他起身下床，肥胖的身躯在房间里笨重地移动着。

“或者是因为懒惰？”他问自己，“我害怕这次远行吗？”

他走进淋浴间。

“我会把你带去火星的，老兄，”他自言自语道，“抛开地球上这些旧的罪恶，到火星上去发现新的罪恶？”发现那些超乎人们想象的罪恶——这想法倒是挺有意思的。对了，他本人就曾写过一本小册子——《其他世界的罪恶问题》，不过，圣公会的同仁们却认为这本书不够严肃而对它不予理会。

就在前一天晚上，他还一边抽着最后一支雪茄，一边跟斯通神父谈到过这本书。

“在火星上，罪恶可能会以美德的面目出现。我们必须提防那里的善行，以免事后发现那其实是罪恶！”佩里格林神父兴奋得满脸放光，“多么激动人心啊！好几个世纪以来，传教生活都没有像过去那样惊险刺激了！”

“我能辨别出什么是罪恶，”斯通神父硬邦邦地说，“即使在火星上也一样。”

“哦，我们这些神父自诩检验罪恶的石蕊试纸，一遇到罪恶就变色，”佩里格林神父反唇相讥，“但是如果火星的环境使我们这些试纸根本就不变色怎么办？假如火星上存在着新的感官类型，你就必须得承认，有可能存在着我们无法识别的罪恶。”

“如果不是蓄意作恶，就不是罪恶，也不会受到惩罚——主向世人这样保证过。”斯通神父回答说。

“在地球上，是这样。但是在火星上，恶念也许只存在于潜意识中，人们在意识不到的情况下随心所欲，表面上看起来毫无恶意！这种情况又该怎么办呢？”

“那里会有什么新的罪恶呢？”

佩里格林神父用力向前探着身子。“亚当独自一人时并不存在罪恶。有了夏娃就有了诱惑。再添一个男人，就产生了通奸的可能——增加性别和人数，就增加了罪恶。假如人没有手臂，就无法用双手将别人扼杀，也就不会有这一类的谋杀罪行。有了手臂，就多了一种暴力的可能。变形虫不会犯罪，因为它们通过细胞分裂繁殖。它们不需要娶妻生子，也不必互相残杀。赋予变形虫性别，给它们添上四肢，它们的世界也将产生谋杀和通奸。增加或减少手、脚和人数，就增加或减少了可能的罪恶的种类。在火星上，假如有五种我们无法觉察的新的感觉、器官或是人眼看不见的肢体，那不是就可能有五种新的罪恶了吗？”

斯通神父倒吸了一口冷气：“我看你对这种事倒真是乐在其中！”

“我是让自己的思维保持活跃，神父，只是保持思维活跃而已。”

“你的思维就像个抛接杂耍高手——镜子、火把、盘子——没有你玩不转的，是不是？”

“是的。因为教会有时候就像马戏团里那些静态的舞台造型，当大幕升起，那些涂抹着氧化锌和滑石粉的人就像雪白的塑像一样一动不动，象征着抽象的美。美则美矣，但我希望始终能够留有空间，让我在这些塑像间自由穿行。你不这么想吗，斯通神父？”

斯通神父走开了。“我看还是去睡觉吧。再过几个小时，咱们就要飞到太空去见识你说的那些新的罪恶了，佩里格林神父。”

火箭已经就位，等待点火发射。

神父们做完祷告，在清冷的早晨步行穿过城市，前往严寒的发射场。他们来自纽约、芝加哥和洛杉矶，都是教会挑选出来的精英。一路走着，佩里格林神父想起了主教的话：

“佩里格林神父，这次的传教团由你带队，斯通神父做你的副手。选择你来担当此次重任的理由我也难以说清，神父，不过我读过你写的那本关于其他世界的罪恶的小册子。你是个头脑灵活的人，而火星就像是一个被我们忽视了数千年、从来没有清理过的壁橱。罪恶在那里日渐积累，就像杂物在壁橱里越积越多。火星的年龄是地球的两倍，那些放荡的周末之夜、纵酒狂欢，以及紧盯着女人不放的丑态也比地球上多出一倍。当我们打开那个壁橱，门后的一片狼藉将令我们应接不暇。我们需要一位头脑灵活、行事变通的人——一个思想不刻板的人。任何一个过于教条的人面对那种情况都会精神崩溃。我认为你能够适应那种环境。神父，我把这份工作交给你了。”

主教带领众神父跪下祈祷。

在祈求上帝保佑并洒圣水为火箭祝福之后，主教站起身对众神父说：

“我相信你们将遵从上帝的旨意，引导火星人接受神的真理。祝你们在这次旅行中收获思想上的启示。”

二十位神父依次走到主教跟前，把手放进他宽厚的手掌。然后他们便登上经圣水净化过的火箭，长袍发出簌簌的声音。

“我想知道，”佩里格林神父在发射前的最后一刻说，“火星会不会就是地狱？只等咱们一到，就燃起熊熊的地狱之火。”

“主啊，请与我们同在。”斯通神父说。

火箭开始升空。

进入太空就像是进入了一座他们所见过的最美的大教堂。在火星上登陆就像是在真正体会到对上帝的爱的五分钟后，踏上教堂外一条普普通通的人行道。

神父们小心翼翼地走下刚刚停稳的火箭，跪在火星的沙地上，听佩里格林神父作感恩祷告。

“主啊，感谢您指引我们穿越您的房间。主啊，我们踏上了新的土地，因而必须具备新的眼光。我们将听到新的声音，因而必须发展出新的听觉。我们将会遇到新的罪恶，因此请赐予我们更好、更坚定和更纯净的心灵。阿门。”

众人站起身来。

如果将火星比作海洋，那么他们就是在海底艰难寻找生命迹象的海洋生物学家。这里是未知罪恶的藏身之所。在这个新的环境中，他们必须战战兢兢谨小慎微，生怕连走路、呼吸和斋戒都可能是种罪恶。

第一小镇的镇长前来迎接他们，他热情地伸出手说：“有什么需要我效劳的吗，佩里格林神父？”

“我们希望了解一些火星人的情况。只有了解了他们，才能更有针对性地为他们建造教堂。如果他们身高十英尺，我们会把教堂的门做得又高又大。如果他们的肤色是蓝色、红色或者绿色，我们必须提前知道，才能在制作彩色玻璃上的人像时使用正确的颜色。如果他们身材笨重，我们会为他们把座椅造得结实些。”

“神父，”镇长答道，“我认为你们不必为火星人费心。火星人分为两类。其中一类已经基本上死光了，只剩下一小部分躲了起来。至于另一类嘛——嗯，严格地说，他们几乎不能算是人。”

“哦？”佩里格林神父的心跳加快了。

“那是些发光的球体，神父，住在那边的山里。谁知道他们到底是人还是野兽。不过我听说他们具有智慧。”镇长耸了耸肩，又说，“当然，他们并不是人类，所以我认为你们不会感兴趣——”

“恰恰相反，”佩里格林神父迅速接过话头，“你说他们拥有智慧？”

“有这么个传闻。一个探矿的人在山上摔断了腿，险些死在山里。那些蓝色的光球来到他身边。等他醒来时，发现自己已经到了山下的公路上，而他却不知道是怎么到的那里。”

“他喝醉了。”斯通神父说。

“反正故事是这么讲的。”镇长说，“佩里格林神父，既然大多数火星人都死了，剩下的又只是些蓝色的球，我认为你们最好还是待在这座城里。火星正在大开发，跟曾经的西部和阿拉斯加一样，这里如今也成了发展迅猛的边疆地区。人们蜂拥而来，第一小镇上就有几千个黑皮肤的爱尔兰[①]机修工、矿工和临时工需要救赎，因为有太多堕落的女人跟着他们一同前来，火星上又有太多的千年陈酿……”

佩里格林神父凝望着线条柔和的蓝色山丘。

斯通神父清了清喉咙：“你怎么看，神父？”

佩里格林神父没听到他的话。“燃着蓝色火焰的球？”

“是的，神父。”

“啊。”佩里格林神父叹了口气。

---

① 黑皮肤爱尔兰人并非爱尔兰黑人，只是肤色较一般爱尔兰人为深，头发也是黑的。亦可指加勒比海地区早期爱尔兰移民与黑人所生的后代。

“蓝色的气球。”斯通神父摇着头，不以为然地说，“像个马戏团！”

佩里格林神父感到手腕上的血管在剧烈地跳动。在他面前，一边是这座边疆小镇和镇上那些粗俗的、新生的罪恶，一边是那些古老的群山中的古老的罪恶——对他而言，那或许反倒是些新的罪恶。

“镇长，你的那些黑皮肤爱尔兰工人能不能在地狱之火的炙烤下再多忍耐一天？”

“我会替你翻动他们，不让他们被烤焦了的，神父。”

佩里格林神父朝着群山的方向点点头。“那我们就先去山里。”

神父们小声议论起来。

“在城里传教太容易了，”佩里格林神父解释道，“我想，如果天主降临此地，人们对他说‘这条是人们常走的路’，他会回答：‘指给我杂草丛的方向，我将踏出一条路来。’”

“但是——”

“斯通神父，你要设想一下，如果我们从罪人的身边走过却不出手相助，我们的良心将会承受多么沉重的负担。”

“但那只是些火球啊！”

“我想，当其他动物头一次见到人类时，一定也会觉得人长得很可笑。然而人尽管其貌不扬，却拥有灵魂。除非咱们找到相反的证据，否则还是先假设这些火球也有灵魂吧。”

"好吧，"镇长表示赞同，"不过你们会回到镇上的。"

"这要到时候才知道。大家先吃早饭，然后，斯通神父，咱们两个先进山。我不想带上过多的人和机器，让这些发光的火星人受到惊吓。咱们先吃早饭吧。"

众神父默默地吃着早餐。

傍晚时分，佩里格林和斯通两位神父已经登到了山的高处。他们停下脚步，坐在一块山石上歇息片刻。一路上，火星人并未现身，两个人的心里都隐隐感到失望。

"我在想——"佩里格林神父擦了擦脸上的汗水，"你说，如果咱们大声喊'你好！'，他们会不会答应？"

"佩里格林神父，你就从来都不能严肃点吗？"

"除非主也严肃起来。哦，请不要露出这么震惊的表情。主并不严肃。实际上，除了'爱'，我不知道还有什么可以作为主的定义。而爱总是跟幽默联系在一起，不是吗？因为如果无法忍受一个人，你就不会爱上他；而如果不能被一个人逗笑，你就无法长期忍受他，不是吗？我们显然只是一些在软糖罐里打滚的渺小可笑的动物，而上帝肯定会因为我们触动了他幽默的神经而越发爱我们。"

"我从来不认为上帝是幽默的。"斯通神父说。

"创造了鸭嘴兽、骆驼、鸵鸟和人类的造物主还不幽默？哦，拜托！"佩里格林神父笑了。

就在这时，火星人从暮色笼罩的山里现身了，好像一串被点亮来为他们引路的蓝色灯笼。

斯通神父先看见他们。“快看！”

佩里格林神父转过头，笑容凝固在嘴边。

圆圆的蓝色火球远远地悬浮在闪烁的星空下，火光摇曳。

“怪物！”斯通神父跳了起来，但被佩里格林神父一把拽住了，“等等！”

“咱们应该留在城里的！”

“不，再多听一会儿，多看一会儿！”佩里格林神父恳求他。

“我害怕！”

“不要怕。他们是上帝的造物！”

“是魔鬼的产物！”

“别这么说。好了，安静点！”佩里格林神父安抚着他，两个人蹲下身子，火球离他们越来越近，柔和的蓝光照在他们仰着的脸上。

佩里格林神父的思绪再一次回到独立纪念日的夜晚。他感到自己好像又变成了孩子，回到了那些七月四日的晚上，天空在热烈的喧响声中绽裂开来，迸溅成无数星星的碎屑，房屋的窗户玻璃像池塘上的薄冰，被花炮声震得丁零作响。叔叔、婶婶和堂兄弟们对着天空忘情地赞叹着“啊！”，张大了嘴巴仿佛在等待天上的医生前来查看。夏夜的天空五彩斑斓。慈爱的祖父点燃天灯，托在宽厚的手上。哦，回忆中那些可爱的天灯，像折拢翅膀的黄蜂一样睡在盒子里，一经点亮，便会发出柔和的光，薄薄的灯身温暖地呼扇着，犹如昆虫振动的翅膀。终于，经过一天的喧哗和吵闹，它们从盒子中被取出，小心翼翼地展开，蓝、红、白三色，爱国者的颜色——这些天灯最后终于登场了！当祖父点燃那支小小的蜡烛，他看到了久已长眠地下、墓上生满青苔的亲人们的模糊的面庞。空气被加热后慢慢将天灯撑得圆鼓鼓的，他们拿着这可爱的发光的精灵，舍不得放手；因为，一旦将它放飞，生命中的又一年、又一个七月四日、又一点美好便就此消逝。一盏盏天灯飘走了，它们越飞越高，飞向温暖的夏夜的星空。家家户户的门廊上，人们默默无语，映着红白蓝三色的眼睛追随着它们的身影。天灯飞向伊利诺伊州辽阔的大地，飞过夜晚的河流和沉睡的住宅，越来越小，永远消失了……

佩里格林神父感到泪水涌入了眼眶。在他头顶上，不是一个，而是一千个火星人，就像呢喃低语的天灯一样飘浮在空中。他随时都有可能发现辞世多年、在天国享受至福的祖父就在他身边，和他一同仰望这美丽的景象。

但此时在他身边的却是斯通神父。

“咱们走吧，神父，求你了！”

“我必须跟他们谈谈。”佩里格林神父匆匆走上前去，却不知该说些什么，因为他只在心里对昔日的天灯说过：你们真美，你们真美啊，而这在此时显然已经不够。他只能举起沉重的手臂向空中呼唤，正如他一直希望对那些具有魔力的天灯呼唤的：“你们好！”

但是那些火球只是静静地燃烧，像黑暗的镜子中的影像。它们似乎固定不动，空灵，神奇，永恒。

“我们与上帝同来。”佩里格林神父对天空说。

“荒唐，荒唐，实在荒唐。”斯通神父咬着自己的手背，“看在上帝的分上，佩里格林神父，不要再说了！”

但是这时，闪着磷光的火球向山里飘去，很快便消失了。

佩里格林神父再次向天空大声呼喊，最后一次呼喊的回声在山中激荡，引起群山的震动。他回过头，只见山上滚落大量尘土，稍作停顿后，随着一阵轰隆隆的巨响，崩落的山石向他们压顶而来。

“瞧瞧你干的好事！”斯通神父惊叫道。

佩里格林神父先是愣了一下，随后才感觉到恐惧。他转过身，意识到他们跑不了几步就会被落下的石头砸成肉泥。他只来得及低呼一声“哦，主啊！”，落石就已到了跟前。

“神父！”

他们就像麸皮和麦粒一样被分开了。随着蓝光一闪，天上的寒星变换了方位，一声呼啸过后，两人已站在两百英尺之外的一处岩架上，而他们先前所站的地方已经被成吨的石块掩埋。

蓝光消失了。

两位神父紧紧抓住对方的手臂。“刚才出什么事了？”

“那些蓝色的火球把咱们送过来了！”

“咱们是自己跑过来的！”

“不，是那些火球救了咱们。”

“不可能！”

“确实是他们救了咱们！”

天上空荡荡的。仿佛有一只巨钟刚刚停止鸣响，不绝的余音震得他们的牙齿和骨髓都不住地打颤。

“赶快离开这儿吧。你会害咱们两个送命的。”

“我很多年前就已经将生死置之度外了，斯通神父。”

“咱们没有证明任何事。刚一出事那些蓝光就跑掉了。它们毫无益处。”

“不是的。”佩里格林神父固执地相信这个奇迹，“不管怎么说，他们救了咱们。这证明他们有灵魂。”

“这只能证明也许是它们救了咱们。当时的情况很混乱。咱们也可能是自己逃出来的。”

“他们不是动物，斯通神父。动物不会救人的命，尤其是陌生人的命。他们表现出了慈悲和同情心。也许明天咱们能得到进一步证明。”

“证明什么？怎么证明？”斯通神父此时已经疲惫不堪了，身心所遭受的折磨在他板着的脸上反映出来，“坐直升机跟着它们，给它们念《圣经》里的章节？它们不是人，没有长着像我们这样的眼睛、耳朵和身体。”

“但是我对他们有种感觉，”佩里格林神父答道，“我知道一个重大的发现已近在咫尺。他们救了咱们。他们会思考。他们当时面临着选择——咱们的生死系于他们一念之间。这表明他们有自由意志！”

斯通神父开始生火，腾起的灰烟呛得他透不过气来，他盯着手里的树枝说：“我要为年幼的母鹅建一座女修道院，为神圣的猪盖一座隐修院，还要在显微镜下搭一个微型壁龛，好让草履虫也能做礼拜，一边用它们的鞭毛拨弄念珠一边祷告。”

“瞧你说的，斯通神父。”

“抱歉。”斯通神父眨了眨被烟熏得发红的眼睛，“可是，这就像是在被鳄鱼吃掉之前，还要为它送上祝福。你是在拿整个传教远征队的安全冒险。咱们应该待在第一小镇，涤净男人们嘴里的酒气和手上的香水味！”

“你识别不出存在于人类之外的人性吗？”

“我更愿意识别出存在于人类之中的兽性。”

“但是如果我能证明他们也有罪恶，知道什么是罪恶、什么是有道德的生活，拥有自由意志和智慧呢，斯通神父？”

“那可需要不少证据才行。”

夜晚的气温下降得很快，他们一边吃着饼干和浆果，一边凝视着篝火，任自己的思绪自由驰骋。不久，他们便在星光的和谐韵律中和衣而卧。就在最后一次翻身前，一直在思考着要说什么来刺激一下佩里格林神父的斯通神父，注视着柔和的淡红色炭火说道："火星上没有亚当和夏娃，没有原罪。也许火星人受到天恩眷顾，生活在上帝的恩典中。这样咱们就能下山回到镇上，去着手应对地球人的问题了。"

佩里格林神父提醒自己要为斯通神父祈祷，他现在气恼已极，只想跟他唱反调，愿上帝保佑他。"是的，斯通神父，但是火星人杀死了一些来自地球的移民。那是种罪过。火星上一定也有原罪，有亚当和夏娃。我们会找到他们的。遗憾的是，人终归是人，无论外表是什么模样，都有犯罪的倾向。"

但是斯通神父假装已经睡着了。

佩里格林神父没有合眼。

他们当然不能放任这些火星人下地狱，不是吗？他们能在良心上做出让步，回到那些新建的移民城镇吗？那些城镇里充斥着可耻的酒徒和生着媚眼、长着如牡蛎般白润丰腴的身子、陪伴孤独的工人在床上寻欢作乐的女子。那不正是神父们应该去的地方吗？这次跋涉进山难道不只是他个人的心血来潮吗？他是真的在为上帝的教会着想，还是只为满足自己无餍的好奇心呢？那些圆圆的蓝色火球就像圣安东尼之火[①]一样在他的脑中熊熊燃烧！发现藏在面具后面的人，发现在非人的表象之下

① 即麦角中毒，在中世纪，由于圣安东尼修道会的教士尤擅治此病而得名。

隐藏着的人，这是多么艰巨的挑战。如果他可以宣称，哪怕只是私下里对自己说，他使一大群火球皈依了主的怀抱，他难道不会感到骄傲吗！那将是多么严重的傲慢之罪！值得为它苦修赎罪！但是话说回来，人们出于对主的爱做了许多傲慢之事，而他对主的爱又是如此深切，这让他深感幸福，也希望其他人能和他一样幸福。

他在入睡前看到的最后一幅画面是那些蓝色火球又飘了回来，像一队灼灼燃烧的天使，无声地歌唱着，将他送入并不安稳的睡梦。

当佩里格林神父在清晨醒来时，那些圆圆的蓝色的梦仍然飘浮在天上。

斯通神父像一捆硬邦邦的包裹似的安静地睡着。佩里格林神父看着火星人在空中飘浮，知道他们也在看着他。他们是人——他知道。但是他必须证明这一点，否则那位不苟言笑的主教就会温和地要求他交出自己的位子。

可是如果他们藏身于高高的苍穹之上，又如何证明他们具有人性呢？怎样才能使他们靠近一些，为他的诸多问题提供答案呢？

“他们从山崩之中救了我们。”

佩里格林神父站起身来，走过磊磊山石，开始向最近的山上爬去，一直爬到一处悬崖上才停下脚步。崖壁陡直地向下垂落两百英尺，方才与下方的地面会合。在天寒地冻中费力地爬山令他呼吸困难。他站在悬崖上，大口喘着气。

“如果我从这儿掉下去，肯定会摔死的。”

他往悬崖下丢了一枚石子，过了一会儿，才听到它敲击在下方岩石上发出的声音。

“主永远不会原谅我的。”

他又扔了一颗石子。

“这不能算自杀，如果我是出于对上帝的爱，对吧……”

他举目凝望那些蓝色的火球。“不过首先还得再试一次。”他朝他们呼唤：“喂，你们好！”

回声一浪叠着一浪，但是那些蓝色的火光既不闪烁，也不移动。

他对着他们足足说了五分钟。当他停下时，他朝山下望去，看见斯通神父仍在山下那小小的营地中气呼呼地睡着。

“我必须证明一切。”佩里格林神父走到悬崖边上，“我已经老了，我不害怕。主肯定会理解的，我这么做全是为了他。”

他深吸一口气。他的一生从他的眼前闪过。他想，我马上就要死了吗？我担心我太眷恋生命。不过还有比生命更让我热爱的东西。

这样想着，他迈出了悬崖。

他向山下坠落。

“笨蛋！”他绝望地喊着，翻滚着掉下悬崖，“你错了！”

山石向他猛冲过来，他知道自己将会撞在上面，摔得粉身碎骨。“我为什么要这么做？”不过他既已知道答案，瞬间平静了下来。风声在他耳边呼啸，山石朝他迎面扑来。

天上的星星再次变换了方位，一片蓝光闪过，他发现自己被一团蓝色包围着悬在空中。过了一会儿，随着一声轻轻的碰撞，他被放在了悬崖下的石头上。他在石头上坐了好一阵，惊魂未定地摸摸身上，知道自己还活着。他抬头去看那些蓝色光球，他们已经立刻退开了。

“你们救了我！”他喃喃低语，“你们不愿意让我死。你们知道那是不对的。”

他跑回去找斯通神父。斯通神父仍在沉沉地睡着。“神父，神父，快醒醒！”他把斯通神父摇醒，“神父，他们救了我！”

“谁救了你？”斯通神父眨着惺忪的睡眼坐起来。

佩里格林神父把刚才的经过讲了一遍。

“这是个梦，一个噩梦，回去接着睡觉吧，”斯通神父恼火地说，“你和你那些马戏团的气球。”

“可是我是醒着的！”

“好了好了，神父，别激动，别激动。”

“你不相信我？你带枪了吗？来，把枪给我。”

“你要干什么？”斯通神父把一支小手枪递给他，那是他们带在身边用来防范野外出没的蛇虫猛兽的。

佩里格林神父一把抓过枪。“我要证明给你看！”

他对准自己的手开了一枪。

“住手！”

只见亮光一闪，子弹停在了空中，在距离神父摊开的手掌一英寸的地方定住了。它被蓝色的磷光包围着，在空中停留了片刻，然后便嘶嘶响着落在了地上。

佩里格林神父朝自己的手上、腿上和身上一共开了三枪。三颗子弹全都闪着亮光停在空中，然后像死虫子一样落在了他们脚下。

“你看到了吧？”佩里格林神父把手放下，手中的枪也落在了地上，“他们懂得，他们理解。他们不是动物。他们会思考，会判断，有道德观念。有哪种动物会像这样阻止我伤害自己？动物做不到这一点，只有人能做到。你现在相信我了吗，神父？”

斯通神父注视着天上的蓝光，一言不发地蹲下身子，从地上捡起仍然温热的子弹，拢在手心里，合紧了双手。

太阳在他们身后升起。

“我想咱们最好现在就下山，把情况告诉其他人，然后带他们一起进山来。”佩里格林神父说。

当太阳在天空中升起，他们已经走在回火箭的路上。

佩里格林神父在黑板中央画了一个圆圈。

“这是基督，天父之子。”

他假装没有听见其他神父惊愕的吸气声。

“这是拥有无上荣耀的基督。”他接着说。

“看上去就像是道几何题。”斯通神父评论道。

“这个比喻很恰当，因为我们现在要解决的正是图形的问题。你必须承认，无论用圆圈还是用方块来表示，都丝毫不会折损基督的威严。许多个世纪以来，人们都用十字架象征基督的爱和痛苦。而我们现在要用这个圆圈代表火星上的基督，用这种方式把上帝的信仰带到火星上来。”

神父们坐立不安，面面相觑。

“马赛厄斯修士，你去按照这张图做一个中间可以点亮的玻璃球。它将被放置在圣坛上。”

“一套廉价的戏法。”斯通神父小声嘀咕着。

佩里格林神父耐心地解释道：“恰恰相反，我们这是在用他们可以理解的形象来代表上帝。假如基督当初是以章鱼的形象出现在地球人面前，人们会轻易接受他吗？”他摊开双手，“当初上帝借由耶稣使基督以人的形象示人，那又是不是个廉价的戏法呢？等咱们在这里建起教堂和圣坛，并为它们和这个标志行过祝福礼之后，你们认为基督会拒绝进入咱们面前的这个形体吗？你们心里明白，他是不会拒绝的。”

“这可是没有灵魂的动物的身体呀！”马赛厄斯修士抗议道。

“这个问题我们今天早上回来之后已经讨论过很多次了，

马赛厄斯修士。这些生灵从山崩中救了我们的命。他们知道自杀是种罪过，而且一次次地制止了这种行为。因此咱们必须在山里建一所教堂，和他们共同生活，发现独属于他们、不为世人所知的罪恶，并帮助他们找到上帝。”

神父们对前景似乎并不乐观。

“是因为他们的外貌太古怪了吗？”佩里格林神父感到不解，“外貌到底是什么？那只不过是上帝赋予我们灵魂的一个容器。如果明天我发现海狮突然拥有了自由意志和智慧，知道何时不能犯罪，知道生命的意义，懂得正义之外尚有仁慈，懂得用爱调剂生活，我会为它们在海底建一座大教堂。如果明天麻雀们在上帝的恩典下奇迹般地拥有了永恒的灵魂，我会用氦气为它们充起一座教堂，并跟随在它们身后。因为无论外在的形象是怎样的，所有的灵魂，一旦拥有自由意志并认识到自身的罪恶，除非领受了它们所应得的圣餐，否则都将承受地狱之火的煎熬。我是不会放任任何一个球形火星人下地狱的，因为他们只是在我的眼中才呈现出圆球的形状。当我闭上双眼，出现在我面前的是智慧，是爱，是灵魂——我决不能否认这一点。”

“可是你打算把一个玻璃球放在圣坛上。”斯通神父抗议道。

“拿中国人来说吧，”佩里格林神父沉着地应道，“中国的基督徒信奉的是什么样的基督呢？当然是东方人形象的基督。你们都见过东方的基督降生图。基督穿的是什么衣服？是东方的长袍。他走在什么地方？走在中国式的翠竹奇树间和云雾缭绕的山中。他的眼睛变细了，颧骨变高了。每个国家每个民族都会对主的形象做一些改动。我想起了备受墨西哥人爱戴的瓜达卢佩圣母。她的肤色——你们留意过她的画像吗？她和她的信徒一样，都是黝黑的皮肤。这是在亵渎神明吗？当然不是。让人们接受一个与他们不同肤色的上帝，无论他多么真实，都是不合逻辑的。我常常想不明白，为什么我们的传教士能够用一个皮肤雪白的基督在非洲顺利传教。也许在非洲的部落看来，这种类似于白化病人一样的白色是一种神圣的颜色。假以时日，非洲的基督会不会也变成黑皮肤的呢？形式不重要，内容才是一切。咱们不能期望这些火星人接受一个和他们外形不同的基督。咱们要给他们一个和他们形象相同的基督。”

“你的推理中有一个漏洞，神父，”斯通神父说，“那些火星人会不会怀疑咱们虚伪？他们会意识到咱们的基督并不是圆滚滚的，而是有手有脚有身子有脑袋的。该如何向他们解释这种区别呢？”

“只需要告诉他们二者并无区别。基督会充满人们奉上的任何容器。无论人形还是球形，主都存在于其中；在不同的表象下，每个人信奉的都是同一个信仰。另外，我们自己必须相信我们为火星人准备的这个圆球，必须相信这个形象，尽管它的外形在我们看来毫无意义。这个圆球就代表基督。我们还应该牢记，我们自身以及地球上的基督的形象，在这些火星人看来，也是荒谬可笑和毫无意义的，完全是在浪费材料。”

佩里格林神父放下手中的粉笔。“咱们现在就进山去修建教堂吧。”

神父们开始收拾行装。

严格地说，这处教堂并不是一座真正的教堂，只是在山冈上把石块清除后平整打扫出来的一块空地，空地当中的圣坛上放着马赛厄斯修士制作的火球。

经过六天的劳作，教堂建好了。

“咱们要怎么处置它呢？”斯通神父轻轻拍打着他们带来的一口铁钟，“钟对他们有什么意义么？”

“我想我是为了照顾咱们自己的习惯才把它带来的，”佩里格林神父承认，“咱们需要一些熟悉的事物。这座教堂看起来太不像教堂了。它给人一种荒诞的感觉——就连我都觉得有些荒诞；因为让另一个世界的生灵皈依上帝是一种全新的体验。我有时候感觉自己就像是个可笑的舞台演员。这时我就会向上帝祈祷，请求他赐予我力量。”

“好多神父心里都不痛快。有的神父把这一切都当成笑话讲，佩里格林神父。”

“我知道。咱们会把这口钟挂在钟楼上，让他们心里舒服一些。”

“这架风琴又该如何处理呢？”

“明天第一次做礼拜时将用它来伴奏。”

“可是，那些火星人——”

“我明白。不过，为了方便起见，还是先用咱们自己的音乐。等过一阵，咱们也许会发现他们喜欢的音乐。”

礼拜日早上，神父们起得很早。他们像一队苍白的幽灵，走在严寒中，结了霜的修道袍发出清脆的声响，仿佛缀着串串风铃，一路上摇落簌簌冰晶。

“不知道在火星上今天是不是礼拜日？”佩里格林神父思忖着。看到斯通神父紧皱的眉头，他加快了脚步。“也许是礼拜二或者礼拜四，谁知道呢？不过没关系。这只是我胡思乱想罢了。对我们而言，今天就是礼拜日。”

神父们走到教堂那片宽敞的平地上，跪在地上，冻得瑟瑟发抖，嘴唇发青。

佩里格林神父简短地祷告几句之后，便将冰凉的手指放在了风琴的琴键上。悠扬的琴声响起，像一群美丽的鸟儿飞上了天空。他的手指拂过琴键，就像是拂过一座荒凉的花园中的野草，惊起一串串美妙的音符，翱翔着飞向天际。

琴声令天地间一派祥和。清晨的空气清新怡人。琴声飘荡在山中，山上的尘土如细雨般纷纷落下。

神父们等待着。

“好了，佩里格林神父，”斯通神父看着火红的太阳升上空荡荡的天空，“我没看到咱们的朋友。”

“让我再试试。”佩里格林神父出汗了。

他用巴赫的音乐建起一座恢宏的建筑，一砖一石精致排列，这座音乐大教堂宏伟壮丽，它最远的高坛位于尼尼微[1]，最高的穹顶直达圣彼得的左手边。[2] 乐曲演奏完毕，乐音却并不就此消失，而是在空中盘桓良久，最后随着朵朵白云飘向了远方。

天空中仍然空无一物。

“他们会来的！”虽然嘴上这么说，佩里格林神父心头的不安却在悄悄滋长。“咱们祈祷吧，一起请求他们前来。他们能读懂人的心思，他们会明白的。”

在一阵窸窣和低语声中，众神父再次跪地祈祷。

在他们的东方，在这礼拜天的早晨七点——在火星上也许是礼拜四或礼拜一的早晨七点——亮着柔光的火球从冰封的山里翩然而至。

他们盘旋了一阵，然后缓缓下降，填满了簌簌发抖的神父们身边的空地。“感谢您，哦，主，感谢您。”佩里格林神父闭紧双眼，再次演奏起来。一曲弹毕，他转过身凝视着面前这些不同寻常的会众。

---

① 古亚述帝国的都城和文化中心。

② 耶稣的第一位门徒圣彼得掌管天堂的钥匙，亦常被认为是天堂的守门人。

一个声音叩响了他的心门，这个声音说道：

“我们只在这里稍作停留。”

“你们可以留下。”佩里格林神父说。

“我们只待一小会儿，”那个声音平静地说，“我们来这里是要告诉你们几件事。我们应该早些说的。不过我们原本希望，如果不来打扰你们，你们也许会自行离开。”

佩里格林神父正要开口，却被这个声音拦住了。

“我们是古老的种族，”这个声音像一团缥缈的蓝色火焰钻入他的体内，在他的头脑中燃烧，“我们是古老的火星人，我们离开大理石建造的城市，来到山里，抛弃了从前的物质生活。很久很久以前我们就变成了现在这个样子。我们曾经和你们一样是生有躯干和四肢的人。据说，我们中的一个虔诚的人发现了使人的灵魂和心智得到自由的方法，使人从身体的病痛和忧郁中、从死亡和变化中、从愁绪和衰老中解脱出来，于是我们便拥有了如同闪电和蓝色火焰一样的外表，并从此永远生活在了风中、天上和山里，没有骄傲和傲慢，不分贫富，也无所谓热情或冷淡。我们和这个世界的其他人隔绝了，我们是如何变成现在这个样子的，过程早已被遗忘，无从知晓了；不过我们永远都不会死去，也不会伤害别人。我们远离了肉体的罪恶，生活在上帝的恩典中。我们没有财产，也不贪求另外的财产。我们不偷盗，不杀生，不嗜欲，不怀恨。我们生活在幸福中。我们不会繁衍后代，无需进食饮水也不会发动战争。所有肉体的享乐、幼稚和罪恶，自从我们放弃肉体的那一刻起便从我们的世界中消失了。我们把罪恶抛在了身后，佩里格林神父，它像秋天的落叶一样被烧掉了，像严冬的脏雪一样消融了，像明艳的春天里的娇媚的花朵一样凋谢了，像酷暑难耐的夏日的夜晚一样结束了。我们这里四季如春，空气中富含思想。”

佩里格林神父这时已经站了起来，因为这个声音的音调如此不同寻常，令他心旌摇荡，几乎难以自持。它是流过他心底的一阵狂喜，一团火焰。

“我们想要对你们说，感谢你们为我们建造了这个地方，但是我们不需要它，因为我们中的每一个，自身就是教堂，不需要另外的净化场所。原谅我们没有更早地接触你们，但是我们早已与世隔绝，一万年来既没有同外人交谈过，也没有介入过这个星球上的任何事务。现在你们在想，我们是原野中的百合，我们不耕不织。你们说对了。因此我们建议你们把这座教堂运回山下的城镇里，去净化那里的人心。因为你们尽可以放心，我们的生活平安喜乐。”

神父们跪在一大片蓝光之中，佩里格林神父也跪下了。他们流着眼泪，他们不在乎自己白忙了一场，他们完全不在乎。

蓝色的光球发出低低的响声，乘着一缕凉风，再度悠然升起。

“我可不可以——”佩里格林神父大声喊道，他闭着眼睛，不敢提出请求——“有朝一日，我可不可以再来听你们的教诲？”

蓝色的火焰闪耀了一下，空气也颤动了一下。

是的，有朝一日他会再来的。有朝一日。

天灯飘走，消失不见了。他像个孩子似的跪在地上，泪如泉涌，心里哀求着：“回来，回来呀！”祖父随时会过来把他从地上抱起来，抱到楼上他的房间里，在那早已远去的俄亥俄州的小镇……

太阳落山时，神父们排成纵队下山了。回头望去，佩里格林神父看见燃烧的蓝色火球。不，他想，我们无法为你们这样的人建造教堂。你们就是美的化身。还有什么样的教堂可以与纯洁的灵魂的烟花媲美呢？

斯通神父在他旁边默默地走着。终于，他开口了：

“我的理解是，每个星球都存在着一个真理，它们都是最高真理的一部分。总有一天，它们会像拼图一样拼合在一起。这是一次震撼心灵的体验。我再也不会怀疑了，佩里格林神父。因为这里的真理和地球上的真理同样真实，它们并行不悖。我们将继续前往其他的世界，寻找更多真理的碎片，直到有一天，终极真理将出现在我们面前，就像新一天的曙光一样。”

“我很高兴听到你这么说，斯通神父。”

“我现在感觉有些遗憾，咱们得去城里解决咱们自己人的问题了。那些蓝光。当他们来到咱们身边，发出那个声音……”斯通神父的声音颤抖了。

佩里格林神父伸手拉住他的手臂，他们并肩走着。

“你知道的，”斯通神父最后说道，他的眼睛盯着轻轻地捧着那个玻璃球大步走在前面的马赛厄斯修士，球里的蓝色磷光长明不熄，“你知道的，佩里格林神父，那边的那个球——”

“怎么呢？”

“那是上帝，终究还是他。”

佩里格林神父笑了。他们走下山，向新的城镇走去。

世界上最后一夜

“如果你知道这是世界上最后一个夜晚，你会怎么办？”

“我会怎么办？你是认真的吗？”

“是的，我是认真的。”

“我不知道，我没想过。”

他倒了些咖啡。在他们身后，绿色防风灯的灯光下，两个女儿正坐在客厅的地毯上玩积木。煮咖啡的清新而闲适的香气弥漫在夜晚的空气中。

“嗯，那你最好现在就开始想一想。”他说。

“你不会是认真的吧！”

他点点头。

“要爆发战争了吗？”

他摇摇头。

“会爆发核战争吗？”

“不会。”

“要么就是细菌战？”

“都不是。”他缓缓地搅动着咖啡，回答道，“只是，这么说吧，只不过是把地球这本书合上而已。”

“我不明白你的意思。”

“是啊，其实我也不是很明白，只是有这种感觉。有时候我觉得害怕，有时候又一点也不怕，反倒觉得很平静。”他瞅了一眼女儿们和她们在灯光下闪亮的金发，“我当时没跟你说。事情最早发生在大约四天前。”

“什么事？”

“我做的一个梦。我梦见一切行将结束，一个声音说一切都会结束。那不是我所记得的任何一个声音，但总之是个声音，它说地球上的一切都将终结。第二天我并没太把这个梦当真，可是当我到了办公室，看见斯坦·威利斯大白天盯着窗外发呆，我就问他，你呆呆地在想什么呐，斯坦，他回答说，我昨晚做了个梦。还没等他告诉我那是个什么梦，我就已经猜到了。我本来想告诉他我的梦，不过他先开口了，我就听他讲了。”

“跟你的梦是一样的？”

“完全相同。我告诉斯坦说我也做了同一个梦。他听了似乎并不吃惊。事实上，他反倒松了口气。于是我们就在办公室里四处走动，完全是一时兴起，并不是计划好的，我俩谁也没说‘咱们四处转转吧’。我们只是不约而同地那么做了。各处都能看见人们要么盯着办公桌，要么盯着自己的手，要么看着窗外发呆。我和几个人聊了聊，斯坦也是。”

“他们都做梦了？”

“都做了。同一个梦，一模一样。”

"你相信这个梦吗？"

"相信，我从来没这么确信过。"

"那它会在什么时候停摆？我是说这个世界。"

"在夜里的某个时刻。随着地球的转动，夜晚降临到哪里，哪里的一切就都结束了。整个世界全部消亡需要二十四小时。"

他们静静地坐了一会儿，然后慢慢地端起咖啡啜饮，一面彼此对望着。

"咱们活该落得这种结局吗？"她问。

"不是该不该的问题，而是这个世界找不到出路了。我发现你根本没和我争论，为什么？"

"我想这是有原因的。"她回答。

"和我办公室的同事们一样的原因？"

她徐徐点了点头。"我本来什么都不想说的。我昨天夜里做了这个梦。今天，街上的女人们也在谈论这件事。她们同样做了这个梦。我当时还以为只是巧合呢。"她拿起桌上的晚报，"报纸上完全没有提起这件事。"

"人人都知道的事，就没必要报道了。"

他向后靠在椅背上，注视着她。"你害怕么？"

"不怕。我原本以为我会怕，但我并不怕。"

"人们经常提到的那种求生欲到哪儿去了？"

"我不知道。当你觉得事情符合逻辑，反应就不会那么激烈。这件事就很合逻辑。按照人们一直以来的生活方式，除此之外不会得到任何其他的结果。”

“咱们并不算太坏吧，是不是？”

“是的，可是咱们也不算太好。我想问题就出在这儿——咱们基本上只是在独善其身维持原状，可是这个世界有很大一部分都在忙着变成各种可怕的东西。”

女孩儿们在客厅里开心地笑着。

“我一直以为，在这种时刻，人们会走上街头绝望地尖叫的。”

“我想不会。真正大难临头的时候，人们是无暇尖叫的。”

“你知道吗，除了你和女儿们，我什么都不留恋。我从来都不喜欢城市生活，不喜欢我的工作，除了你们三个，我什么都不喜欢。我会怀念的也许只有天气的变化，热天里的一杯冰水，以及睡眠。我说，咱们怎么会这么平静地坐在这儿说这些话呢？”

“因为反正也没有别的事可做。”

“是啊，就是这样；要是有别的事可做，咱们就去做了。我想这是有史以来第一次，每个人都想好了要如何度过这个晚上。”

“我有点好奇，不知道其他人打算如何度过接下来的这几个小时。”

“看看戏，听听广播，看看电视，打打牌，安顿孩子上床，然后自己也上床睡觉，就跟平时一样。”

“跟平时一样——从某种意义上说，这倒是挺值得自豪的。”

他们坐了一会儿，他又给自己倒了杯咖啡。“你说为什么会是今天晚上？”

“因为——”

“为什么不是上个世纪，或者五个世纪、十个世纪之前的某个晚上？”

“也许是因为一九六九年十月十九日这一天在历史上从来没有出现过，现在却已经到来了；也许是因为这一天比其他任何日子都更有意义；也许是因为整个世界在这一年变成了现在这个样子，于是走到了尽头。”

“今晚大洋两岸都会有一批执行越洋任务的轰炸机再也见不到陆地了。”

“那也是世界末日到来的原因之一。”

“好啦，”他边说边站起身来，“咱们现在干什么呢，洗碗去？”

他们将餐具洗净，码放得格外整齐。八点半，他们安顿两个女儿上床睡觉，亲吻她们，互道晚安，把她们床边的小灯打开，门也留了一道窄缝。

“我在想……”走出孩子们的卧室，丈夫手拿烟斗站在门外，回头看了一会儿。

“想什么？”

“是该把门关紧，还是把门缝再开大一点儿，好让灯光照进去。”

“孩子们应该感觉不出来。”

“说得也是。”

夫妇俩坐下来看报聊天，又听了会儿广播里的音乐节目，然后一起坐在壁炉边上，看着炉中炭火的余烬出神。钟声敲过十点半，然后是十一点，十一点半。他们想到世界上的每个人都以各自的方式度过了这个晚上。

“好了。”他最后说。

他久久地亲吻着妻子。

“不管怎么说，咱们一直过得很幸福。”

“你要哭一场吗？”他问。

“不要。”

他们把房子里各处的灯关上，然后走进卧室，在凉夜的黑暗中脱下衣服，揭去床罩。“床单真干净真舒适。”

“我累了。”

“咱们都累了。”

他们上床躺下。

“稍等一下，我去去就来。”她说。

他听着她下床走进厨房。过了一会儿，她回来了。“我忘记关洗碗槽的水龙头了。”她说。

这事有某个特别滑稽的地方，他忍不住笑了。

她跟着他一起大笑，很清楚自己刚才的举动的好笑之处。最后，他们停住不笑了。两个人躺在清凉的床上，十指紧扣，头也依偎在一起。

“晚安。”过了一会儿，他说。

“晚安。”她答道。

流亡者

女巫们弯下腰，用沾满油污的木棍和瘦骨嶙峋的手指探查锅内的情况，她们的眼睛冒着火，嘴里喘着粗气。

“何时姊妹再相逢，
雷电轰轰雨蒙蒙？”①

她们醉醺醺地在干涸的海岸边起舞。她们三个一开口，空气顿时变得污浊，她们那猫一样的眼睛邪光一闪，空气也开始躁动不安。

“绕釜环行火融融，
毒肝腐脏置其中。
不惮辛劳不惮烦，
釜中沸沫已成澜！”

她们停下脚步，向四周扫视了一圈。“水晶球在哪儿？针

① 念白出自莎士比亚悲剧《麦克白》（朱生豪译本）。

在哪儿？”

“在这儿！”

“蜡变稠了吗？”

“变稠了！”

“把蜡倒进铁模子里！”

“蜡人做好了吗？”她们在绿莹莹的手掌上揉捏着像糖蜜一样不成形的蜡团儿。

“把针插在它心脏上！”

“水晶球，把水晶球从塔罗牌的袋子里拿过来。拂去灰尘，好好看一看！”

她们聚精会神地盯着水晶球，脸色煞白。

“看，看呀，看啊……”

太空中，一艘宇宙飞船正在从地球飞往火星。船上接连有人死去。

船长疲惫地抬起头来。“必须给他注射吗啡。”

“可是，船长——”

“你看看他现在的状况。”船长掀起羊毛毯，蜷在湿被单下面的人动了动，嘴里呻吟着。空气中弥漫着一股雷电的硫磺味。

“我看见了，我看见了。”那个人突然睁开双眼瞪着舷窗，窗外只有漆黑一片的太空和旋转的星辰，地球已被远远地抛在后面，又大又红的火星在前方升起，“我看见了——一只蝙蝠，一只长着人脸的巨大蝙蝠，四肢张开趴在前面的舷窗上。拍呀，拍呀，不停地拍打着翅膀。”

“脉搏多少？”船长问。

勤务兵量着那人的脉搏。“一百三。”

“这样下去他可挺不住。给他打一针吗啡。跟我来，史密斯。”

他们走开了。突然，地板的接缝处现出累累白骨和尖叫的白色骷髅。船长不敢往下看，在骷髅的尖叫声中，他问了一句“佩尔斯是在这儿吗？”便拐进了一间舱室。

一名穿着白色罩衫的随船医生从一具尸体旁走开。“我实在搞不明白。”

“佩尔斯是怎么死的？”

“我们也不知道，船长。他的心脏和大脑都没有问题，也不是死于休克。他就那么——死了。”

船长握住医生的手腕，那手腕却变成一条咝咝吐信的蛇，咬了他一口。船长没有缩手。“你要保重，你的脉搏也跳得很快。”

医生点点头。“佩尔斯抱怨过手腕疼和腿疼——他说像针扎似的。他还说，觉得自己像团蜡，在慢慢熔化。他摔倒时，我扶他起来。他哭得像个孩子，说自己的心脏上插了一根银针。现在他死了，尸体就在这儿。我可以当着你们的面再解剖一次，他的身体一切正常。”

“不可能！人死总要有个原因吧！”

船长走到一面舷窗旁。他光洁的双手指甲修剪得当，散发着薄荷、碘酒和药用软皂的味道。牙齿洁白整齐，耳朵和脸颊擦洗得干干净净，透出粉红色。他的制服像新制的盐一样雪白，脚上的靴子像黑色的镜子一样锃光瓦亮。他的头发理成清爽的平头，带着清冽的酒精的气味。就连他呼出的气息也一样清冽、清爽、清新。他整个人毫无瑕疵，就像一把新发于硎的医疗器械，刚刚从医用干燥箱里拿出来似的。

他手下的船员们和他像是一个模子里刻出来的，让人不由得猜测，也许他们的后背上有一把巨大的黄铜钥匙在缓缓转动。他们是价格昂贵、富有才干、保养得当的玩具，服从命令，并且行动敏捷。

船长看着火星在前方变得越来越大。

“咱们再过一个小时就要在那个鬼地方着陆了。史密斯，你有没有看见过蝙蝠，或是做过其他类似的噩梦？”

“有的，长官。就在咱们的飞船从纽约出发前的那个月，长官。我梦见一群白色的老鼠在咬我的脖子，吸我的血。我当时没敢说，怕您不让我参加这次航行了。”

“不用担心，”船长叹息了一声，“我也做梦了。我活了五十岁，从来不做梦，直到咱们出发前的一周。从那之后，我每天晚上都梦见自己是一头白狼，困在一座雪山上，被人用银子弹打死，他们把我埋掉的时候还在我的心脏上敲进一根木桩。”他朝火星扬了扬脑袋，“你觉得呢，史密斯，他们知道咱们要来吗？”

“咱们还不知道火星上到底有没有人呢，长官。”

“不知道吗？八个星期之前，咱们还没出发，他们就开始恐吓咱们，想让咱们打退堂鼓。现在他们已经杀死了佩尔斯和雷诺兹。昨天他们把格伦维尔的眼睛弄瞎了。怎么弄瞎的，我不知道。蝙蝠、针、噩梦，船员们死得不明不白——如果是在过去，我会管它叫巫术，可是现在已经是 2120 年了，史密斯。咱们是讲理性的人。这些事不可能发生，却真真切切地发生了！无论他们是谁，他们都打算用他们的那些针呀、蝙蝠呀什么的把咱们全部杀死。”他突然转过身说，“史密斯，去把我的文件柜里那些书拿来。咱们登陆的时候用得着。”

两百本书堆在飞船的甲板上。

“有劳了，史密斯。你看见这些书名了吗？你认为我疯了吗？也许吧。我有个奇怪的预感。临出发的最后一刻，我从历史博物馆把这些书要了来。因为我的那些梦，整整二十个夜晚，我梦见自己被刀刺、被宰杀，是一只被钉在手术垫上厉声尖叫的蝙蝠，一个在地底下的黑暗棺材里逐渐腐烂的东西……都是些可怕至极的噩梦。咱们的全体船员都做了跟女巫、狼人、吸血鬼和幽灵有关的梦，而他们根本就不可能知道这些东西。为什么呢？因为凡是涉及这类恐怖题材的作品早在一个世纪之前就被依法销毁了。法律禁止任何人拥有这类书。你现在看到的这些都是最后的孤本，作为历史资料被保存着，锁在博物馆的地下室里。”

史密斯俯身念出那些尘封已久的书名：

“《神秘及幻想故事集》，埃德加·爱伦·坡著；《德古拉》，布拉姆·斯托克著；《弗兰肯斯坦》，玛丽·雪莱著；《螺丝在拧紧》，亨利·詹姆斯著；《睡谷的传说》，华盛顿·欧文；《拉帕其尼的女儿》，纳撒尼尔·霍桑；《鹰溪桥上》，安布罗斯·比尔斯；《爱丽丝漫游奇境》，刘易斯·卡罗尔；《柳树林》，阿尔杰农·布莱克伍德；《绿野仙踪》，莱曼·弗兰克·鲍姆；《印斯茅斯镇的阴影》，霍·菲·洛夫克拉夫特。还有还有！还有沃尔特·德·拉·梅尔、韦克菲尔德[①]、哈维[②]、威尔斯、阿斯奎斯和赫胥黎等人的作品——他们都是被禁的作家。在万圣节和圣诞节被取缔的同一年，这些书也全被焚毁了！可是，长官，把这些书带到飞船上来，对咱们有什么好处吗？”

“我不知道，”船长叹了口气，“暂时还不知道。”

三个巫婆举起水晶球，船长的影像在水晶球里忽隐忽现，他的声音微弱地穿透水晶球传了出来。

---

① H. Russell Wakefield（1889—1964），英国小说家。

② W. F. Harvey（1885—1937），英国恐怖小说家。

“我不知道，”船长叹了口气，“暂时还不知道。”

三个巫婆目光灼灼地对视了一眼。

“咱们的时间不多了。”一个巫婆说。

“最好去提醒城里那些人。”

“他们会想要知道那些书的事儿的。情况看来不妙。船长那个蠢货！”

“一个小时后他们的火箭就要着陆了。”

三个巫婆打了阵寒战，抬头瞅了瞅坐落于干涸的火星海岸边的翡翠城[①]。最高那扇窗户里，一个小个子男人掀开血红色的窗帘，看着三个巫婆架起大锅制作蜡人的那片荒地。在更远处，一万点蓝色的火光，月桂的青烟、烟草的黑烟，混着杉树枝、肉桂和骨粉，像飞蛾般轻柔地飞扬在火星的夜晚。这个人数着愤怒的魔法之火的数目。随后，在三个巫婆的注视下，他背过身去。深红色的窗帘从他的手中松开，垂落，使得远处的窗门像一只黄色的眼睛一样眨了一下。

埃德加·爱伦·坡先生站在塔楼的窗内，呼吸中散发着淡淡的酒气。他看着窗下远处的女巫们，说道：“赫卡忒[②]的朋友们今晚真忙啊。”

---

① 出自《绿野仙踪》。

② Hecate，希腊神话中的月亮、大地和冥界女神，亦被视作魔法和巫术女神。

他身后一个声音答道："早些时候，我看见威尔·莎士比亚在岸边监督着他们。今晚的海边上，光是莎士比亚的人就有几千个，包括那三个女巫、仙王奥伯朗、哈姆雷特的父王和小精灵帕克，全部加起来，好几千！好家伙，真是人山人海。"

"好样儿的威廉。"坡转过身，放下窗帘，打量着这间简陋的石头房间、房间里的黑色木桌和桌上蜡烛的光焰。房间中的另一个人，安布罗斯·比尔斯先生，极其悠闲地坐着，一根接一根地划亮火柴，看着它们逐渐燃尽，一边低声吹着口哨，还不时自得其乐地笑上两声。

"咱们现在必须得去告诉狄更斯先生了，"坡说，"已经拖延得太久，如今只剩下几个小时了。你要不要跟我一起去他的府上，比尔斯？"

比尔斯快活地抬眼看着他："我刚才一直在想，咱们会出什么事儿呢？"

"如果不能把飞船上的人杀光或吓退，咱们就只好离开这儿了。咱们可以去木星，如果他们追到木星，咱们就去土星，等他们追到土星，咱们再去天王星、海王星和冥王星——"

"然后呢？"

坡的脸上现出疲倦的神色。他的眼睛闪着光，但那光彩正渐渐暗淡下去。他的语气悲伤而愤怒，他的双手无力地下垂，头发软软地贴在硕大而苍白的额头上。他就像是某个注定失败的黑暗事业的撒旦，一位领兵出征却沦为弃卒的将军。他那柔软顺滑的黑色髭须被因沉思而紧抿的嘴唇磨得失去了光泽。他的身材如此瘦小，使他的额头显得巨大而突出，在昏暗的房间里兀自发着光。

“咱们的优势是神出鬼没来去自如，”他说，“咱们总可以期待爆发一场核战争，使他们的文明瓦解，蒙昧的时代再度降临，迷信思想重新复活。等到那时，一夜之间，咱们就可以全部回到地球了。”在饱满光亮的额头下面，坡的黑眼睛陷入了沉思。他凝视着天花板。“他们终于要来把这个世界也毁掉了吗？他们就不能放过任何一样东西不去玷污吗？”

“狼群在杀死猎物并将它的内脏全部吃光前会停下来吗？这将会是场恶战。我要待在场外当记分员。将会有那么多的地球人下油锅，那么多的瓶中手稿[①]被焚毁，那么多的地球人被针扎，那么多的红死病在注射针头的围困下望风而逃——哈！”

坡愤怒地摇晃着身子，微带几分醉意。“我们到底干了什么坏事？站在我们这边，比尔斯，看在上帝的分上！我们在文学评论家面前接受过公正的审判吗？没有！我们的书被他们用消过毒的医用镊子夹起来，扔到大缸里去煮，把那上面所有和死亡相关的病菌都杀死。他们都该下地狱！”

“我觉得咱们的处境很有意思。”比尔斯说。

---

① 文中的瓶中手稿、红死病、陷坑与钟摆、黑猫、过早埋葬皆出自爱伦·坡的小说。

他们的谈话被塔楼楼梯上传来的一声歇斯底里的喊叫打断了。

“坡先生！比尔斯先生！”

“好的，好的，我们来了！”坡和比尔斯走下楼梯，只见一个人正靠在过道的石壁上喘着气。

“你们听到消息了吗？”那人一见他们便大声问道，同时伸出手拼命地想抓住他们，就像即将跌落悬崖一样绝望，“一小时后他们就要着陆了！他们带了好多书——旧书，女巫们是这么说的！都到这个时候了，你们还在塔楼上干什么？为什么还不采取行动？”

坡说：“我们在尽自己所能，布莱克伍德。你还没有经历过这种事。跟我们走吧，我们要去查尔斯·狄更斯先生那儿——”

“——去思索我们的命运，我们黑暗的命运。”比尔斯挤了挤眼睛。

他们沿着城堡里回声缭绕的狭窄通道往下走，走过一层层绿幽幽的昏暗楼层，走过一处处发霉破败、蛛网密布的所在。“别担心，”坡说，他的额头像一盏白色的大灯在他们前面徐徐下降，没入黑暗，“我已经把大家都召集到死海岸边了。你们的朋友，布莱克伍德，比尔斯，还有我的朋友。他们都在那儿了。那些动物、那些老妇人，还有那些长着白色利齿的高个儿男人，全都到齐了。陷阱已经布好了，当然，陷坑、钟摆，还有红死病也都准备好了。”说到这儿，他幽幽地笑了，“没错，就连红死病都准备好了。我从来没想过——真的，从来没想过，有朝一日居然要动用红死病。不过既然他们要，那就给他们吧！”

“可是咱们足够强大吗？”布莱克伍德有些疑虑。

“多强才算强？至少，他们对咱们毫无防备。他们没有这份想象力。飞船上那些纯洁的年轻后生，穿着消过毒的灯笼裤，戴着玻璃鱼缸似的头盔，信奉着新的宗教。他们的金项链上坠着手术刀。他们的冠冕上架着显微镜。他们那圣洁的手指间，香烟袅袅的香炉其实不过是用蒸汽驱除迷信思想的消毒箱。坡、比尔斯、霍桑和布莱克伍德这些名字，对他们那纯洁的嘴唇而言完全是一种亵渎。”

出了城堡，他们走过一片潮湿的区域，既像山池又不是山池，蒸腾的雾气仿佛是噩梦中常见的场景。空中尽是拍打翅膀的声音，阴风阵阵，呼呼作响。篝火旁人影憧憧，声音也起了变化。借着火光，坡看到针在不停地织啊织，在蜡人和泥偶体内织进痛苦，织进磨难，织进邪恶。女巫的大锅里腾起野蒜、辣椒和藏红花的味道，夜晚的空气中弥漫着邪恶的刺鼻气味。

“继续干！”坡说，“我去去就来！”

沿着空旷的海岸，黑色的人影时而稀疏，时而壮大，化作黑烟，升到空中。山上的城堡里响起钟声，随着钟声四处飞散的黑色渡鸦盘旋着化作缕缕尘烟。

快步走过一片荒凉的沼泽，进入一座小山谷，坡和比尔斯猛然发觉他们已经踩在了一条鹅卵石街道上。天气阴寒刺骨，人们在院子里走来走去，在石板地上跺脚取暖。雾气笼罩，办公室和悬挂着圣诞火鸡的店铺窗子里烛光闪耀。远处几个裹得厚厚实实的孩子，正用颤音唱着“上帝赐予你快乐，先生们”①,呵出的气在严冬的空气中结成了白霜。一口大钟浑厚的钟声在不停地敲响着午夜。孩子们从面包房里跑出来，脏乎乎的小拳头里，扣着银碗的托盘上盛着热腾腾的晚餐。

在一块写着“斯克鲁奇、马利和狄更斯”的招牌下面，坡叩了叩马利模样的门环，门砰的一声打开了一条几英寸宽的缝隙，门内倾泻而出的音乐几乎使他们也跟着跳起舞来。在那个朝他们翘起整齐的山羊胡的人身后，他们看到菲茨威格先生拍着手，菲茨威格太太笑逐颜开，和狂欢的人们一起挤挤撞撞地跳着舞。小提琴奏出欢快的曲调，桌旁的人们发出朗朗的笑声，好像水晶吊灯在风的骤然吹动下，发出叮叮当当的悦耳的声音。宽大的桌子上堆满了腌猪肉、火鸡、冬青装饰、鹅、肉馅饼、乳猪、香肠、橘子和苹果；桌边围坐着鲍勃·克拉吉、

---

① 这一部分基本上取材于狄更斯《圣诞颂歌》，人物则出自狄更斯的多部作品。

小杜丽、小提姆和费金先生[①]，还有一个看上去好似一小块未消化的牛肉，一团芥末，一块奶酪碎屑，一块没煮熟的马铃薯的人，身上缠绕着锁链——不是马利先生又是谁呢。酒已斟上，金棕色的烤火鸡散发出无比诱人的香味！

“你们来做什么？”查尔斯·狄更斯先生问。

“我们这次前来拜访是要再次恳求您，查尔斯，我们需要您的帮助。”坡说。

“帮助？你认为我会帮助你们跟火箭上的那些好人作对吗？无论如何，我不属于这里。我的书是被误烧的。我不是超自然主义者，不像您，坡，还有您，比尔斯，不像你们这些恐怖作家。我才不要和你们这些可怕的人扯上一丁点儿关系！”

“您讲话很有说服力，”坡劝说道，“您可以去跟那些太空人会面，安抚他们，打消他们的怀疑，然后——然后我们会解决他们的。”

狄更斯先生盯着坡的黑斗篷上的褶裥，坡的双手就藏在下面。坡微笑着从斗篷里拎出一只黑猫。“送给咱们的一位来访者。”

“送给其他人什么呢？”

坡又笑了，笑得颇为愉快：“过早埋葬？”

---

① 《雾都孤儿》中窃贼团伙的首领。

"您真是个可怕的人，坡先生。"

"我是个受到惊吓的愤怒的人。我是造物主，狄更斯先生，您也是造物主，咱们大家都是造物主，而咱们的创造物——咱们的子民，如果您愿意这样称呼他们——不仅受到威胁，而且遭到放逐、焚烧、审查和撕毁，被赶尽杀绝。咱们创造的世界正在毁灭。即便是造物主也必须奋起抗争！"

"那么，"狄更斯先生歪着头，等不及要回到聚会、音乐和美食中去，"也许您可以解释一下，为什么咱们会在这里？咱们是如何来到此地的？"

"战争引发战争。毁灭继之以毁灭。在地球上，一个世纪前的二〇二〇年，他们将我们的书列为了禁书。唉，将我们的文学作品以这种方式毁灭，这是多么可怕的决定！它将我们从——死亡？彼岸？还是什么地方——召唤来。我不喜欢抽象的东西，我说不清楚。我只知道我们创造的世界和万物在呼唤我们，我们要救它们，而拯救它们的唯一办法就是在火星上等待这个世纪结束，期盼着地球也许会被那些科学家和他们的怀疑论调压得不堪重负。可是现在，他们却要来把我们从这里赶走。我们和我们笔下的黑暗世界，把所有那些炼金术士、女巫、吸血鬼和狼人，全都随着科学在地球上各个国家步步进逼而最终被迫遁走太空，如今又要被赶走。您一定要帮助我们。您是一位高明的演说家。我们需要您。"

"我重申一遍，我不是你们中的一员，我也不认同你和其他人的所作所为，”狄更斯生气地说，“我从来不曾染指女巫、吸血鬼和午夜幽灵那些东西。”

“那么《圣诞颂歌》又当作何解释呢？”

“无稽之谈！只是那一个故事而已。好吧，我也许还写过其他几篇鬼故事，可是那又能说明什么？我的主要作品里完全没有那些荒唐的内容！”

“不管是不是搞错了，反正他们把您和我们归为同类。他们也把您的书——您的世界——给摧毁了。您一定恨他们，狄更斯先生！”

“我承认他们愚蠢又无礼，仅此而已。再见！”

“至少，让马利先生跟我们一起走吧！”

“不行！”

门砰的一声关上了。坡正转身离开，只听得马车夫在号角上吹出轻快的调子，一辆大马车掠过结霜的地面，从街上飞快地驶了过来。胖男孩打开车门，匹克威克俱乐部的成员们[①]从车里一拥而出，他们面色红润，笑着唱着，一边用力拍门，一边高喊“圣诞快乐”。

坡先生匆匆走在午夜干涸的海边。他在火堆和烟雾旁不时驻足，大声下达命令，查看沸腾的大锅、毒药和用粉笔画的魔

① 出自《匹克威克外传》。

法五芒星图案。“很好！”他说着，继续向前。“不错！”他大声称赞，接着跑向下一处。人们纷纷加入，跟随他的脚步。这边，科珀德[①]先生和梅琴[②]先生与他并肩前行；那边，满怀仇恨与愤怒的龙蛇和魔怪，浑身颤抖着、像倒钩、荨麻和棘刺的女巫们，以及在想象力的海水退去后，所有被遗弃在这片忧郁的海岸边哀号、抱怨与不甘的邪恶的流亡者们，全部加入了他们的行列。

梅琴先生停下不走了。他像个孩子似的坐在冰凉的沙地上抽泣起来。众人试图安慰他，他却不肯听。“我在想，”他说，“当我们的最后一批书被销毁的那天，我们会怎样？”

空中刮起了一阵旋风。

“不要说这种话！”

“必须得说，”梅琴先生呜咽着，“现在，火箭就要着陆了，坡先生，科珀德，还有你，比尔斯，你们全都变得虚弱。就像木柴的烟，行将飘散。你们的脸逐渐消失——”

“死亡！我们将会迎来真正的死亡！”

“我们只是由于地球人的宽容才得以苟存。如果今晚颁布一项最后的法令，将我们所剩无几的作品全部销毁，我们就会像灯光熄灭一样彻底消失了。”

科珀德静静地思索着。“我想知道我是谁。今晚我存在于

---

① Alfred Edgar Coppard（1878—1957），英国小说家、诗人。

② Arthur Machen（1863—1947），英国作家，神秘主义者。

哪个地球人的头脑中？会是在非洲的一间茅屋里吗？某个离群索居的人正在读我写的故事？他会是在时间和科学的风中仅存的一束烛光吗？是他那摇曳的光晕支撑着我叛逆地流亡在这里吗？是他吗？或是某位少年，在废弃的阁楼上刚好及时发现了我？唉，昨晚我感觉自己病了，病得很重，病入膏肓——因为正如肉体具有躯壳，灵魂也有躯壳，而我灵魂的躯壳每一个部位都在疼痛。昨晚我感到自己就像一支蜡烛，正在熄灭，谁知突然间火苗又蹿高了一些，增添了新的光亮！那是一个孩子，被灰尘呛得直打喷嚏，在地球上某个昏黄的旧阁楼上发现了一本破旧的、带着岁月的累累斑痕的我的书！于是我又得到了片刻的喘息。”

岸边一座小屋的门砰的一声打开了，一个又瘦又小、皮肤褶皱下垂的人走了出来。他完全没有注意到众人的存在，径自坐下瞅着自己握紧的拳头发呆。

“我为那个人感到难过，”布莱克伍德悄声说，“瞧他的样子，越来越憔悴。他曾经比我们这些真人还要真实。几个世纪以来，人们为这个原本只有一副骨架的概念添上红润的面庞、雪白的胡子、红天鹅绒外套和黑色的靴子，为他配备了驯鹿、彩条拉花和冬青装饰。他们将他精心打扮了几个世纪，最后却把他泡在了来苏消毒水里，可以这么说。”

众人沉默着。

“没有了圣诞节，”坡思忖着，“地球会变成什么样子？

不再有热乎乎的烤栗子，不再有圣诞树和圣诞装饰、鼓声和烛光——什么都没有，只剩下风雪交加中的那些孤独的人类……”

他们全都看着那个瘦小的老人，他的胡子乱蓬蓬的，他的红天鹅绒外套已经褪色了。

“你们听说他的遭遇了吗？”

“我可以想象出来。那些目光如炬的心理学家，那些头脑精明的社会学家，那些愤愤不平、口沫四溅的教育专家，还有那些对病菌避之唯恐不及的家长们……”

“对那些圣诞商家来说，”比尔斯微笑着说，“这是个令人遗憾的状况。我记得，在最后一个圣诞节前，他们从万圣节前夕就开始布置冬青树枝，唱起圣诞颂歌了。说不定，他们今年从劳工节就开始了！”

比尔斯的话没有说完。他发出一声叹息，向前倒了下去。倒地之后，只来得及说了句“多有意思啊”，他的身体就在众人惊恐的注视下烧成了一堆青灰和焦骨，随后又化为灰烬，像黑色的碎布片一样随风飘散。

“比尔斯，比尔斯！”

“他走了！”

“他的最后一本书不在了。地球上的某个人刚刚把它烧了。”

“愿上帝保佑他安息。他什么都没留下来。除了书，我们没有别的栖身之所。当这些书消失了，我们也就不存在了。”

一声呼啸响彻夜空。

众人惊叫连连，抬头看着天上。天空中，喷吐出一团团炽热的火云，将天空照得雪亮的，正是那艘火箭！在岸上的人群周围，一盏盏灯笼上下飘荡；大锅剧烈地沸腾着，锅里飘出炼成的符咒的味道；烛光闪烁的南瓜灯被高举在寒冷清澈的空气中。人们瘦削的手指攥成拳头，一个女巫干瘪的嘴里厉声诅咒着：

“飞船飞船快坠毁！
船上众人烧成灰！
祭起猫皮干尸粉，
飞船速速化埃尘。”

“是时候离开了，”布莱克伍德喃喃地说，“去木星，土星或者冥王星。”

“逃跑？”坡在风中怒吼，“决不！”

“我已经是个疲惫的老人了！”

坡盯着老人的脸，相信他说的是事实。他爬到一块巨石上，面对着飕飕风中的一万个灰影、绿光和黄色的眼睛。

“药粉！”他大声指挥着。

一股由苦杏仁、灵猫香、小茴香、土荆芥和鸢尾根混合而成的浓重而辛辣的味道弥漫在空气中！

火箭即将着陆，它平稳地下降，伴随着一个被诅咒的幽魂的尖叫！坡怒不可遏，他振臂一呼，由愤怒、气味和仇恨组成的交响乐队齐声响应！像是大树分裂成碎片，一群蝙蝠腾空而起。燃烧的心脏像炮弹般发射出去，在灼热的空中爆裂为鲜血淋漓的烟花。下降，下降，就像毫不留情地下降的钟摆，火箭在下降。坡怒吼着，在火箭对空间的一步步侵占和蚕食下不断退却。整个死海仿佛变成了一个陷坑，人们被困在其中，等待着那可怕的机械，那柄寒光凛凛的巨斧落下；他们是被雪崩笼罩在下面的人。

“群蛇出击！”坡大声命令。

一条条闪闪发光的绿蛇扭动着身子朝火箭猛冲过去。但火箭仍在下降，喷着火焰，傲然逼近，随着一阵轻微的晃动，最终降落在了一英里外的沙地上，喷吐着红色的余焰。

“冲上去！”坡尖叫道，“计划有变！机会只有一次，冲锋，冲上去！用我们的身体将他们淹没！杀死他们！”

仿佛他是在命令一片狂暴的海洋改变它的流向，脱离自己古老的海床，旋风和猛火如疾风骤雨、迅雷闪电般越过沙滩，掠过空荡荡的河流三角洲，一路上光影闪动，尖叫着，呼啸着，哀鸣着，噼啪作响，彼此会合，朝着已经熄火、像一支流线型的金属火炬一样停在盆地最低处的火箭奔袭而去。如同打翻了一大锅冒着气泡的岩浆，群情激愤的人们和咬牙切齿的动物喧腾着冲下干涸的低地。

"杀了他们！"坡一边冲锋一边大喊。

船员们荷枪实弹地跳下飞船。他们轻手轻脚地四处巡视，像猎犬似的在空气中嗅来嗅去。他们什么也没有发现，渐渐放松下来。

船长最后一个走出飞船，厉声下达着指令。船员们找来木柴，点燃，很快便生起一堆篝火。船长召集众船员在他身边围成一个半圆。

"我们来到了一个全新的世界，"他说，尽力使自己显得从容不迫，尽管他不时紧张地回头瞅瞅身后空旷的大海，"旧的世界被抛在了身后。这是一个新的开始。还有什么比我们在这里更加坚定地献身于科学和进步事业更具有象征意义呢。"他朝副手果断地点点头，"把书搬过来。"

火光勾勒出那些褪色的烫金书名：《柳树林》、《异乡人》[①]、《瞧，这个梦想家》[②]、《化身博士》、《绿野仙踪》、《地心记》、《被时间遗忘的土地》[③]、《仲夏夜之梦》，以及梅琴、埃德加·爱伦·坡、卡贝尔[④]、邓萨尼[⑤]、布莱克伍德和刘易

① 洛夫克拉夫特（H. P. Lovecraft，1890—1937）作品。

② 1939 年出版的德·拉·梅尔的小说选集。

③ 这两部是《人猿泰山》作者埃德加·赖斯·巴勒斯（Edgar Rice Burroughs，1875—1950）的作品。

④ James Branch Cabell（1879—1958），美国小说家。

⑤ Lord Dunsany（1878—1957），爱尔兰小说家，现代奇幻文学的先驱之一。

斯·卡罗尔这些可怕的名字，都是些古老的名字，邪恶的名字。

“来到这个崭新的世界，作为表态，让我们把旧世界的残渣余孽全部烧光。”

船长拿着书撕了起来，把一页页枯槁的纸页投入火里。

一声惨叫！

众人吓得往后一跳，越过火光看着逐渐逼近的杳无人迹的大海边缘。

又是一声惨叫！一声尖利的哀嚎，像是龙的临终悲鸣，或是当承载着海中巨兽的海水从岸边的砂石上流失殆尽，一头搁浅的鲸在垂死时的挣扎和喘息。

那是一阵风迅速填补了一处真空地带的声音，而就在瞬息之前，那里还曾有过什么东西！

船长把最后一本书投进火里，干净利落地处理了它。

空气停止了抖动。

周围一片寂静！

船员们侧耳倾听。

“船长，您听到了吗？”

“没有。”

“像是一道波浪，长官。在海床上！我好像看见了什么东西。在那边。一个黑色的浪头，很大，正在朝我们冲过来。”

“你看错了。”

“看那儿，长官！”

“什么？”

“看见了吗？那边那座城市！离这儿很远，湖边那座绿色的城市！它从中间裂开了，它倒下了！”

船员们眯起眼睛努力地辨认着，拖着脚向前走了几步。

史密斯站在人群中颤抖着。他用手扶着脑袋，仿佛要从中找到某些记忆。“我记得，是的，我现在记起来了。那是很久以前，在我小的时候。我看过一本书，一个故事。奥兹，好像是这个名字。没错，奥兹，《奥兹国的翡翠城》……”

“奥兹？从来没听说过。”

“是的，奥兹，就是奥兹。我刚才看见它了，就跟故事里写的一样。我看见它倒塌了。”

“史密斯！”

“是，长官？”

“明天去心理医生那儿报到。”

“是，长官！”他利索地敬了个礼。

“多加小心。”

船员们警觉地握着枪，蹑手蹑脚地走出飞船冷冰冰的光束，凝望着宽广的海洋和低矮的群山。

“咳，”史密斯失望地嘀咕着，“这儿根本一个人都没有嘛，一个人影儿都没有。”

风呜咽着，将沙粒吹过他的鞋面。

无日无夜

他在两个小时内抽完了一包烟。

"咱们在太空里多远了？"

"十亿英里。"

"离哪儿十亿英里？"希区柯克问。

"那要看你问的是哪儿了，"克莱门斯没有抽烟，"你也可以说，离家十亿英里。"

"那就说出来啊。"

"家，地球，纽约，芝加哥。无论你来自何方。"

"我已经记不得了，"希区柯克说，"我现在甚至都不相信有地球存在了，你呢？"

"我相信，"克莱门斯说，"我今天早上还梦见它了。"

"太空中没有早晨。"

"那就是夜里梦见的。"

"这里永远是夜晚，"希区柯克幽幽地说，"你说的是哪天夜里？"

"少啰嗦，"克莱门斯有些冒火，"让我说完。"

希区柯克又点了支烟。他的手并未抖动，但是却给人一种感觉，仿佛在那晒黑的皮肤下面，他的手一直在颤抖，每只手的小的颤抖以及整个身体的无法察觉的大的颤抖。两个人坐在观察廊道的地板上，看着舱外的星空。克莱门斯的眼睛闪着光，希区柯克的眼睛却处于失焦的状态，空洞而迷茫。

“我早上五点钟醒过来，”希区柯克说话的样子仿佛是在跟自己的右手交谈，“听见自己尖叫着：‘我在哪儿？我在哪儿啊？’答案是：‘哪儿都不是！’我又问：‘我是从哪儿来的？’我回答说：‘地球！’‘地球是什么？’我感到纳闷。‘是我出生的地方。’我回答。可是这个答案毫无意义，比没有答案还糟。我不相信任何我无法看到、听到或摸到的东西。既然我看不见地球，我为什么要相信它的存在？还是不相信的好，这样比较安全。”

“那就是地球，”克莱门斯微笑着指着一个地方，“那边的那个光点。”

“那不是地球，那是太阳。从这儿看不见地球。”

“我能看见。我的记性很好。”

“那不是一码事，你这个傻瓜，”希区柯克的声音里带着一丝愠怒，“我说的是用眼睛看。我一向如此。当我在波士顿的时候，纽约就不存在了。当我身在纽约，波士顿就消失了。如果我一天没看到某个人，对我来说他就已经死了。而当我在街上再次遇见他，天哪，那就好像是他起死回生了。我真高兴看见他，几乎要手舞足蹈起来。不过那都是过去的事了。后来我不再手舞足蹈了，我只是看着他。当他走出我的视线，他就再一次死去了。”

克莱门斯笑了。“这只能说明你的大脑还处于未开化状态，记不住事情，没有想象力，希区柯克老弟。你得学着把事情记在脑子里。”

“我为什么要记住那些我用不着的东西？”希区柯克说，他的眼睛睁得大大的，仍然凝望着太空，“我很实际。如果我现在不能在地球上漫步，你希望我在记忆里漫步吗？那太痛苦了。记忆，就像我父亲说过的那样，是豪猪。让它们见鬼去吧！离它们远远的。它们让你不快乐，它们会毁了你的工作，它们让你哭泣。”

“我现在就正在地球上漫步呐。”克莱门斯半闭着眼睛，编织着幻想。

“你这是在自讨苦吃。等一会儿你吃不下午饭，就该纳闷儿是为什么了，”希区柯克冷冷地说，“那是因为你扎了一脚的豪猪刺，把自己弄疼了。去它的吧！如果我喝不着它，捏不着它，打不着它，挨不着它，那就把它丢在脑后吧。对地球而言，我已经死了。在我眼里，地球也不存在了。今晚纽约不会有人为我哭泣。去它的纽约。这里没有四季，没有冬夏也没有春秋。现在不是任何一个特定的黑夜或白昼，这里只有无尽的空间。现在唯一存在的只有你我和这艘飞船。而我唯一能确定的只有我自己。情况就是这样。”

克莱门斯对他的这番话置若罔闻。“我现在正在把一角硬币投进电话投币口，”他一边比划一边慢慢绽开笑容，“我正在给我在埃文斯顿的女朋友打电话。你好，芭芭拉！”

飞船在太空中继续飞行。

中午一点零五分，午餐铃响了。船员们穿着橡胶软底运动鞋跑进餐厅，在装有防撞垫的餐桌旁就座。

克莱门斯没有胃口。

“瞧，我跟你说什么来着！”希区柯克说，“都是你那些可恶的豪猪闹的！听我的话，别再去想它们。瞧我，吃得多带劲。”他说话的声音缓慢、机械，没有感情。“看着。”他往嘴里放了一大块馅饼，用舌头舔着。他盯着盘子里的馅饼，仿佛要看清它的纹理。他用叉子摆弄着馅饼。他抚弄着叉子柄。他把柠檬馅料挤出来，看着它喷到叉子尖上。然后他拿起一瓶牛奶，把瓶子上上下下抚摸了一番之后，往玻璃杯里倒了半夸脱，一边倒一边倾听牛奶流动的声音。他盯着杯中的牛奶，仿佛要用自己的凝视使它变得更白。他一口气把牛奶喝光，快到根本尝不出任何味道。不出几分钟，他就狼吞虎咽地把自己那份午餐全部吃光了，随后又环顾四周，想再找一些，不过已经没有了。他眼神空洞地凝视着飞船的窗外。“那些也不是真的。”他说。

“什么？”克莱门斯问。

“星星。有谁真的摸过一颗星星么？当然，我能看见它们，但是看见一个远在一百万乃至十亿英里之外的东西又有什么用呢？根本犯不上为一个离你那么远的东西操心。”

“你为什么会加入这次航行呢？”克莱门斯突然问道。

希区柯克盯着空空如也的牛奶杯，紧紧地攥住它，松开，再紧紧地攥住。“我不知道。”他伸出舌头舔着杯子的边缘，“我必须来，如此而已。你怎么可能知道你这辈子做每一件事的理由呢？”

“你喜欢太空旅行？喜欢去不同的地方？”

“我不知道。是，又不是。我喜欢的不是去到那些地方，而是待在它们之间。”希区柯克第一次试图将目光聚焦到某样东西上，但它太远太模糊，尽管动用了面部肌肉和双手的帮助，他的眼睛仍然无法准确对焦，“吸引我的主要是空间，辽阔的空间。我喜欢上下左右什么都没有，只有我在一片虚空的中间。”

“我从来没听过有人这么形容这件事。”

“我刚刚就这么说了，我希望你听见了。”

希区柯克拿出香烟，点上一支，开始一口接一口地吞云吐雾。

克莱门斯说：“你的童年是什么样的呀，希区柯克？”

“我从来没有年轻过。无论我过去是什么样子，那个我都已经死了。那里有更多的豪猪刺，我可不想被它们扎一身。我一直认为，人每天都会死去，而每一天都是一口棺材，全都编了号排列得整整齐齐，但是永远不要回顾过去，掀开棺盖，因为你一生中已经死过几千次了，留下了无数的尸体，每一次都是不同的死法，面目一次比一次狰狞。过去的每一天都是一个不同的你，一个你不认识、不了解、也不打算去了解的人。”

“这样一来，你就把自己和过去割裂了。”

“我为什么要和那个年轻的希区柯克扯上关系？他是个傻子，让人家使唤来使唤去，被人占便宜，被人利用。他父亲对他不好，他母亲死的时候他很高兴，因为她也不是什么好人。我应该回到那天去看看他脸上的表情，幸灾乐祸一番吗？他是个傻子。”

“我们都是傻子，”克莱门斯说，“一直都是。只是每天有不同的表现形式而已。我们心想，我今天不是傻瓜。我已经吸取了教训。我昨天傻可是今天不再傻了。然而等到明天我们就会发现，呀，我们今天还是傻子。我想我们能够成长并在社会上取得成功的唯一途径就是接受我们并不完美的现实，并在此基础上好好生活。”

“我不想记住不完美的事物，”希区柯克说，“我不能跟那个年轻的希区柯克把手言欢，不是么？他在哪儿？你能帮我把他找来么？他死了，那就让他去死吧！我不会让我昨天做的蠢事决定我明天要做什么。”

“你的想法是错误的。”

“那就随我去吧。”饭已经吃完了，希区柯克坐在位子上，望着舷窗外面。其他人瞅了他一眼。

“流星存在吗？”希区柯克问。

“你很清楚它们存在。”

“在咱们的雷达上——是的，它们是划过宇宙的一道道亮光。但是我不相信任何不在我的面前存在和活动的东西。有的时候——”他朝正在吃饭的其他船员点了点头——“有的时候，我不相信除了我之外的任何人任何事的存在。”他坐直身子问，“这艘飞船有上层舱室吗？”

“有。”

“我必须马上去看看。”

“别太激动。”

“你在这儿等着，我马上回来。”希区柯克快步走出餐厅。其他船员仍在细嚼慢咽地吃着午餐。过了一会儿，一名船员抬起头来：“这种情况持续多长时间了？我是说希区柯克。”

“今天才开始的。”

“前几天他就不对劲。”

“是的，不过今天变得更严重了。”

“有人跟心理医生说过吗？”

“我们本以为他能缓过这股劲儿来。每个人第一次上太空时都难免有些不适应。我就有过。你先是达观得不得了，随后就被恐惧俘获了。你变得焦躁不安，开始怀疑自己的身世，你不相信地球的存在，你喝得烂醉，头痛欲裂地醒来，就是这样。”

“可是希区柯克不是喝醉了，”一个人说，“我倒希望他能喝醉。”

“他是怎么通过委员会考核的呢？”

“咱们都是怎么通过的呢？他们需要人手。太空让大多数人怕得要命。所以委员会把很多不大符合标准的人都放过关了。”

“那个人可不是不大符合标准，”一个人说，“他离标准差着十万八千里呢。”

他们等了五分钟，希区柯克还没回来。

最后，克莱门斯起身走出餐厅，沿着螺旋楼梯来到楼上，希区柯克正在那儿轻轻地抚摸着墙壁。

“它在这儿呢。”他说。

“当然在了。”

“我还担心它不在这儿呢。”希区柯克打量了克莱门斯一眼，“你也还活着。”

“我一直活得好好的呐。”

“不，”希区柯克说，“现在，只有现在，在这一个时刻，当你在我身边时，你才是活着的。在这之前你根本不存在。”

“在我看来我是存在的。”克莱门斯说。

“那不重要。你没跟我在一起，”希区柯克说，“只有这一点才重要。船员们都在楼下吗？”

“是的。”

“你能证明吗？”

“我说，希区柯克，你最好去看看爱德华兹医生。我认为你需要一些帮助。”

“不，我很好。你说的那个医生是谁？你能证明他在飞船上吗？”

“能。只要呼叫他一声就行。”

“不，我是说，当你站在这里，就在这个瞬间，你是无法证明他在飞船上的，是不是？”

“如果站在这儿不动，我是没办法证明。”

“你瞧。你拿不出精神上的证据，而我需要的正是一个能够让我感知的精神上的证据。我不需要你出去给我找来什么实物证据。我要的是能够装在头脑里，时时刻刻闻得着摸得到的证据。可是没办法做到这一点。要想相信一个东西存在，你必须得把它带在身边。可是你没法把地球或是某个人揣在兜里跟着你。我希望可以有个什么办法，能让我一直把那些东西带在身边，好让我相信它们。非得费心费力地找来一些有形的证据才能证明一件事，那多麻烦呀。我讨厌有形的东西，因为它们会被留在身后，让人无法再相信它们。”

“可是世事的法则就是这样的。”

“我想改变这些法则。如果我们能用精神作为证据，确切地知道万事万物都在它们应该在的地方，那不是很好吗？我想知道当我不在一个地方时，那儿是什么样子。我想要确切地知道。”

“那是不可能的。”

“你知道吗，”希区柯克说，“大约在五年前，我头一次有了上太空的想法。当时我失业了。你知道我曾经想过要当一名作家吗？没错，我就是嘴上不停地说着想当作家却很少真正动笔的那种人，脾气又大。于是我丢掉了那份体面的工作，离开了编辑这一行。我找不到新的工作，人生走上了下坡路。后来，我妻子去世了。你瞧，没有什么会停留在当初的位置上——不能相信有形的东西。我不得不把儿子寄养在姑妈家，我的生活越来越窘迫。然后有一天，一篇署着我的名字的短篇故事见报了，但那并不是我。”

“我不明白你的意思。”

希区柯克脸色苍白，直冒冷汗。

“我只能说当我看着印有我名字的那一页，标题下面印着：作者约瑟夫·希区柯克。但那是另一个人。无法证明——真真切切、实实在在地证明——那个人就是我。那个故事很熟悉——我知道是我写的——但是报纸上的那个名字又的确不是我。那是一个符号，一个名字，一个陌生的东西。我那时忽然意识到，即使我在写作上获得成功，对我也毫无意义，因为我无法把自己和那个名字统一起来，就像煤烟和煤灰不能混为一谈。于是我不再写作。反正我从来也不能确定，几天后出现在我书桌上的那些故事出自我的笔下，尽管我记得是我把它们打出来的。证据的链条上总是缺了一环。在‘做’和‘做完’之间的一环。‘做完’的事情是死的，不能作为证据，因为它不是行为。只有行为才有意义。那几页纸是已经结束不再可见的行为的遗迹。‘做’的证据消失了，留下的只有记忆，而我不相信我的记忆。我能真的证明我写了这些故事吗？不能。有哪个作家能吗？我指的是拿出证据，拿出行为上的证据。不能。除非在你打字的时候，房间里有个人坐在旁边看着，但即便是那样，你也可能是在把事先背好的内容打出来。一件事情一旦完成，证据就消失了，只留下记忆。于是从那之后，我开始发现每件事中间的缺口。我怀疑我是否结过婚，有个孩子，是否曾经工作过。我怀疑我是否出生在伊利诺伊，是否有个酒鬼父亲和自私贪婪的母亲。我无法证明任何事。当然，人们可以说‘你是如此如此、这般这般的’，但那种话毫无意义。”

“你脑子里不要再想这些事了。”克莱门斯说。

“我做不到。我脑子里全都是那些缺失的环节。就这样，我想到了太空。我想我会喜欢待在一艘宇宙飞船上，在一片空无之中，一片茫茫虚空之中，前往另一片虚空，只有薄薄的一层东西，一层像鸡蛋壳一样薄的金属包围着我，远离一切由于存在着缺失的环节而无法证明自己的东西。我顿时明白，我唯一能够获得幸福的地方就是太空。等我到了金牛座阿尔法星，我会报名参加返回地球的五年航行，从此我的余生就会像飞来飞去的羽毛球一样在太空中来回穿梭。”

“你把这些想法跟心理医生说过么？”

“跟他说，好让他试着为我抹平那些缺口，用噪音、热水、道理和温和的抚慰把那些空当填上吗？谢谢，我用不着。”希区柯克停了停，“我的情况变得更严重了，是吗？我想是的。今天早上醒来的时候，我想我病得更重了。或者，我其实是在好转？”他又停顿了一下，斜眼瞄着克莱门斯，“你在那儿吗？真的在吗？来，证明给我看。”

克莱门斯拍了他的胳膊一下，力道很重。

“是了，”希区柯克带着惊讶的表情端详着自己的胳膊，一边揉一边说，“你刚才在那儿。有那么很短的一个瞬间，你确实在。不过我不知道你现在到底还在不在。”

“待会儿见。”克莱门斯说。他走了，去找医生。

一只警铃响了。两只警铃，三只警铃响了。飞船剧烈地摇晃着，仿佛被一只大手猛地掴了一下。船上响起一阵抽吸的声音，就像是有谁打开了真空吸尘器。克莱门斯听到尖叫声，感到空气变稀薄了。空气嗖嗖响着从他的耳边掠过。顷刻间，他的鼻腔和肺里的空气都跑光了。他踉跄了一下，嗖嗖的声音随后停住。

他听见一个人大叫：“撞上流星了。”另一个人说：“已经补好了！”他说得没错。飞船上执行紧急维修任务的机械蜘蛛已经跑到飞船的外壳上，在船体被撞破的地方贴了一块补丁，用焊枪焊牢了。

远处有人在说话，说着说着就喊了起来。克莱门斯在浓度逐渐恢复的空气中沿着廊道跑过去。拐进一个隔间，他看见飞船的钢制舱壁上那个新补好的洞，看见流星的碎片像玩具碎片一样散落在舱室里，看见船长和船员们围着躺在地上的一个人。那个人正是希区柯克。他闭着眼睛哭叫着："它想要杀了我，"他一遍遍地重复着，"它想要杀了我。"大家把他从地上扶起来。"它不能那么做，"希区柯克继续说着，"不该是这样的，不该发生这种事，不是吗？它是冲着我来的。为什么会这样啊？"

"没事儿了，不要怕，希区柯克。"船长安慰他。

医生为希区柯克包扎胳膊上的一个小伤口。希区柯克脸色煞白，他抬起头，看见克莱门斯正在看着他。"它想要杀死我。"他说。

"我知道。"克莱门斯回答。

十七个小时之后，飞船仍在太空中继续飞行。

克莱门斯走进一个隔间，等在那里。心理医生和船长也在这间舱室里。希区柯克坐在地上，腿蜷在胸前，双臂紧紧地抱住双腿。

"希区柯克。"船长叫他。

他不作声。

“希区柯克，听我说。”心理医生叫他。

他们转头问克莱门斯：“你是他的朋友？”

“是的。”

“你愿意帮助我们吗？”

“如果能帮得上的话。”

“都是那颗该死的流星，”船长说，“要不是它捣乱，说不定不会发生这种事。”

“这种事迟早会发生的。”医生说。他对克莱门斯说：“你可以跟他谈谈。”

克莱门斯默默走过去，蹲在希区柯克身边，轻轻摇着他的胳膊，低声呼唤他：“嘿，希区柯克。”

没有回应。

“喂，是我，克莱门斯呀，”克莱门斯说，“瞧，我在这儿呢。”他轻轻地拍了拍希区柯克的胳膊，又温柔地按摩着他那僵硬的颈部和向前低垂的后脑勺。他瞅了医生一眼，医生轻轻地叹了口气。船长无奈地耸了耸肩。

“要用休克疗法吗，大夫？”

心理医生点点头。“一个小时内就开始治疗。”

好啊，克莱门斯心想，休克疗法。让他听一打爵士乐唱片，在他鼻子下面晃动一瓶新鲜的叶绿素和蒲公英，在他脚下铺上青草，在空气中喷点儿香奈儿香水，给他理发，修指甲，给他找一个女人，冲他大喊，用力撞他，对他进行电击，填上缺口和空当，可是你们的证据在哪里？你们无法永远向他提供证明。你们无法在今后的三十年里，每个晚上都用拨浪鼓和汽笛哄着一个婴儿，哄一整夜。总有一天，你们将不得不停下。而一旦停下，他就会再度失控。何况那前提还是，他得搭理你们才行。

“希区柯克！”他声嘶力竭地喊了一声，绝望得仿佛他本人即将从一座悬崖上坠落，“是我啊，是你的朋友啊，喂！”

克莱门斯转身走出了那间沉默的房间。

十二小时后，又一只警铃响了。

众人慌乱的跑动声渐渐平息后，船长解释道：“希区柯克刚才一个人待着的时候突然清醒了一两分钟。他穿上太空服，打开密封舱，一个人走出舱外了。”

克莱门斯眨着眼睛，透过巨大的玻璃舷窗望着窗外，那里只有一片朦胧的星光和远方无垠的黑暗。“他现在在飞船外面？”

“是的。在咱们后面一百万英里。咱们永远也找不到他了。直到飞船控制室收到从他的头盔上发出的无线电信号，我才发现他已经出舱了。我听见他在自言自语。”

“他说了什么？”

“大概是：‘现在再也没有什么宇宙飞船了。从来就没有过。没有人。整个宇宙都没有人。从来没有过。没有植物，没有星星。’他就是这么说的。然后他又提到他的手啊脚啊什么的。‘没有手，’他说，‘我再也没有手了。从来就没有过。也没有脚，从来没有过。没法证明曾经有过。没有身体。从来没有过。没有嘴唇，没有脸，没有头，什么都没有。只有太空，只有虚空，只有缺口。’”

船员们默默地转身，看着玻璃舷窗外遥远冰冷的星星。

太空，克莱门斯想道。希区柯克如此热爱的太空。太空，上面一片虚无，下面一片虚无，中间夹着满满的虚无，而希区柯克就在这无尽的虚无中，坠向一个没有黑夜也没有白昼的所在……

狐狸和森林

第一天晚上的烟花也许会令人感到害怕，因为它们可能会激起一些更为恐怖的联想，不过这些烟花是美丽的——冲天炮飞上墨西哥古老而温柔的夜空，将繁星摇落为阵阵蓝色和白色的星雨。这里的一切都甜蜜而美好，空气中交织着逝者和生者的讯息，混合着雨水和尘土的味道，融汇着教堂焚香的香气和演奏台上大号吹奏出的《鸽子》的悠扬韵律。教堂的大门洞开着，无数支蜡烛光彩闪耀，烟雾缭绕，仿佛巨大的黄色星群从十月的天空坠落凡间，正向教堂的墙壁上喷吐着火光。更多更绚丽的烟花像彗星一样飞快地掠过铺着地砖的广场，撞在咖啡馆的土坯墙上，随后窜过灼热的电线，在高高的教堂钟楼旁炸响。钟楼上只见男孩们的光脚丫在一下又一下地摇荡着大钟，发出洪亮的钟声。一头燃烧的公牛在广场上跌跌撞撞地追逐着欢笑的大人和尖叫的孩子。

“现在是一九三八年，”在喧闹的人群边上，威廉·特拉维斯站在妻子身边微笑着说，“一个好年份。”

公牛朝他们冲了过来，火球倾泻而下，夫妇俩躲闪着，在音乐和喧闹声中跑过教堂，跑过乐队，在星空下，两人紧紧地拉着手，开心地笑着。公牛从他们身边跑过去了，原来它是由一个墨西哥人扛在肩上，用竹子骨架和火药打造而成的傀儡。

“我从来没玩得这么尽兴过。”苏珊·特拉维斯停下来喘着气。

“太有意思了。”威廉说。

“还会继续下去的，是吗？”

“会持续一整夜的。”

“不，我说的是咱们的旅行。”

他微微皱了皱眉，拍着胸前的口袋说：“我带的旅行支票足够咱们用一辈子的。好好玩儿，不要担心，他们永远也找不到我们。”

“永远？”

“永远。”

这时，有人开始把点燃的大号爆竹从钟声不断的教堂钟楼上往下扔，下面的人群见势不妙纷纷闪避，爆竹在他们跳起的脚下和扭动躲闪的身边炸出巨大声响。炸玉米饼的诱人香气在空中四处飘荡，坐在咖啡馆里的人们看着外面的热闹场面，棕色的手里悠闲地握着啤酒杯。

公牛不动了。竹筒里的火熄灭了，它的生命也走到了尽头。工匠把它从肩上卸下来，小男孩们凑上前去，好奇地摸着它那纸塑的牛头和真正的牛角。

“咱们也去看看那头火牛吧。”威廉提议道。

他们走过咖啡馆门口时，苏珊发现一个男人正朝外看着他们。那是个白人，身穿盐白色西装和蓝色衬衫，打着蓝色领带，一头金色直发，瘦削的脸晒得黝黑。他们走过时，他的蓝眼睛一直注视着他们。

若不是在这个衣着如此整洁的人的手肘边立着那么多酒瓶——一瓶薄荷甜酒，一瓶苦艾酒，一瓶干邑，还有另外七瓶各式各样的酒——她根本不会注意到他。他的手边摆放着十只小酒杯，全部斟至半满，他小口啜饮着，还不时眯起眼睛，抿着薄薄的嘴唇细细品味着，但是他的眼睛始终没有离开过外面的街道。他的另一只手上拿着一支点燃的哈瓦那细雪茄。旁边的椅子上堆放着二十条土耳其香烟、六盒雪茄和几瓶古龙香水。

“比尔——”苏珊小声说。

“别紧张，”他说，“他什么人也不是。”

“我今天早上在广场上见过他。”

“继续走，别回头。来看看这头纸做的公牛。就像这样，问几个问题。”

“你说他会是调查局的人吗？”

“他们追不上咱们的！”

“也可能追得上！”

“这头牛真漂亮。”威廉对火牛的主人说。

“他不会一直跟踪咱们回到两百年前吧，是不是？”

“留点神，拜托。”威廉说。

她趔趄了一下，他紧紧地挽住她的臂弯，把她拉走了。

“不要晕倒。”他微笑着，装出若无其事的样子，“不会有事的。咱们也去那间咖啡馆，当着他的面喝点东西，如果他真的是咱们以为的那个人，他是不会怀疑咱们的。”

“不行，我做不到。”

“不行也得行。来吧。于是我跟戴维说，那太可笑了！”后面这句话是他在走上咖啡馆的台阶时故意高声说的。

我们来了，苏珊心想。我们是谁？我们要去哪里？我们在担心什么？从头说起，她对自己说，踏上咖啡馆的土坯地面时，她努力保持着清醒。

我叫安·克里斯汀，我丈夫叫罗杰。我们来自公元二一五五年。我们生活在一个邪恶的世界。那个世界就像一艘在茫茫黑夜拉响黑色汽笛的黑色大船，满载着二十亿人驶离理智和文明的海岸，无论人们是否愿意，这艘船将把他们带向死亡，带向大地和海洋的尽头，坠入核战争的烈焰和疯狂的深渊。

他们走进咖啡馆。那个人的目光一直跟随着他们。

电话铃响了。

苏珊一惊。这通铃声让她想起两百年后，二一五五年四月那个晴朗的上午她接到的一个电话。

“安，我是蕾妮。你听说时光之旅公司了吗？无论是公元前二十一年的罗马，还是拿破仑的滑铁卢战场——任何时间、任何地点想去就能去！”

“蕾妮，你不是在开玩笑吧。”

“不是开玩笑。克林顿·史密斯今天早上启程去了一七七六年的费城。时光之旅公司为他安排好了一切。价钱不便宜。可是，想象一下——能够亲眼看到罗马大火，忽必烈汗，摩西分开红海，还是物有所值的！你的邮管里可能也收到他们的广告了。”

她打开抽吸式邮管，里面有一张印在金属箔上的广告：

去罗马见识博尔吉亚家族的显赫！

去基蒂霍克见证莱特兄弟试飞！

时光之旅公司为您提供全套服装，带您亲临林肯总统和恺撒大帝的遇刺现场！

我司承诺，任意语种包教包会，令您在任一国度、任一时代自由出行，畅游无阻。

拉丁语、希腊语、古美语口语，应有尽有。

来吧，在任何时间、任何地点开启您的假期之旅！

电话里传来蕾妮兴奋的声音：“我跟汤姆明天就要去一四九二年了。他们在哥伦布的船队里为汤姆安排了一个位置。多棒啊！”

“是啊，”安轻声答道，感到非常震惊，“政府对这家时间机器公司是怎么看的？”

“哦，警方一直在留意他们。担心人们为了逃避服兵役，跑到过去的年代躲藏起来。离开的人必须留下一笔保证金，用房子和财产做担保，保证自己会回来。毕竟现在是战争时期嘛。”

“是呀，战争，”安轻声重复着，“战争。”

她手握话筒站在那里，心想，我和丈夫多年来一直念着盼着的机会终于来到了。我们不喜欢二一五五年的这个世界。我们想要逃离他在炸弹工厂的工作，逃离我在疾病培养车间的工作。也许我们能找个机会逃跑，跑到几百年前的某个偏僻的国度，让他们永远找不到我们，永远不能把我们抓回来，烧我们的书，审查我们的思想，用恐惧折磨我们的心灵，强迫我们加入行军的队列，在广播里对我们大吼大叫……

他们现在来到了一九三八年的墨西哥。

她看着咖啡馆污迹斑斑的墙壁。

未来世界的优秀员工可以获准回到过去休假，以缓解疲劳。于是她跟丈夫回到了一九三八年，在纽约租了个房间，每天兴致勃勃地去看戏，还参观了仍屹立在港口的铜绿色的自由女神像。到了第三天，他们乔装改扮，改名换姓，跑到墨西哥躲了下来。

“肯定是他，”苏珊看着坐在桌边的那个陌生人，小声说，“那些香烟、雪茄，还有酒暴露了他的身份。还记得咱们回到过去的第一个晚上吗？”

一个月前，他们在纽约度过的头一个夜晚，夫妇俩畅饮着各种陌生的饮料，品尝购买了无数新奇的食品、香水和上百个牌子的香烟——所有这些在未来世界都是难得一见的稀罕物，因为那个世界只有战争。他们就像两个傻瓜一样，冲进各个商店、沙龙和烟店疯狂采购，然后回到住处尽情享用一醉方休。

现在，眼前的这个陌生人也和那时的他们一样，做着只有来自未来、对烟酒的滋味已经渴望了许久的人才会做的事情。

苏珊和威廉坐下，点了杯饮料。

那个陌生人审视着他们的着装、发型和首饰，以及他们走路和落座的姿态。

“坐得自然些，”威廉压低声音说，“就像你从来都是穿着这种衣服那样。”

“咱们根本不该逃跑的。”

“天哪！”威廉说，“他朝咱们这边走过来了。你别出声，让我来应付他。”

陌生人朝他们鞠了一躬，脚下发出极轻微的鞋跟叩拢的声音。苏珊整个人都僵住了。那是军人特有的声音——和夜深人静时那种可怕的敲门声一样，绝对不会弄错！

“罗杰·克里斯汀先生，”陌生人说，“你坐下时没有把裤腿往上提。”

威廉愣了。他困惑不解地低头看了看放在腿上的双手。苏珊的心悬了起来。

“你认错人了，”威廉的反应很快，“我不叫克里斯勒。”

“克里斯汀。”陌生人纠正道。

“我叫威廉·特拉维斯，”威廉说，“我不明白我的裤腿和你有什么关系。”

“抱歉。”陌生人拉过一把椅子，“这么说吧，我想我知道你是谁，因为你坐下时没有把裤腿往上提——别人都会提一下，否则很容易把裤腿撑变形。我现在远离家乡，特拉维斯——先生，希望能找人做伴。我叫西姆斯。”

“西姆斯先生，我们理解你的孤独，可是我们已经累了。我们明天要去阿卡普尔科[①]。”

“那是个迷人的地方。我为了寻找我的几个朋友，刚刚去过那儿。他们不知去了哪里，不过我会找到他们的。哎，这位女士是不是生病了？”

“晚安，西姆斯先生。”

威廉紧紧地挽着苏珊的手臂，两人向门外走去。西姆斯在他们身后叫道：“哦，还有一件事。”见他们没有回头，他顿了顿，缓缓吐出几个字：

“公元二一五五年。”

苏珊闭上眼睛，感到大地在脚下颤动。她没有停步，一直

---

① Acapulco，墨西哥著名的海滨旅游城市。

走到热火朝天的广场上，眼前一片漆黑。

把旅馆的房门锁好之后，苏珊忍不住哭了起来。他们站在黑暗中，房间仿佛在脚下倾斜摇摆。远处的爆竹噼里啪啦地炸响，广场上传来人们的笑声。

“他太嚣张了，”威廉忿忿地说，“他坐在那儿一边抽烟喝酒，一边像打量动物一样上下打量咱们。我当时真该宰了他！”他近乎歇斯底里地说着，“他居然有胆量告诉咱们他的真名——他就是调查局局长。还有我的裤腿。天哪，我坐下的时候应该把它们往上提提。这是这个年代人们的习惯动作。我不这么做，就显出了和其他人不同。这让他想到，这个人从来没穿过长裤，他穿的都是制式短裤和未来样式的服装。是我害咱们暴露了，我真该死！”

“不，不怪你，是我走路的姿势被他看穿了——我穿不惯高跟鞋。还有咱们的发型——太新，太显眼。咱们浑身上下都透着古怪，不自然。”

他打开灯。“他仍然在试探咱们。他对咱们的身份还不能确定——不能完全确定。所以咱们不能背着他逃走，不能坐实他的怀疑。我们要大大方方地去阿卡普尔科。”

“也许他已经确定了，只是想再戏弄我们一下。”

“我相信他干得出这种事。世上的时间尽在他掌握之中。只要他愿意，他可以在这儿随意耽搁几天，然后把咱们带回未来——带回咱们离开仅仅一分钟之后的未来。他可以让咱们一直处于疑惑不安之中，而他则在暗中嘲笑咱们。”

苏珊坐在床上，拭去脸上的泪水，空气中弥漫着年代久远的木炭和熏香的气味。

“他们不会大肆声张的，是不是？”

“他们不敢。他们只会趁咱们落单的时候动手，用时间机器把咱们送回未来。”

“那就有办法了，”她说，“咱们决不能独处，要一直待在人多的地方。咱们要交很多很多朋友，白天逛市场，晚上住市政厅，还要花钱请警察局长保护咱们，直到咱们想办法杀死西姆斯后逃走，可以乔装改扮，比如化装成墨西哥人。”

门外响起脚步声。

他们熄了灯，默默地脱着衣服。脚步声走远了。一扇门关上了。

苏珊站在窗边，从黑暗中看着下面的广场。“那座建筑就是教堂吗？”

“是的。”

“我常常好奇，教堂是什么样子的。好多年都没人见过教堂了。咱们明天能去那儿看看吗？”

“当然可以。先睡觉吧。”

他们在黑暗的房间里上床躺下。

半小时后，电话铃响了。她拿起听筒。

“喂？”

“兔子也许会藏在森林里，”电话那头的声音说，“但是狐狸总能找到它们。”

她挂上听筒，身体僵直地躺回床上，浑身冰冷。

窗外的一九三八年，有人用吉他弹奏着三首曲子，一曲接一曲。

夜里，她几乎伸出手就能触摸到二一五五年。她感觉手指滑过清冷的时间长河，就像滑过一片泛起涟漪的水面。她听到在无数支乐队无数支军乐曲的伴奏下，行军的脚步声震天动地无休无止；她看到她工作的那间未来世界的巨大工厂里，五万排干净整齐的玻璃试管培育着各种病菌——麻风、腺鼠疫、伤寒、肺结核，就在她伸手去拿试管的时候，大爆炸发生了。她看到自己的手被巨大的冲击波弹了回来，烧得像一只皱缩的李子。这场爆炸如此猛烈，整个世界都被掀到空中又落回地面，所有的建筑都倒塌了，人们满身鲜血，无声地躺在地上。火山爆发，机器轰鸣，狂风呼啸，山崩地裂。当这一切渐渐归于沉寂时，她醒了过来，在床上抽泣着，在远隔多年的墨西哥……

清晨，刚睡了一个小时的夫妇两人被街上一阵嘈杂的汽车声吵醒了。苏珊从铁艺阳台上往下看，只见从几辆标有红字的卡车和小汽车上走下来八个人，吵吵嚷嚷地高声聊着天。一群墨西哥人跟在他们的卡车后面看热闹。

“出什么事了？”苏珊问街上的一个男孩。

男孩作了回答。

苏珊转头对丈夫说：“一家美国电影公司到这儿来拍摄外景。”

“听起来不错啊，”威廉在淋浴间里回答，“去看看吧，今天就别走了。咱们要尽量稳住西姆斯。去看他们拍电影吧，据说过去的人拍电影是件很有意思的事，咱们刚好可以散散心。”

散心，苏珊想。在灿烂的阳光下，有那么一个瞬间，她几乎已经忘记了在旅馆的某个角落，有个人正在不停地吞云吐雾，等待着机会。她看着楼下那八个喧闹快活的美国人，真想冲他们呼喊：“救救我，把我藏起来，帮帮我！改变我头发和眼睛的颜色，改变我的穿着打扮，我来自二一五五年，我需要你们的帮助！”

但是这些话全部哽在了她的喉咙里。时光之旅公司的工作人员可不傻。在你出发前，他们会给你植入一个心理障碍。你无法告诉任何人你真实的生活年代和出生地，也无法向过去的人们透露未来的信息。过去和未来必须井水河水两不相犯。人们只有带着这重心理障碍，才能获准不受监视地踏上时间旅程。必须保护未来，不能让它被回到过去的人改变。即使她一心想要告诉楼下广场上那些快活的人们她是谁，她陷入了何等困境，她也做不到。

“去吃早餐好不好？”威廉说。

早餐设在旅馆的大餐厅里，提供火腿和蛋供客人享用。餐厅里挤满了游客。那八个电影人也进来了，六男二女有说有笑，一路推开挡道的椅子。苏珊坐在他们附近，感受着他们带来的温暖和保护，甚至在西姆斯用力吸着土耳其香烟走下大堂楼梯时，她都没有慌张。他远远地朝他们点了点头，苏珊也微笑着点头回应，因为她知道他不能在这儿，当着那八个电影人和二十名游客的面，对他们下手。

“瞧那些演员，”威廉说，“也许咱们可以出钱雇两个人假扮成咱们，就说要搞个恶作剧，让他们换上咱们的衣服，开着咱们的车离开——只要别让西姆斯看见他们的长相就行。如果这两个人能把西姆斯引开几个小时，咱们或许就能趁机逃到墨西哥城。到时候，他得花好几年才能找到咱们。”

“嗨！”

一个嘴里喷着酒气的胖子靠在了他们的桌子上。

“美国游客！”他兴奋地大叫，“我看墨西哥面孔已经看腻了，真想亲亲你们！”他热情地握着他们的手，“到这边来，跟我们一起用餐。‘愁眉苦脸’喜欢有人做伴。[①]我是‘愁眉苦脸’，这位是‘闷闷不乐’小姐，这两位是‘我们讨厌墨西哥’夫妇。我们都讨厌墨西哥，可是为了给一部晦气的电影拍几个预备镜头，不得不到这儿来。剧组的其他人明天到。我叫

---

① 原文是一句英文谚语，意为“见同病得慰藉”，即自己不快乐时也希望别人不快乐。

乔·梅尔顿，是电影导演。这个国家真见鬼，尽是在大街上举行葬礼的——他们怎么死得这么勤！来，坐到这边来，跟我们一起，大家一起高兴高兴！”

苏珊和威廉都笑了。

“我很好笑吗？”梅尔顿先生问周围的人。

“太好了！”苏珊坐了过去。

西姆斯在餐厅那头瞪着他们。

她冲他做了个鬼脸。

西姆斯朝他们这桌走了过来。

“特拉维斯先生和夫人，”他招呼道，“我以为咱们要共进早餐呢，就咱们三个。”

“抱歉。”威廉回答。

“请坐，朋友，”梅尔顿先生说，“他们的朋友就是我的朋友。”

西姆斯坐下了。几个电影人大声交谈着，西姆斯趁机低声说：“希望你们昨晚睡得好。”

“你睡得好吗？”

“我睡不惯弹簧床，”西姆斯苦笑道，“不过醒着有醒着的好处。我前半夜一直在尝试各种新奇的香烟和食品。它们既古怪，又令人着迷。这些古老的邪恶玩意儿，为你打开了一个全新的感官世界。”

“我们听不懂你在说什么。”苏珊说。

“还在演戏，”西姆斯笑了，“没有用的。待在人多的地方也不是办法。用不了多久，我就会逮到你们落单的时候。我是很有耐心的。”

“喂，”梅尔顿先生满面通红地插话说，“这家伙是在找你们的麻烦吗？”

“没事的。”

“只要你们发话，我立刻把他赶走。”

梅尔顿回过头去继续跟同事们大呼小叫地说着话。趁着众人大笑的时机，西姆斯接着说：“咱们说正事吧。我花了一个月时间在各个城市追寻你们的踪迹，昨天又用了一整天，终于锁定了你们两个。如果你们乖乖跟我走，我也许可以让你们免受惩罚，只要你们同意回超级氢弹工厂工作。”

“这个家伙吃早餐还不忘谈科学！”在旁边零星听到几句对话的梅尔顿先生说。

西姆斯沉着地继续说道：“好好想一想。你们是逃不掉的。如果杀了我，其他人也会追上你们。”

“我们不知道你在说什么。”

“别再装了！”西姆斯发火了，“理智点！你们知道我们是不可能让你们就这么白白跑掉的。否则二一五五年那些人很可能会产生同样的想法，效仿你们的行动。我们得把人留住。”

“去为你们打仗。”威廉终于按捺不住了。

“比尔！”

“没关系，苏珊。咱们就跟他打开天窗说亮话吧。咱们逃不掉的。”

“很好，”西姆斯说，“说实话，你们两个实在太异想天开了，竟然想逃避自己的职责。”

“我们是在逃离恐怖。”

“一派胡言，不过是场战争罢了。”

“你们在聊什么呢？”梅尔顿先生问。

苏珊想告诉他。但是她无法透露任何具体的细节。植入头脑中的那个心理障碍只允许他们笼统地谈论未来，就像西姆斯和威廉现在这样。

“只是战争罢了？”威廉说，“世界上有一半的人死于麻风炸弹！”

“尽管如此，”西姆斯指出，“未来世界的居民恨你们两个，在他们跌落悬崖坠入地狱的时候，你们却躲在一座热带岛屿上逍遥。死亡喜欢死亡，不喜欢生存。临死的人愿意知道别人将和他一同死去。知道自己不是独自一人承受烈焰灼烧，不是独自一人进入坟墓，对人是一种慰藉。我是他们对你们的集体怨恨的守护者。”

“瞧瞧这位怨恨的守护者！”梅尔顿先生对同伴们说。

“你们让我等得越久，对你们的惩罚就越严重。我们需要你参与超级氢弹项目，特拉维斯先生。立刻跟我回去，可以免受皮肉之苦。如果继续拖延，我们不仅会强迫你工作，而且在氢弹项目完成后，还会在你身上试验许多新的复杂的刑具。”

“我有一个提议，”威廉说，“如果让我妻子安全地留在这里，远离战争，我就跟你回去。”

西姆斯考虑了一下。“好吧。十分钟后在广场跟我碰头，驾车载我去城外一处荒僻的地点，我让时光机去那儿接咱们。”

“比尔！”苏珊紧紧地抓住他的手臂。

“别争了，”他看着她说，“就这么定了。”又对西姆斯说：“还有一个问题。昨天夜里你完全可以去我们的房间把我们劫走。为什么没那么做？”

“可以说我是在享受生活吗？”西姆斯懒洋洋地回答，吸了一口新点上的雪茄，“我不想放弃这美好的氛围，这阳光，这假期。我为不得不撇下这些美酒和香烟而感到遗憾。哦，多么遗憾啊。说定了，十分钟后广场上见。你妻子会受到保护的，她愿意在这儿待多久都行。你们两个道别吧。”

西姆斯站起来走了出去。

“‘说大话’先生走了！”梅尔顿先生冲西姆斯离去的背影喊道。他扭头看着苏珊：“哎，有人哭了。早餐时间可不该哭泣，难道不是吗？”

九点十五分，苏珊站在旅馆房间的阳台上，望着下面的广场。西姆斯坐在一张精致的绿色长椅上，裤管整齐，跷着二郎腿。他咬掉雪茄的一头，轻轻把烟点燃。

苏珊听到汽车的马达声。在街道远处，威廉的汽车从车库里驶出，沿着布满碎石的山路缓缓开了过来。

汽车开始加速。三十,四十，时速达到了五十英里。前方路上的鸡群吓得四散奔逃。

西姆斯摘下白色的巴拿马草帽，擦了擦发红的额头，重新把帽子戴上，就在这时，他看见了那辆汽车。

汽车正以六十英里的时速向广场直冲过来。

“威廉！”苏珊尖叫着。

汽车撞在广场低矮的路沿上，马达轰鸣着，汽车跃上了路沿，辗过广场的地砖，加速向西姆斯那张绿色长椅冲去。西姆斯扔掉雪茄，尖叫着，双手乱摇，汽车撞了上去，他的身体高高地飞到空中，随后又重重地落在街上。

在广场的另一头，撞坏了一只前轮的汽车停了下来。人们纷纷跑了过去。

苏珊走回房间，关上了阳台的门。

中午十二点，他们脸色苍白，手挽手走下市政厅的台阶。

“再见，先生，”市长在他们身后说，“再见，夫人。”

他们走到广场上，一群人正对着地上的血迹指指点点。

“他们还会再叫你去问话吗？”苏珊问。

“不会了，我已经跟他们反复说清楚了。这是场事故，我的汽车失控了。我当着他们的面哭了。天知道我必须得把情绪发泄出来。我确实想哭一场，我并不想杀他。我这辈子从来没想过要去杀人。”

“他们不起诉你么？”

“他们讨论之后决定不起诉。我的话无懈可击。他们相信我。这就是场事故。事情已经过去了。”

“咱们接下来去哪儿？墨西哥城？乌鲁阿潘[①]？”

“汽车送去修理厂了，下午四点钟修好。之后咱们就离开这儿。”

“会不会有人跟踪咱们？西姆斯是单独行动吗？”

“我不知道。我想咱们会把他们甩掉的。”

他们走近旅馆时，那些电影人正从旅馆里出来。梅尔顿先生皱着眉头，紧走几步迎了上来：“嗨，我听说出事了。真不幸。你们现在还好吗？要不要去散散心？我们要在街上拍些预备镜头，欢迎你们过来参观。来吧，会让心情变好点儿的。”

他们跟着去了。

他们站在碎石路上等着摄影机架好。苏珊望着通向远方的路，望着通向阿卡普尔科和海边的路，那条路沿途经过金字塔和古代遗址，经过由黄色、蓝色、紫色的土坯房和艳丽的九重葛装点的村镇。她想，我们将踏上旅途，汇入人流，流连于集市和展览厅，收买警察睡在我们附近，门上上两道锁。永远待

① Uruapan，墨西哥中西部一内陆城市。

在人群里，再也不能独处；永远提心吊胆，担心下一个路过的人会是另一个西姆斯。永远也不知道我们是否成功骗过并甩掉了那些调查局的人。而在前方，未来的人们会一直期待着将我们抓回去，让我们承受炸弹的焚烧和疾病的侵蚀，让警察像驯兽师一样命令我们打滚、转身，教我们俯首帖耳。我们将永远在森林中奔跑，余生再也不能停下，再也不能睡一个安稳觉。

一群人围过来看他们拍电影。苏珊留意着他们和街上的行人。

“看见可疑的人了吗？”

“没有。现在几点了？”

“三点。车子应该就快修好了。”

三点四十五分，影片的试拍工作结束了。一行人一路交谈着走回旅馆。威廉在修车厂停了一下。“车子六点钟才能修好。”他走出修车厂，忧心地说。

“不会拖到更晚吧？”

“会修好的，别担心。”

走进旅馆大堂，他们环顾四周，想看看有没有独自旅行的人，尤其是与西姆斯相似，新近理过发、身上带着过于浓重的烟味和香水味的那类；可是大堂里空无一人。走上楼梯时，梅尔顿先生提议：“哎，今天大家都过得很辛苦。要不要放松一下？你们呢？喜欢马提尼？还是啤酒？”

“那就来一杯吧。”

众人拥进梅尔顿先生的房间，喝起酒来。

“注意时间。”威廉说。

时间，苏珊想道。要是他们有时间就好了。她只想在晴朗的十月天里在广场上坐一整天，不带一丝烦恼，没有任何想法，只有阳光照在她的脸和胳膊上；她一动不动，闭目养神，在温暖的阳光中微笑。她只想在墨西哥的阳光下入睡，温暖、安逸、悠闲、愉快地睡上很多很多天……

梅尔顿先生开了一瓶香槟。

“敬这位美丽的女士，你漂亮得可以去演电影了，”他向苏珊敬了杯酒，“我也许可以给你一个试镜的机会。”

她笑了。

“我是认真的，”梅尔顿说，“你非常漂亮，我可以让你成为电影明星。”

“会带我去好莱坞吗？”苏珊兴奋地喊道。

“离开墨西哥这鬼地方，那是当然！”

苏珊瞅了威廉一眼，他扬起眉毛点了点头。这倒是一个改变环境、地点、衣着甚至名字的好机会，而且有八个人和他们同行，可以很好地保护他们不受未来世界的任何打扰。

“听起来很棒。”苏珊说。

她喝下去的香槟发挥作用了。下午不知不觉地溜走了，周围的人开始在她眼前打转。她感到安全、愉悦、充满活力，从心底里感到幸福，这还是多年来的头一次。

“我妻子适合拍哪类影片呢？”威廉一边问，一边把酒杯满上。

梅尔顿点评着苏珊。众人收住笑声听他讲话。

“嗯，我打算拍一部悬疑片，”梅尔顿说，“故事的主角是夫妇两人，就像你俩这样。”

“接着往下讲。”

“也可以算是部战争片。”导演举起酒杯，对着阳光仔细查看杯中酒的颜色。

苏珊和威廉等着他说下去。

“故事讲的是一对夫妇，住在一条小街上的一座小房子里，时间嘛，也许是二一五五年，”梅尔顿说，“姑且这么设定，明白吧。这对夫妇面临着一场可怕的战争，还有超级氢弹、审查制度和死亡之类的威胁，于是——精彩的地方来了——他们逃到了过去，有个人追踪而至，他们把他当成坏人，但实际上，他只是想让他们认清自己的责任而已。”

威廉手里的酒杯掉在了地上。

梅尔顿先生继续讲着。“然后这对夫妇到他们新近信任的一群电影人那里去寻求庇护。人多保安全，他们这么对自己说。”

苏珊跌坐在椅子上。大家都看着导演。他抿了一小口酒。“啊，真是好酒。唔，这对夫妇似乎并没有意识到他们对未来世界有多重要。特别是那个丈夫，他是研制一种新型炸弹金属材料的关键人物。于是调查局——姑且这么称呼他们——不惜一切代价也要找到这对夫妇，并且趁他们单独待在旅馆房间、没有外人在场时把他们带回去。调查局的行动策略是，要么单独行动，要么八个人一组。总有一招行得通。你不觉得这会是一部很精彩的电影吗，苏珊？你呢，比尔？”他将杯中酒一饮而尽。

苏珊坐在椅子上，眼睛直勾勾地看着前方。

“要不要再喝一杯？”梅尔顿先生问。

威廉掏出手枪连开三枪，一个人中弹倒下，其余的人朝他扑了上去。苏珊尖叫起来，一只手捂住了她的嘴。威廉的枪被打落在地，经过一番打斗，他终于寡不敌众被制服了。

梅尔顿先生一直站在原地没动。“请不要这样，”他说，血从他的指尖滴落，“不要让场面太难看。”

有人在外面用力捶打着房门。

“让我进去！”

“是旅馆经理。”梅尔顿冷静地说。他甩了甩头：“好了，咱们该走了。”

“让我进去！不然我就报警啦！”

苏珊和威廉迅速对视了一眼，然后又看着房门。

“经理想要进来，”梅尔顿先生说，“动作快点儿！”

一台摄影机被抬了过来。它射出的一道蓝光立刻向整个房间扩散开。蓝光扫过之处，房间里的人一个接一个地消失了。

“快点儿！”

就在消失前的一刹那，苏珊看见窗外绿色的原野上点缀着红黄蓝紫各种颜色的小房子，看见碎石路像小河一样蜿蜒而下，看见一个人骑着毛驴走进温暖的山里。她看见一个正在喝橙汁的男孩，感到那甘甜的饮料仿佛也从她的喉头流过；看见一个人抱着吉他站在广场清凉的树荫下，感到自己的手指仿佛也从琴弦上划过。她看到远方的大海，那蔚蓝、温柔的大海，感到海水将她翻转着拥进了怀里。

随后她便消失了。她的丈夫也消失了。

门被撞开了。旅馆经理带着工作人员一拥而入。

房间里一个人影都没有。

“他们刚才就在房间里！我看见他们进来的，可是现在——人不见了！”经理叫嚷着，“窗户外镶着铁栅栏，他们不可能从窗户出去！”

傍晚的时候，神父被请来了。人们打开出事的房间为它通风换气，并且请神父在房间的各个角落泼洒圣水，为它祈福。

“这些东西要怎么处理？”清洁女工问。

她指着壁橱里的六十七瓶察吐士酒、干邑白兰地、可可香草甜酒、苦艾酒、味美思酒、龙舌兰酒，一百零六条土耳其香烟和一百九十八盒五十美分一支的纯正哈瓦那雪茄……

访　客

索尔·威廉斯在寂静的早晨醒来。他恹恹地看着帐篷外面，想着地球在距离他多么遥远的地方。总有几百万英里吧，他想。可是知道了又有什么用呢？你的肺里积满“血锈”，从早到晚咳个不停。

这天早上，索尔七点钟就起床了。他个子很高，由于生病而变得瘦削。这是火星上一个安静的早晨，死海的底部平静安宁，没有一丝风吹过。万里无云的天空中，太阳清朗明亮。他洗过脸，开始吃早饭。

吃过早饭，重返地球的渴望占据了索尔的心头。他用尽各种办法，想让自己回到纽约。有的时候，如果坐姿合适，手也摆在特定的位置，他就能回去。他几乎能感受到纽约的气息。不过，大多数时候，他的尝试都是徒劳。

接近中午时，索尔又想到了死。他躺在沙地上，命令心脏停止跳动。可是它不听，仍然怦怦地跳个不停。他想象着自己跳崖或割腕的画面，却不禁哑然失笑——他知道自己缺乏那么做的勇气。

如果我用尽全力一心想着死，说不定我就可以长眠不醒，他想着便这么做了。一小时后他醒了，嘴里积满了血。他起床把血吐干净，深深地为自己感到难过。这种血锈会填满你的鼻子和嘴巴，从你的耳朵和指甲里流出来，用一年的时间慢慢杀死你。唯一的对策就是把病人塞进火箭，流放到火星。地球上没有治疗这种病的方法，让你留下只会传染和害死其他人。于是他来到了这里，始终在流血，始终感到孤独。

索尔眯起眼睛。在远处一座古城的废墟旁，他看见另一个人躺在一张脏毯子上。

索尔走近时，毯子上的人虚弱地坐起身子。

“早，索尔。”那人打着招呼。

“又过了一天，”索尔说，“天哪，我好孤独！”

“这是咱们这些得病的废人所受的折磨。”毯子上的人一动不动，脸色苍白得仿佛你一碰他就会消失。

“我真希望，”索尔低头看着那人，“你至少能跟我说说话。为什么那些有学问的人从来不会得血锈病，然后被送来这里？”

“这是针对你的一个阴谋，索尔，”那个人说着便闭上眼睛，无力再睁开，“我曾经有精力当个文化人，而现在，稍微动动脑子都成了苦差事。”

“要是咱们能好好聊聊就好了。”索尔·威廉斯说。

对方只是无动于衷地耸了耸肩。

“明天再来吧。也许到时候我能有足够的气力跟你谈谈亚里士多德。我会尽力的，真的。”那个人重又躺倒在那棵枯槁的树下，睁开一只眼睛，“记得吗，六个月前有一天我精神挺好，咱们聊过亚里士多德。”

“我记得。”索尔有些心不在焉地答道。他望着死海。“我希望自己病得和你一样重，那样的话，我也许就不会再为想太多而烦恼了，也许就能获得一些平静。”

“再过六个月，你就会病得像我现在这样重，”那个垂死的人说，“到时候，你对任何事都提不起兴趣了，只想一睡再睡。睡眠将成为你的女人。你会不断地回到她身边，因为她清新可人，忠诚贤惠，待你温柔始终如一。你偶尔醒来，也只是为了想要再回到她的怀抱。那种想法很美妙。”他说话的声音越来越低，终于被一阵轻轻的鼾声取代了。

索尔走开了。

沿着死海的岸边，人们蜷缩着身子睡在那里，就像是被早已消失的海浪冲上岸边的许多空瓶子。索尔看见死海的海床上到处都有人睡着。一个，两个，三个——所有人都是独自睡着，大多数人的病情都比他严重，每个人守着自己的一点食物，每个人都变成了一座孤岛，因为和别人交往太消耗精力，而睡眠却是如此舒适。

最初曾经有过几个晚上，大家围坐在篝火旁聊天。话题都是围绕着地球的——地球是他们唯一的话题。他们谈论着镇上小河流水的景象，谈论着家里做的草莓派的味道，谈论着在海风的吹拂下，乘坐泽西渡轮过海时看到的晨光中的纽约。

我想回地球，索尔心里说。想得厉害，想得痛苦不已。我想要的是我永远无法重新拥有的东西。他们也和我一样，为得不到它而痛苦。超出食物、女人和一切事物之上，我只想要地球。这种病将女人永远排斥在你的世界之外，你不再想要她们。可是地球不一样。身体再虚弱，你的心灵仍然渴望着它。

天空中闪过一道耀眼的金属光芒。

索尔抬头张望。

金属的光芒再次闪过。

一分钟后，一艘火箭降落在海床上。舱门打开，一个人提着行李走了下来。两个身穿细菌防护服的人跟在他后面，从火箭上搬下来几大箱食品，还为他搭起一座帐篷。

又过了片刻，火箭腾空而去，只剩下那个被放逐的人独自站在原地。

索尔朝他跑了过去。他已经好几个星期没有跑动过了，跑得很吃力，但他仍然坚持着，边跑边喊：

“嗨，你好！”

年轻人上下打量着跑到跟前的索尔。

“你好。看来这就是火星了。我叫莱纳德·马克。”

“我叫索尔·威廉斯。”

他们握了握手。莱纳德·马克非常年轻，只有十八岁，金发碧眼，面色红润，虽然生了病，气色仍然很好。

“纽约现在还好吗？”索尔问。

“就像这样。”莱纳德·马克回答。他看着索尔。

纽约从荒漠中拔地而起，这座石头建造的城市沐浴在三月的春风里，霓虹灯五光十色光彩夺目。黄色的出租车在静夜中无声地驶过。一座座大桥巍然挺立，拖船在午夜的港口马达齐鸣。大幕拉开，音乐剧闪亮登场。

索尔猛地用手抱住头。

“等等，等等！”他大声叫道，“我怎么了？我出什么毛病了？我要发疯了！”

中央公园里，树木长出了绿色的新叶。索尔漫步在园中小路上，呼吸着清新的空气。

“停下，停下，你这个笨蛋！”索尔冲自己大喊，用力按住额头，“这不是真的！”

“是真的。”莱纳德 · 马克说。

纽约的高楼大厦消失了，火星重又出现在眼前。索尔站在空荡荡的海床上，有气无力地看着这个新来的年轻人。

“是你，”他朝莱纳德 · 马克伸出手去，“是你干的，是你用意念办到的。”

“是的。”莱纳德答道。

他们面对面站着，谁也不说话。最后，索尔激动地拉住年轻人的手，攥得紧紧的：“我真高兴你来了，你不知道我有多高兴！”

他们喝着杯中浓郁香醇的咖啡。

已是正午时分，整个温暖的上午，两个人一直在聊天。

“你这种本领是怎么来的？”索尔举着杯子，定定地看着年轻的莱纳德·马克。

“不过是一种天赋罢了，”马克答道，看着杯中的咖啡，“我妈妈赶上了五七年的伦敦大轰炸。十个月后她生下了我。我不知道你如何称呼这种能力，也许是心灵感应或意念传递之类的吧。我曾经到世界各地去表演，广告牌上写着‘莱纳德·马克——心灵幻术’。我赚了不少钱。大多数人都把我当成江湖骗子——你知道人们都是怎么看待表演这个行当的。但我知道我的本事是真的，只是没跟任何人说。知道的人越少就越安全。哦，只有几个跟我要好的朋友知道这件事。如今来到了火星，我的很多本领又能派上用场了。”

“你刚才可真把我吓坏了，”索尔握杯子的手有些僵硬，“纽约就那么凭空出现在眼前，我还以为自己发疯了呢。”

“这是一种同时作用于各个感官的催眠术——眼睛、耳朵、鼻子、嘴和皮肤都会受到影响。那，你现在最想做什么？”

索尔放下杯子，努力克制着不让手发抖。他舔了舔嘴唇说：“我小的时候，常常在伊利诺伊州梅林镇的一条小河里游泳，我现在想去那条小河，脱光了衣服下河游泳。”

“没问题。”莱纳德·马克的头微微动了动。

索尔平躺在沙地上，闭上双眼。

莱纳德·马克坐在旁边看着他。

索尔躺在沙地上。他的手不时兴奋地抽动着，嘴激动地咧着，喉头紧张地发出含混的声音。

索尔的双臂开始慢慢地向后划动。他的头偏向一旁，大口喘着气。他的手臂在暖风中来回摆动，搅起了身下的黄沙。他的身体慢慢翻转着。

莱纳德·马丁静静地喝着咖啡，边喝边看着躺在海床上一边划动一边喃喃自语的索尔。

“可以了。”莱纳德·马克说。

索尔坐起来，用手揉着脸。

过了一会儿，他告诉莱纳德·马克：“我看见那条河了。我跑到河边，脱下衣服，”他上气不接下气地说，笑容里还有些半信半疑，“然后一头扎进河里游了起来！”

“很高兴为你效劳。”莱纳德·马克说。

“给你！”索尔从衣兜里掏出最后一块巧克力，“这个送给你。”

“这是什么？”莱纳德·马克看着他递过来的礼物，“巧克力吗？岂有此理，我这么做不是为了要你的东西，是为了让你高兴。快把它收回去，不然我就把它变成响尾蛇，让它咬你。”

“谢谢你，谢谢！”索尔把巧克力收了起来，“你不知道那河水有多清凉。”他拿起咖啡壶问，“要不要再来点儿？”

索尔一边倒着咖啡，一边又情不自禁闭上眼睛遐想。

我这里来了位苏格拉底，他想，苏格拉底、柏拉图、尼采和叔本华。听他的谈吐，这个人是个天才。而他的天赋简直令人叫绝！设想一下，我们将会在轻松愉快的谈话中度过多少个漫长的白天和凉爽的夜晚。人生的最后这一年一点儿都不坏，半点儿也不坏。

咖啡漫出了杯沿。

“你怎么了？”

“没什么。”索尔一惊，回过神来。

我们可以去希腊，他想，去雅典，去帕台农神庙和雅典卫城。只要我们愿意，在研读罗马作家的作品时，我们可以去罗马游历。不再只是空谈，还可以身临其境。他办得到，他有这样的神通。当我们谈论拉辛的剧作时，他可以变出舞台和演员，让整出戏剧在我面前上演。天哪，我的生活从来没有这么充实过！有他的这种能力做伴，生病被放逐的日子也远远好过在地球上健康却平淡的生活。有多少人亲眼看到过公元前三十一年在希腊的露天剧场上演的希腊戏剧呢！

如果我诚心恳求，这个人是否能将叔本华、达尔文、伯格森等历代哲人呈现在我面前呢？是啊，为什么不呢？可以与尼采促膝而谈，与柏拉图一起探讨……

只有一个问题让索尔的内心忐忑不安。

其他人，居住在死海上的其他病人。

远处的人们正在朝他们这个方向走来。他们也看到了火箭的光亮，看到它降落，丢下一名乘客。现在，他们正忍着疼痛缓慢地朝这边走来，向新来的人问好。

索尔心头一凛。“喂，”他说，“马克，我想咱们最好进山去。”

“为什么？”

“看见那些走过来的人了吗？他们中有些人是疯子。”

“真的吗？”

“真的。”

“是因为与世隔绝才发疯的吗？”

“是的，正是。咱们赶紧离开吧。”

“他们看起来不是很危险，他们走得那么慢。”

“可不能掉以轻心。”

马克看着索尔。“你在发抖，怎么了？”

“没时间细说了，”索尔一下子站了起来，“快走吧，你还没意识到吗，如果他们发现了你的天赋会有什么样的后果？他们会来争夺你。为了得到你，他们会自相残杀——甚至还会杀死你。”

“呃，可是我不属于任何人，”莱纳德·马克看了索尔一眼，“包括你在内。”

索尔使劲摇了摇头：“我根本没动过这种念头。”

“现在也没有吗？”马克笑了。

“咱们没时间争论了，”索尔的脸涨得通红，眼睛不住地眨动，“快走吧！”

“我不想走。我要坐在这儿等着那些人过来。你的占有欲太强了。我只属于我自己。”

索尔感到心底升起了一股恶念。他的面容扭曲了：“你最好听我的。”

“你居然这么快就从朋友变成了敌人。”马克说。

索尔一拳打了过去，出手干净利索。

马克闪身躲开了，他笑着说：“不，你不会这么干吧！”

他们站在时代广场中央，街上的汽车狂按喇叭，朝他们呼啸而来。高楼陡然耸立，直上蓝天。

“这些全是假的！”索尔大叫一声，被这突如其来的视觉冲击惊得站不稳脚步，“看在上帝的分上，别闹了，马克！那些人就快过来了。你会死在他们手上的！”

马克坐在人行道上，对自己的恶作剧洋洋自得：“让他们过来，我能唬住所有人！”

纽约让索尔分心了。本来就是为了让他分心的——在睽隔多月之后，用它那堕落的美吸引他的注意力。他站住了，不再对马克出拳，而是陶醉于眼前这既熟悉又陌生的景象。

他闭上眼睛，叫了声“不！”，便拽住马克一起向前扑倒。他的耳边传来刺耳的汽车喇叭声和急促的刹车声。他朝马克的下巴上重重一击。

一片寂静。

马克倒在了海床上。

索尔抱起不省人事的马克，脚步沉重地跑了起来。

纽约消失了。面前只有辽阔而寂静的死海。人们从四面围了上来。他怀里抱着珍贵的宝物，抱着繁华的纽约、绿色的田野、清新的春天和老朋友们的幻影朝山里跑去。他摔了一跤，挣扎着爬起来，又继续向山里跑去。

夜色笼罩了山洞。风在洞口穿进穿出，拨动着小小的火苗，将灰烬吹得四处飘散。

马克睁开眼睛。他被绳子绑着，靠在干燥的洞壁上，脸朝着火堆。

索尔往火上又添了一根柴，还不时神情紧张地瞥一眼洞口。

“你这个笨蛋。”

索尔吓了一跳。

“没错，”马克说，“你就是个笨蛋。他们会找到咱们的。即使需要搜寻六个月，他们也会找到咱们的。他们从远处看到了像海市蜃楼一样出现的纽约，还看到咱们两个就在纽约市中心。如果你认为他们不会感到好奇，不会跟在咱们后面，那就想得太美了。”

“那我就带你转移到其他地方。”索尔盯着燃烧的火焰。

“他们会继续追上来的。”

“别再说了！”

马克微笑了。“你就是用这种态度对你妻子说话的吗？”

"你听见我说的了！"

"哦，这真是桩美满的婚姻——你的贪婪配上我的幻术。你现在想看什么？要不要再为你展示一些你儿时熟悉的场景？"

索尔感到额头上沁出了汗珠。他不知道对方是不是在戏弄他。"好吧。"他说。

"好的，"马克说，"看好了！"

火焰从岩石中喷涌而出。刺鼻的硫磺味呛得他透不过气来。硫磺坑的剧烈爆炸震得山洞不住地摇晃。索尔感到恶心欲呕，他咳嗽着，踉跄着，被地狱的烈焰吞噬了！

地狱消失了。山洞又恢复了原状。

马克笑了。

索尔走到他身边。"你要我。"他弯下腰冷冷地说。

"你以为会看到什么？"马克喊道，"被人绑起来，运到荒郊野外，被一个孤独得发疯的男人当作他精神上的新娘——你觉得我会乐意吗？"

"如果你保证不逃跑，我就把绳子解开。"

"我不能保证。我是个自由人，不属于任何人。"

索尔跪坐在地上。"可是你必须得跟我在一起，听见了吗？你必须得跟我在一起。我不会放你走的！"

"老兄，你越这么说，我就会越疏远你。如果你之前理智一些，做事讲点道理，咱们也许会成为朋友。我会很愿意为你施展这些小幻术的。毕竟，它们对我而言毫不费力，我也感到乐在其中。但是你把这件事搞砸了。你想独占我。你害怕其他人把我从你身边夺走。咳，你错得多厉害呀。我的能力足以让每个人都开心。你本该像共享社区厨房那样，把我跟大家一起分享的。我会感觉自己像孩子们中间的上帝，和颜悦色地行一些小恩小惠，作为回报，你们可以送我一些小礼物，一些好吃的什么的。”

“对不起，我很抱歉！”索尔喊道，“但是我太了解那些人了。”

“你和他们有什么不同吗？我看未必。你去看看他们是不是过来了。我好像听到了一些动静。”

索尔跑了出去。他站在洞口，拢住双手，朝夜色弥漫的山谷中瞭望。好像有模糊的影子在晃动。那只是被风吹动的蓬草吧？他感到不寒而栗——一种刺痛人心的战栗。

“我什么也没看见。”他回到洞中，发现山洞里已空无一人。

他盯着火塘。“马克！”

马克不见了。

山洞里只有大大小小的石头、孤独地摇曳着的火光和风的叹息。索尔呆呆地站在那儿，感到困惑不解。

“马克，马克！你回来呀！”

原来他偷偷解开了绳子，然后谎称听到了其他人靠近的声音，借机逃跑了——可是他去哪儿了呢？

山洞很深，但是洞的尽头是一道结实的石壁，没有其他出口。而马克也不可能从他眼皮底下溜出去。这究竟是怎么回事呢？

索尔绕着火塘走了一圈。他抽出刀，走到紧挨着洞壁的一块大石头跟前。他微笑着把刀顶在那块石头上，微笑着用刀轻轻敲了敲。然后他把刀往后一撤，用力朝石头捅了过去。

“住手！”马克大叫。

石头消失，马克现身了。

索尔的刀停在了半空。火光在他的双颊上跳动。他的眼神变得异常疯狂。

“耍花招也没用。”他喃喃地说。他伸手扼住马克的喉咙，收紧了十指。马克什么也没说，只是不安地挣扎着，眼里满是嘲讽，向索尔传递着一些彼此心照不宣的话。

如果你杀了我，他的眼睛说，你要去哪儿寻找你的那些梦？杀了我，你要去哪儿才能再见到那些小河和红点鲑？杀了我，你就杀了柏拉图、亚里士多德和爱因斯坦，没错，杀了我就是杀了他们全部！动手吧，掐死我。我谅你也不敢。

索尔的手指松开了马克的咽喉。

几个黑影从洞口走了进来。

两人回过头。

洞中进来五个人。他们一路走来，累得气喘吁吁，站在火光的外围等待着。

“晚上好，”马克笑着跟他们打招呼，“来呀，请进，诸位！”

激烈的争论直到黎明仍在继续。刚刚被松绑的马克坐在怒目相视的众人中间揉搓着手腕。他变出一间镶着桃花心木壁板的会议室和一张大理石桌，几个争得面红耳赤的贪婪家伙就围坐在桌边，他们留着邋遢的大胡子，身上散发着怪味儿，眼睛紧盯着他们的宝物。

“解决办法，”马克终于开口了，“是你们每个人跟我约好特定的日期和特定的时间。我会对大家一视同仁的。我将作为公共财产，来去自由。这个办法很公平。至于索尔嘛，他暂时受到察看的处分。等到他证明自己可以做回文明人之后，我会为他表演一两次的。在那之前，我不会再跟他打交道了。”

其他的流放者幸灾乐祸地冲索尔咧着嘴笑笑。

“对不起，”索尔说，“我当时被鬼迷了心窍。我现在清醒了。”

“再说吧，”马克回答，“先观察一个月，好吧？”

其他人又冲索尔咧嘴笑笑。

索尔不再说话，只是坐在那儿盯着山洞的地面。

“嗯，让我想想，”马克说，“星期一归你，史密斯。”

史密斯点点头。

“星期二我会为彼得表演，大约一个小时左右。”

彼得也点点头。

“星期三最后的演出留给约翰逊、霍尔茨曼和吉姆，就这么定了。”

最后这三个人互相看了一眼。

“其余的日子绝对不要来打扰我，听见了吗？”马克对他们说，“少总比没有好。如果你们不听从安排，我就不表演了。”

“也许我们会强迫你表演的。”约翰逊开口了。其他人都看着他。“喏，咱们现在是五个对一个。咱们可以让他做任何事。如果大家合作，可以得到很多好处。”

“不要做傻事。”马克警告其他人。

“听我说，”约翰逊说，“他在给咱们立规矩。为什么不是咱们给他立规矩！咱们人多势众，不是吗？他还威胁说要罢演！哼，等我在他的趾甲里揳进木片，或是用钢锉狠狠地锉锉他的手指，看他到时候演不演！我就想知道，为什么咱们不能每天晚上都有表演看？”

“别听他的！”马克说，“他疯了。他这个人靠不住。你们知道他的打算，不是吗？他会乘你们不备，把你们一个个干掉。是的，他会把你们全都杀掉，这样一来，就只剩下他自己——只剩下他一个人和我在一起了！他就是这种人。”

众人听了他们的话，眨着眼睛瞅了瞅马克，又瞅瞅约翰逊。

“在这件事上，”马克说，“任何人都信不过。这是场愚蠢的讨论。你们一旦放松警惕，立刻就会被其他人杀死。我敢说，到这个星期结束时，你们这些人都会非死即伤。”

一阵冷风吹过这间桃花心木装饰的房间，装饰一点点融化在风中，山洞现出了原形。马克已经厌倦了这场幻术。大理石桌化成一阵雨水滴落，消失得无影无踪。

众人眼里闪着凶光，猜忌地互相打量着。马克的话是对的。他们看到在未来的日子里，相互间的偷袭和杀戮——直到剩下最后一个幸运儿独自享用这个游走于他们之间的精神财富。

索尔看着他们，感到孤独和不安。一旦你犯了一个错误，再想承认错误，回到过去重新开始就太难了。他们都错了。他们已经迷惘了太久，而现在的状况比迷惘还要糟糕。

“更糟的是，”马克最后说，“你们中的某个人有把枪。其他人带的都是刀，可是我知道，有个人带了把枪。”

众人吃惊地跳了起来。“快搜吧，”马克说，“把那个带枪的人找出来，否则你们大家都将是死路一条！”

这句话见效了。这伙人急得团团乱转，却不知该先从谁搜起。他们相互撕扯，大呼小叫，马克则在一旁鄙夷地看着他们。

约翰逊向后退了两步，在夹克衫中摸索着。“好吧，”他说，“咱们现在就做个了断吧！这是给你的，史密斯。”

他一枪打中史密斯的胸膛。史密斯倒下了。另外几个人尖叫着四散而逃。约翰逊瞄准他们又开了两枪。

“住手！”马克喝道。

纽约从他们周围的岩石和山洞中拔地而起，直冲天际。阳光在高楼间闪耀。高架铁道发出雷霆般的轰响，港口的拖船汽笛长鸣。绿色的自由女神高举着火炬，隔着海湾对他们怒目而视。

“看呀，你们这些傻瓜！”马克说。中央公园里春花烂漫，风吹来阵阵新修剪过的草坪的清香。

几个人在纽约市中心趺趺撞撞地走着，有些晕头转向。约翰逊趁机又开了三枪。索尔冲了过去，将约翰逊撞翻在地，从他手里把枪夺了下来。又是一声枪响。

那几个在原地打转的人站住不动了。

索尔压在约翰逊身上，两人停止了扭打。

一阵可怕的寂静。他们眼睁睁地看着纽约沉入了大海。伴着风声水声和叹息声，伴着钢筋铁骨的断裂和旧时光的悲泣，一座座宏伟的建筑倾斜，扭曲，变形，倒塌。

马克站在那些建筑中间，胸口被子弹钻出了一个鲜红的洞。他也像一座建筑一样，无言地倒下了。

索尔躺在地上，看看其他人，又看看马克的尸体。

他站起身来，手上拿着枪。

约翰逊没有动——他吓得一动也不敢动。

他们闭上眼睛，又重新睁开，希望这样就能让倒在他们面前的人起死回生。

山洞里寒气逼人。

索尔漠然地瞅了瞅手里的枪，将它远远地抛进了山谷，再也不看它一眼。

他们看着地上的尸体，仿佛不相信这是真的。索尔俯身握住马克无力的手。“莱纳德！”他轻声呼唤着，“莱纳德？”他晃动着那只手，“莱纳德！”

莱纳德·马克一动不动。他的眼睛紧紧地闭着，胸膛停止了起伏，身体渐渐变冷。

索尔直起身来。“我们杀了他。”他说，没有看其他人。他的嘴里涌上来一股血腥味。“我们最不愿意杀死的那个人，被我们杀了。”他用颤抖的手捂住眼睛。其他人站在旁边等着他说下去。

“去拿把铁锹来，”索尔说，“把他埋了。”他转身走开。“我从此和你们这些人再无瓜葛。”

有人下山去找铁锹了。

索尔虚弱得挪不动步子。孤独、恐惧和夜晚的寒冷使他的双腿仿佛在地上生了根。火塘几乎完全熄灭了，只有两重月光照在蓝色的群山上。

身后传来铁锹挖土的声音。

“反正我们也不需要他。”有人故意大声说。

挖土声继续着。索尔慢慢走到一棵黑压压的树旁，背靠着树干茫然地跌坐在沙地上，双手无力地搭在腿上。

睡吧，他想。我们都要去睡了。至少还有觉可睡。进入睡乡，试着去梦见纽约和其他的一切吧。

他疲惫地合上眼睛，血涌进了他的鼻子、嘴巴，涌进了他抖动的双眼。

“他是怎么做到的？”他用疲倦的声音问自己。他的头垂在胸前。“他是怎么把纽约变出来的，还能让我们在城里走来走去？我也来试试。不会太难的。想啊，用力想着纽约。”他嘟囔着，渐渐睡着了。“纽约、中央公园，还有春天的伊利诺伊，苹果花儿和青草地。”

可是不管用。他没有马克的本领。纽约已经消失，他再做什么都无法将它挽回。即使他每天早上都起身去死海上寻找，即使他永不停息地走遍火星，他也永远不会再找到它。到了最后，他会累得一步也走不动，累得瘫倒在地，转而在脑海中寻找纽约，却遍寻不着。

入睡前他最后听到的是铁锹上下挥动挖坑的声音。在金属破裂的巨响中，纽约带着它金色的迷雾、它的声色和气息轰然倒地，被掩埋了。

他在梦中哭了一整夜。

水泥搅拌机

他听着那些丑老太婆用干草般沙哑的嗓音在敞开的窗户下面嘁嘁喳喳地议论着：

“埃蒂尔，胆小鬼！埃蒂尔，叛徒！埃蒂尔，拒绝参加火星对地球的伟大战争的逃兵！”

“继续说吧，老巫婆们！”他朝窗外大吼一声。

她们的声音低了下去，低得像火星的天空下那些狭长的运河中的潺潺流水。

“埃蒂尔的儿子将不得不在父亲耻辱的阴影下长大！”那些眼神狡猾满脸皱纹的老太婆颤巍巍地点着头，“耻辱啊，耻辱！”

埃蒂尔的妻子在房间的另一头放声大哭，她的眼泪像密集的雨点一样洒落在地砖上。“哎呀，埃蒂尔，你怎么能这么想呢？”

埃蒂尔放下手中的金属书。在他的吩咐下，这本有着纤薄的金丝边框的书整个上午都在为他吟唱故事。

“我试着解释过了，”他说，“火星入侵地球是件愚蠢至极的事，我们会全军覆没的。”

这时窗外热闹了起来，鼓乐喧天彩旗招展，歌声昂扬脚步铿锵。军人们扛着枪在石头街道上威风凛凛地列队走过。孩子们蹦蹦跳跳地跟在后面，老太太们摇着脏乎乎的小旗夹道欢送。

“我要留在火星上看我的书。”埃蒂尔说。

一阵重重的敲门声。蒂拉去开门。埃蒂尔的岳父怒气冲冲地走了进来。“这是怎么回事，我听见人们说我的女婿是个叛徒？”

“是的，爸爸。”

“你不去参军打仗吗？”

“不去，爸爸。”

“老天爷呀！”他的老岳父气得满脸通红，“你这该死的东西！你会被枪毙的。”

“那就枪毙我好了，这样事情就解决了。”

“有谁听说过一个火星人不肯参加侵略战争的，有谁听说过？”

“没有。我承认，这确实很难以置信。”

“难以置信。”窗外传来那些老太婆嘶哑的嗓音。

“父亲，您不能帮我劝劝他吗？”蒂拉恳求道。

“劝一个狗屎堆？”岳父眼里冒着火，愤怒地喊道。他走到埃蒂尔身边，居高临下地对他说：“这么好的天气，乐队高奏战歌，女人们哭泣，孩子们雀跃，男人们英勇地列队行军，一切都是那么完满，只有你像个二流子似的坐在家里，真是可耻！”

“可耻。”远处篱笆旁传来的声音如泣如诉。

“带着你这些愚蠢的废话滚出我家，”埃蒂尔突然爆发了，“带着你的勋章和战鼓滚开！”

他推搡着岳父向门口走去，妻子在一旁吓得连连尖叫。正在这时，门被推开了，一小队士兵走了进来。

一个声音高叫着：“埃蒂尔·弗莱？”

“是我！”

“你被捕了！”

“再见，我亲爱的妻子。我要跟这帮傻瓜一起上战场了！”埃蒂尔大喊着，被士兵们用铜网套住，拖出门去了。

“再见，再见。”那些老太婆的声音渐渐消失了……

牢房里干净整洁。没有书看让埃蒂尔感到心烦意乱。他紧紧握住牢房的铁栅，看着一艘艘火箭升上夜空。夜空中繁星点点，寒光闪烁，每当火箭点火升空，就连天上的星星似乎也在躲闪着为它们让路。

“傻瓜，”埃蒂尔轻叹着，“全都是傻瓜！”

牢房的门打开了。一个人推着辆小车走了进来，车上的每个格子里都堆满了书。一名指挥官跟在后面走进牢房。

“埃蒂尔·弗莱，你家里为什么会有这些违禁的地球出版物——这些《奇异故事》、《科学故事》和《幻想小说》。你要作何解释。”那名指挥官一把抓住埃蒂尔的手腕。

埃蒂尔甩开他的手。“你要是想枪毙我，尽管枪毙好了。这些来自地球的读物正是我不去侵犯地球的原因，也是你们的侵略行动注定失败的原因。”

“此话怎讲？”指挥官皱着眉头看着那些泛黄的杂志。

“你可以随便挑一本，”埃蒂尔说，“哪本都行。按照地球的纪年，从一九二九年到一九五〇年期间，十个故事里有九个都是讲火星人成功入侵地球的。”

“啊！”指挥官得意地点头微笑。

“在那之后，”埃蒂尔说，“形势就逆转了。”

“持有这类作品就是通敌叛国！”

“随你怎么说吧。不过请先听听我的结论。无一例外，每次入侵都是被一个年轻人挫败的——通常是个瘦瘦的爱尔兰人，名叫米克、里克、吉克或班农——他全凭一己之力便将火星人打得一败涂地。”

“你不会相信这种鬼话吧！”

“不，我不相信真的会发生这种事——不。但是你要知道，长官，他们有这样一种氛围，好几代人都是读着这类故事长大，并且将它们记在了心里。他们的文学作品讲的都是外来入侵被成功挫败的故事。你说咱们火星有这样的文学吗？”

“这个嘛——”

“没有。”

“我猜没有。”

“你很清楚，没有。我们从来没写过这类充满着离奇想象的故事。如今我们不肯安分，前去进攻地球，只会自取灭亡。”

“我看不出你说这话的依据是什么。这跟那些杂志上的故事有什么关系？”

“关系着士气，这是大事。地球人知道他们不可能失败。这个信念早已融入了他们的血液。他们不会失败。他们能击退一切入侵，无论敌人组织得多么完善。他们从小读的那些故事让他们坚信我们不是他们的对手。而我们火星人呢？我们的心里却没有底，我们知道自己有可能失败。尽管战鼓擂得很响，军号也吹得很嘹亮，我们的士气却是低迷的。”

“我不要听这些叛国的言论，”指挥官喝道，“十分钟内，这些书就会被一把火烧掉，你也一样。你有两个选择，埃蒂尔·弗莱。要么加入远征军，要么被烧死。”

“横竖都是死。我宁愿被烧死。”

“来人！”

埃蒂尔被推到院子里。他看着自己精心收藏的读物被付之一炬。火刑坑已经准备就绪，坑里装着五英尺深的燃油。随着一声巨响，火刑坑被点燃了。一分钟后，他就将被推下这个火坑。

在院子另一头的阴影里，他看见儿子孤单而肃穆地站在那里，黄色的大眼睛闪着悲伤和恐惧的光。他没有伸手也没有说话，只是像一只垂死的动物，望着他的父亲，无言地求救。

埃蒂尔看着熊熊燃烧的火坑。他感到几只大手粗鲁地抓住他，撕扯着，把他推向死亡的滚烫边缘。直到这时，埃蒂尔才咽了一口唾沫，大喊一声：“且慢！”

抖动的空气中，指挥官那张被橙红色的火焰映得发亮的脸凑近他：“什么事？”

“我要加入远征军。”埃蒂尔回答。

“很好！放开他！”

抓着他的手松开了。

他回过头，看见儿子远远地站在院子的那头等待着，没有微笑，只是等待。天空中，一枚古铜色的火箭发出耀眼的光芒，划过星空……

“向我们英勇的战士们告别吧。”指挥官说。乐队奏出昂扬的旋律，风吹落一阵喜悦的泪雨，温柔地洒向热汗涔涔的官兵们。孩子们欢腾雀跃。在这混乱的送别场面中，埃蒂尔看见妻子流着骄傲的眼泪，儿子表情庄重，一声不响地站在她身旁。

战士们齐步走上飞船，一个个笑声豪迈，充满英雄气概。他们用安全带把自己固定在蛛网形的座位上。船舱内坐满了懒洋洋的士兵，一边吃着东西一边等待发射。巨大的舱盖砰的一声关闭了，舱门也嘶嘶响着封上了。

“前往地球和毁灭。”埃蒂尔喃喃自语。

“什么？”一个人问。

“迈向辉煌的胜利。”埃蒂尔苦笑着回答。

火箭腾空而起。

太空，埃蒂尔心想。如今我们坐在这个铜壶似的飞船里，即将飞越漆黑如墨的太空和太空中点点粉红的星光。这艘万众期待的飞船将会在地球人仰望天空的眼睛里涂满恐惧的颜色。此时此地，远离自己的家园和妻儿，是怎样一种感受呢?

他试着分析自己不安的心情。这就像是把一个人最重要的内脏拴在火星上，然后纵身跃到一百万英里之外。你的心仍然在火星上，热烈地跳动着。你的大脑仍然在火星上，沟回纵横，思考着，像一支被遗弃的火把。你的胃仍留在火星上，昏昏欲睡，努力地消化着最后的晚餐。你的肺仍留在火星上那如美酒般清爽的蓝色空气中，像柔软的折叠风箱，号叫着渴望释放，渴望与你身体的其他部分团聚。

此时此刻，你就像一个齿轮失效的机器人，官员们将你开膛破肚，把你身上有价值的东西全部留在火星那空旷的海上，抛撒在昏暗的山里。你就像一只被倒空的瓶子，毫无生气，冷漠无情，只剩下一双手即将为地球人带去死亡。如今你只是一双听命于人的手而已，他漠然地想着。

你此刻身处这张巨网之中。周围还有其他人在，但他们是完整的——他们身心俱全。而你所有活着的部分都正在火星上，在晚风中漫步在荒凉的海边。这里的这个东西，这个泥塑般冰冷的躯壳，已经死去了。

“攻击队形，攻击队形，进攻！”

“准备就绪，全体就位！”

“起立！”

“从座位上下来，快！”

埃蒂尔站起身，双手麻木地执行着命令。

这一切都来得太快了，他想。一年前，一艘来自地球的火箭抵达火星。我们的科学家用他们那超凡的心电感应能力拷贝了它的结构，我们的工人在他们那了不起的工厂里制造了一百艘复制品。从那以后，再没有地球飞船造访过火星，但是我们全体火星人都熟练掌握了他们的语言。我们了解他们的文化，他们的逻辑。而我们将要为我们的聪慧付出代价……

“做好射击准备！”

“是！”

“打开瞄准器！”

“读数是多少？”

“一万英里！”

“进攻！”

一片蓄势待发的寂静。寂静得可以听到舱壁内如昆虫振翅般的嗡鸣声。那是由细小的线圈、杠杆和转轮发出的虫吟。士兵们静静地等待着。他们的腋下、额头上、凝神等待的眼睛下方，都渗出了细细的汗珠。

“等待！预备！”

埃蒂尔用指甲尖紧紧地抓住自己的理性，用力抠住不放。

寂静，寂静，寂静。等待。

嘀——嘀！

“那是什么？”

“地球的无线电信号！”

“把信号切进来！”

“他们正在试图联系我们，跟我们通话。把信号切进来！”

咿——咿！

“切进来了，听！”

“呼叫火星入侵舰队！”

众人屏息静听，船舱里的嗡嗡声低了下去，地球人尖锐的声音响了起来。

“地球呼叫。我是威廉·索莫斯，美国生产者联合会主席！”

埃蒂尔牢牢守住自己的站位，弯下腰，闭上眼睛。

“欢迎来地球。”

“什么？”飞船上一片哗然，“他说什么？”

“欢迎来地球。”

“这是个圈套！”

埃蒂尔哆嗦着睁开双眼，困惑地在天花板上寻找声音的来源。

“欢迎！欢迎来到地球这个工业发达的绿色星球！”那个友好的声音宣布，“我们张开双臂欢迎你们，愿我们化干戈为玉帛，结下永久的友谊。”

“他在骗人！”

“嘘，听着！”

“多年以前，我们地球人宣布放弃战争，销毁了所有的原子弹。如今，我们毫无战斗力，只有欢迎你们这一种选择。地球是你们的了。我们只求各位善良仁慈的入侵者对我们手下留情。”

“这不是真的！”一个人小声嘀咕着。

“这肯定是个圈套！”

“欢迎大家登陆地球，”威廉·索默斯先生说，“随便在哪里降落都行，地球是你们的，我们都是兄弟！”

埃蒂尔放声大笑。船舱里的人都转过头看着他。他们面面相觑，不解地说：“他疯了！”

直到他们过来揍他，他才收住笑声。

加利福尼亚州格林镇的火箭停机坪上酷热难当，一个矮胖的男子掏出一块干净的白手帕擦拭着头上的汗珠。他站在新建的木板平台上，微眯起双眼，漫不经心地看着被警察组成的人墙隔绝在外的五万名民众。人们都在仰头注视着天空。

“他们来了！”

一阵紧张的喘息声。

“不对，只是些海鸥。”

众人失望地咕哝着。

“我现在觉得还不如跟他们宣战的好，”镇长小声说，“那样咱们就都可以回家了。”

“嘘！”他的妻子制止了他的牢骚。

“来了！”人群一阵沸腾。

火星飞船在阳光下现身了。

“大家准备好了吗？”镇长紧张地环顾四周。

“准备好了，先生。”一九六五年度加州小姐回答。

“好了。”一九四〇年度美国小姐回答，她是在最后一刻赶来救场，顶替生病在家的一九六六年度美国小姐的。

“准备好了，先生。”一九五六年度圣费尔南多山谷葡萄柚果王大赛冠军已是迫不及待。

“乐队准备好了吗？”

乐手们举起各自的乐器，仿佛架起一片林立的钢枪。

“准备好了！”

火箭着陆了。“奏乐！”

乐队演奏了十遍《加州，我来了》。

从正午到下午一点，镇长发表了欢迎致辞，并且向悄无声息、保持戒备的火箭的方向挥手致意。

一点十五分，火箭的密封舱门打开了。

乐队将《哦，黄金之州》演奏了三遍。

埃蒂尔和另外五十个荷枪实弹的火星人跳下了飞船。

镇长手持“地球钥匙”跑上前迎接。

乐队奏响《圣诞老人进城来》，从长滩市请来的合唱团在演唱时把歌词改成了“火星人进城来”。

看着手无寸铁的人群，火星人松了口气，但手里的枪并未放下。

一点三十分到两点十五分，镇长把刚才的欢迎词对火星人重复了一遍。

两点三十分，一九四〇年度美国小姐主动提议，如果火星人列队站好，她会为他们一一献上香吻。

两点三十分零十秒，乐队开始演奏《各位，你们好》，以盖过美国小姐的提议引起的骚乱。

两点三十五分，葡萄柚果王大赛冠军向火星人赠送了满满一卡车总重两吨的葡萄柚。

两点三十七分，镇长向全体火星人发放各个高级剧院的免费入场券，同时奉上又一段滔滔不绝的讲话，一直讲到三点多钟。

在乐队的伴奏下，五万名民众齐声合唱《他们是快乐的好小伙》。

下午四点钟，欢迎仪式结束了。

埃蒂尔坐在火箭的影子里，有两个同伴跟他在一起。“原来地球就是这个样子！”

“要我说，应该杀了这些肮脏的鼠辈，”一个火星人说，

“我不信任他们。这些人鬼鬼祟祟的。他们这么献殷勤到底有什么居心？”他拿起一个沙沙作响的盒子，“他们给我的这是什么东西？样品，他们这么说。”他读着盒子上的标签——“布利克斯牌新一代多泡肥皂”。

欢迎的人群此时已经四散开来，和火星人混杂在一起，像是参加一场嘉年华。到处都有人兴奋地朝火箭指指点点，问着各种问题。

埃蒂尔浑身发冷，抖得比之前更厉害了。“你们感觉不到吗？”他低声说，“这里有种紧张和邪恶的气氛。将会有什么事情发生在咱们身上。他们有某种阴谋，某种诡秘恐怖的阴谋。他们打算对咱们做点什么——我知道。”

“我说把他们杀得一个不留！”

“你对那些管你叫‘朋友’和‘老兄’的人怎么下得去手呢？”另一个火星人问。

埃蒂尔摇摇头。“他们是真心诚意的。可我还是觉得咱们就像是掉进了一个巨大的酸罐，正在慢慢溶化。这让我害怕。”他仔细观察着人群，“是的，他们确实很友好，逢人便说‘见到你真好’。他们是一群普通百姓，对猫猫狗狗和火星人抱有同样的喜爱。可是，可是——”

乐队开始演奏《啤酒桶波尔卡》。由加州弗雷斯诺的哈根巴克啤酒厂赞助的啤酒开始向人群免费发放。

他们喝醉了。一个个吐得翻江倒海。现场充斥着病酒呻吟之声。

埃蒂尔干呕着坐在一棵梧桐树下。“阴谋，阴谋——可怕的阴谋。”他捂着肚子呻吟着。

“你吃了什么？”指挥官站在他身边问。

“一种叫爆米花的东西。”埃蒂尔哼唧着回答。

“还有呢？”

“还有一种面包夹肉条，一些盛在冰桶里的黄色液体，一些鱼和一种叫五香烟熏牛肉的东西。”埃蒂尔眼皮眨动着叹了口气。

火星侵略军的呻吟声在四下里响成一片。

“杀了这些阴险狡诈的毒蛇！”有人虚弱地叫着。

“慢着，”指挥官说，“他们不过是好客而已，只是有些热情过头了。现在全部给我起立，列队进城去。咱们必须在各处部署一些驻防小队，以确保一切正常。其他的飞船会在另外的城市登陆。这里的工作就要由咱们去做了。”

士兵们站起来，反应迟钝地眨着眼睛，朝周围看了看。

“向前，齐步——走！”

一二三四,一二三四……

小镇上的白色店铺在热浪中昏沉沉地躺着。四处热气蒸腾——电线杆、水泥地、金属物品、凉棚、屋顶和油毡都在发烫。

柏油路上响起火星人的脚步声。

“大家要当心！”指挥官低声说。

他们走过一间美容院。

里面传出吃吃的窃笑声。

“瞧！”

一个玩具娃娃似的红棕色脑袋在窗口闪了一下便消失了。一只蓝眼睛在钥匙孔后面眨了一下。

“这是个阴谋，”埃蒂尔低声说，“是个阴谋，我跟你们说。”

排风扇把阵阵香水味从那些“洞穴”里吹到室外炎热的夏日空气中，屋里的女人们像海底生物一样缩在带电的锥筒下面，头发被烫成各种夸张的造型。她们的眼睛精明而冰冷，动物般狡猾，她们的红唇鲜艳如霓虹。风扇呼呼地转动着，阵阵香风被吹送到静谧的室外，在绿树丛中浮动，无声无息地飘到惊诧不已的火星人中间。

“天哪！”埃蒂尔失声惊叫，他的精神突然崩溃了，“咱们赶快坐火箭回家吧！她们会抓住咱们的！你们看见了吗，那边那些可怕的东西？那些邪恶的水下生物，那些躲在凉爽的人造石头洞穴里的女人！”

“闭嘴！”

看看她们吧，他想，裙子在她们的腿上像绿色的水草一样飘动。他忍不住又叫了起来。

“谁来把他的嘴堵上！”

“她们会朝咱们扑过来，把巧克力盒、《电影发烧友》和《好莱坞影讯》扔给咱们，她们那猩红油腻的嘴里会发出刺耳的尖叫，她们会用乏味无趣淹没咱们，摧毁咱们的感性！看哪，她们被那些仪器电得哼个不停。难道你们敢进去吗？”

“有什么不敢的？”其他火星人问。

“她们会电你，漂白你，改造你！敲打你，磨去你的棱角，直到你变成一个服服帖帖的丈夫，一个工作赚钱养家的人，用辛苦挣来的钱供她们坐在那里拿着巧克力大快朵颐！你们以为自己驾驭得了？”

“当然了，没问题！”

远处飘来一个声音，又尖又细，那是一个女人的声音在说：“他们中间那个是不是很可爱？”

“火星人也不是太差呀。就跟其他男人一样嘛。”另一个声音一闪而过。

“嗨，你们好。哟嗬！火星人！嗨！”

埃蒂尔大叫着逃开了……

他坐在公园里，不住地颤抖。他回想着这一路上的见闻。仰望黑暗的夜空，他感到乡关迢递，无限孤独。即使此刻坐在寂静的树林里，他仍然能看见远处的火星战士和地球女子一起逛街，一起消失在那些小小的情感宫殿的幽幻黑暗中，去看灰色幕布上移动的白色物体，听它们发出鬼魂般的声音。他们身边坐着身材娇小头发卷曲的女子，嘴里嚼着口香糖；而在他们的座位下面，则粘着一些嚼过的口香糖，带着那些女人用猫一般的小牙齿永久地印在上面的细细齿痕一起变干变硬。电影院，像个风洞。

“你好。”

他惊恐地转过头。

一名女子在他身边的长椅上坐下，懒洋洋地嚼着口香糖。“别跑，我不咬人。”她说。

“哦。”他应道。

“想去看电影吗？”她问。

“不想。”

“哦，别这样，”她说，“别人都去看电影了。”

“不去，”他说，“你们在这个世界上就只会看电影吗？”

“只会？那还不够吗？”她怀疑地瞪大蓝眼睛，“你想让我做什么——坐在家里看书？哈哈！真逗。”

埃蒂尔盯了她一会儿，之后问了她一个问题。

“你们还有没有别的事可做？”他问。

“开车兜风。你有车吗？你应该给自己买一辆波德勒六型新式敞篷汽车。哎呀，它们可真气派！无论什么人，只要有一辆波德勒六，想跟哪个女孩约会都行，不骗你！”她朝他挤了挤眼睛，“你肯定特有钱——从火星上来的嘛。我敢说只要你愿意，就能买一辆波德勒六，开着它到处兜风。”

“开着它去看电影？”

“那有什么不好？”

“没有，没什么。”

“你知道你说话的口气像什么人吗，先生？”她说，“真是的，这类话没人爱听。我们的旧制度没有什么不好。我们任由你们火星人入侵，已经够仁至义尽的了，我们连一点儿反抗之意都没有，不是吗？”

“这正是我一直想不通的地方，”埃蒂尔说，“你们为什么不抵抗？”

“因为我们心胸宽广，先生，这就是原因！请记住这一点，心胸宽广。”她离开他去找别人了。

埃蒂尔鼓起勇气，开始给妻子写信，手中的钢笔小心地划过摊在膝上的信纸。

“亲爱的蒂拉——”

可他又被打断了。一个有张苍白的小圆脸、脸上布满皱纹的小老太太，在他的鼻子前摇晃着铃鼓，逼得他不得不抬起眼睛。

“朋友，”她高声叫道，眼里放着光，“你得到拯救了吗？”

“我有危险？”埃蒂尔丢下笔，跳了起来。

“非常危险！”她叮叮当当地摇着铃鼓，仰天长呼，“你需要被拯救，朋友，极其需要！”

“我同意你的看法。”他颤声说。

“我们今天已经拯救了很多人。光是我一个人就拯救了三个火星人。不错吧？”她冲他咧嘴一笑。

“我想是的。”

她的疑心很重。她向前探着身子，神神秘秘地压低声音：“朋友，”她问，“你受过洗礼吗？”

“我不知道。”他也压低声音回答她。

“你不知道？”她惊讶地举起手中的铃鼓。

“那和中枪的感觉一样吗？”他问。

“朋友，”她说，“你的处境很不妙。都怪从小教导你的那些人太无知。我敢说火星上的学校全都糟糕透顶——教给你们的根本不是真理，而是些胡编乱造的谎言。朋友，如果你想获得幸福，就必须接受洗礼。”

“它能让我在这个世界也获得幸福吗？”他问。

“不要贪心，”她说，“要懂得知足，因为还有一个更美好的世界在等待着我们。”

“我知道那个世界。”他说。

“一个和平的世界。”她说。

“是的。”

“一个安宁的世界。”她说。

“对。”

“一个流淌着奶和蜜的地方。”

“喔，太对了。”他说。

“充满了欢声笑语。”

“我现在就能看到它。”他说。

“一个更美好的世界。”她说。

“比这里好得多，”他说，“是的，火星是个好地方。”

“先生，”她板起脸，差点儿把铃鼓摔在他脸上，“你是在拿我开玩笑吗？”

“哦，不。”他感到既尴尬又困惑，“我以为你说的是——”

“当然不是什么破烂火星，先生！你这种人将要受好几年的罪，浑身长满黑色的脓包，吃尽苦头——”

“我必须承认，地球确实不大好。你形容得很准确。”

“先生，你又在取笑我了！”她愤怒地嚷道。

“不，不——请息怒。请原谅我的无知。”

“好吧，”她说，“你是个异教徒，异教徒总是不很得体的。这张纸给你。明天晚上来这个地址接受洗礼，获得幸福。我们会在仪式上高呼，顿足，大声交谈，如果你想听我们的全套表演，就到这儿来。不如现在就动身？”

“我一定设法过去。”他迟疑地说。

她拍打着铃鼓，高声唱着“幸福快乐常伴我”，沿着街道走远了。

茫然之中，埃蒂尔继续给妻子写信。

“亲爱的蒂拉：我竟然曾经天真地以为地球人一定会用枪炮和炸弹进行反击。不，我完全错了。这里既没有里克和米克，也没有吉克和班农——那些拯救世界的厉害角色，一个也没有。

“这里有很多金发碧眼、粉红的身体富有弹性的机器人，真实，却又不那么真实；有生命，却又像自动应答机一样机械和刻板，她们一辈子都生活在洞穴里。她们有着惊人的臀围。由于无休无止地盯着银幕，她们的眼神呆滞凝固。她们唯一的肌肉长在下颌上，那是一刻不停地咀嚼口香糖锻炼出来的。

“还不止这些，亲爱的蒂拉，我们被投进这个文明，就像是一锹种子被投进一个巨大的水泥搅拌机。我们的一切都不会幸存。我们不会死于枪口之下，而会死于热情的接待之中。毁灭我们的将不是火箭，而是汽车……”

一声惨叫。一次撞击，又一次撞击。随后是一片死寂。

埃蒂尔放下笔站起来。外面街道上，两辆汽车撞在了一起。一辆车上满载着火星人，另一辆车上坐着地球人。埃蒂尔又接着写道：

“最最亲爱的蒂拉，请容许我在此列举一些统计数字。美洲大陆每年有四万五千人死于车祸，他们被挤烂在车里，就像罐头里的肉酱。血肉模糊的一团，白色的髓骨像突兀的念头，像荒唐可怕的念头一样穿插在这一成不变的肉酱之中。那些出事的车辆如同沙丁鱼卷般紧紧地团在一起——淋满鲜红的酱汁，笼罩在死寂之中。

“公路上随处可见这种血腥的肥料，引来夏天的绿蝇营营乱飞。突如其来的终结让他们的面孔变得像万圣节的面具——万圣节是他们的一个节日。我猜他们那天晚上崇拜的对象就是汽车——总之，是和死亡相关的东西。

“你朝窗外看，看到两个人友好地叠卧在一起，这两个在片刻之前还素不相识的人此刻却已共赴黄泉。我预见到我们的军人将会被辗成肉泥，感染疾病，或是被那些嚼着口香糖的女巫困在电影院里。明天我要找个机会逃回火星，否则就来不及了。

“亲爱的蒂拉，今晚在地球上的某个角落，有一个掌管着控制开关的人，当他扳动它，便会拯救世界。这个人现在无所事事，在牌桌上打发日子，那开关落满灰尘，无人问津。

“这个邪恶星球上的女人正在用俗不可耐的多愁善感和错位的浪漫将我们淹没。晚安，蒂拉。祝我平安，因为我很可能会在逃亡的途中死去。告诉孩子我爱他。”

他默默地流着泪把信折好，提醒自己晚些时候去火箭驻地把信寄出去。

他离开公园。接下来要做什么？逃跑？但是怎么跑呢？夜里潜回驻地，偷一艘火箭独自开回火星？这可能吗？他摇摇头，感到万分苦恼。

他唯一知道的是，如果继续待在这里，他很快就会被一大堆营营嗡嗡作响、散发着烟气和恶臭的东西俘虏，成为它们的奴隶。六个月内，他就会长出一个又大又红、顽固不愈的溃疡，血压高到惊人的数字，眼睛近视到接近失明的程度，每晚噩梦连连，他必须竭尽全力才能冲出那海一样深的、无尽连绵的梦的迷网。不，不要。

他看着坐在一个个机械棺材里疾驰而过的地球人的焦虑面孔。用不了多久——是的，很快——他们就会发明出镶有六个银质拉手[①]的汽车！

“嗨，你好！”

汽车喇叭声一响，一辆像灵车一样又大又长的黑色轿车带着不祥的气息在路边停下。一个人从车里探出头来。

“你是火星人吧？”

“是的。”

“正是我要找的人。快上车——有个千载难逢的机会在等着你。上车。我带你去个好地方咱们聊聊。来啊——别傻站着啦。”

仿佛被催眠了一般，埃蒂尔打开车门上了车。

轿车开走了。

“你喝点什么，E.V.[②]？曼哈顿怎么样？服务生，来两杯曼哈顿鸡尾酒。好了，E.V.，今天我请客——我和大电影公司掏钱！把你的钱包收起来。很高兴认识你，E.V.，我叫R.R. 范 · 普朗克。也许你听说过我？没有？那好，不管怎么

① 指安装在棺材上供抬棺时使用的把手。

② 即埃蒂尔 · 弗莱姓名的首字母缩写。

说，先握个手吧。”

埃蒂尔感到自己的手被捏了一下又放开了。他们坐在一个昏暗的房间里，房间里放着音乐，服务生忙碌地走来走去。两杯饮料被送到了桌上。一切都发生得如此迅速，简直让人回不过神来。范·普朗克双手交叉抱在胸前，仔细打量着他遇见的这个火星人。

“我找你来是为了这件事，E.V.。这是我这辈子想出来的最妙的主意。我都不知道是怎么回事，完全是灵光一闪。今天晚上我一个人坐在家里琢磨着，老天爷，这要是拍成电影得多轰动啊！《火星入侵地球》。我该从哪儿着手呢？我得为影片找一位顾问。于是我开车出门，碰见了你，咱们就到这儿来了。喝酒！为你的健康和咱们的未来，干杯！”

“可是——”埃蒂尔有些犹豫。

“噢，我知道，你想要钱。没问题，我们有的是钱。而且，我还可以借给你一本通讯录，里面都是‘蜜桃儿’[1]的联系方式。”

“我不大喜欢你们地球上的水果——”

“你可真是个怪人，老弟。喏，我脑子里构思的电影是这样的，听我说。”他兴奋地向前探着身子，“开篇先来个大场面，火星人正在举行盛大仪式，鼓声震天，热闹非凡，人们开

① 指漂亮女孩儿。

怀畅饮，不醉不归。画面的背景是银光闪闪的大城市——”

“可是火星上的城市并不是这样的——”

“咱们得给影片增添点儿色彩，孩子，得有看头儿。这就交给老爸我吧。总之，接下来是所有的火星人围着篝火跳舞——”

“我们从不围着篝火跳舞——”

“在这部电影里，你们就得围着篝火跳舞。”范·普朗克的语气很坚决，他闭上眼睛，对自己的果断颇为自得。他摇头晃脑地继续描述着：“这时出现了一位美貌的女火星人，身材高挑，金发碧眼白皮肤。”

“火星上的女人都是黑皮肤——”

“咳，这么下去咱们的合作可愉快不了，E.V.。对了，孩子，你得改个名字。再说一遍你叫什么来着？”

“埃蒂尔。”

“那是女人的名字。我给你起个好名字。叫你乔，对，就叫乔好了。我刚才说了，影片里的女火星人得是金发碧眼白皮肤，原因嘛，没什么原因。要是不这样，老爸我会不开心。你有什么建议吗？”

“我觉得——”

“还得拍一场特别感人的戏，一颗流星什么的砸中了火星飞船，危急关头这个女火星人救了一整船的人。这场戏拍出来准保呱呱叫。跟你说，乔，我真高兴遇见你。你跟着我干准能发大财，不骗你。”

埃蒂尔伸出手紧紧抓住那个人的手腕：“等一下，有件事我要问你。”

“行啊，乔，说吧。”

“你们为什么对我们这么好？我们入侵了你们的星球，可是你们——你们每一个人——却像欢迎失散多年的孩子一样欢迎我们，这是为什么？”

“火星人都这么幼稚，是不是？你是个天真的人——我坐在这儿就能看出来。老弟，这件事儿你得这么看。我们都是平头百姓，对不对？”他挥动着一只晒成古铜色的小手，手上的绿宝石闪闪发亮。

“我们都是区区草民，不是吗？我们地球人为此自豪。这是属于普通人的世纪，比尔[①]，我们为自己的渺小而自豪。比利，你面前的这个星球上充满了萨罗扬[②]式的人物。是的，这是一个友好的萨罗扬人的大家庭——每个人都相亲相爱。我们理解你们火星人，乔，我们知道你们为什么入侵地球。我们知道你们在火星那个冰冷的星球上是多么孤单，知道你们有多羡慕我们的城市——”

“我们的文明要比你们的古老得多——”

---

① 此后出现的一系列名字，都是范·普朗克随口称呼埃蒂尔的。

② William Saroyan（1908—1981），美国剧作家、小说家，善于描写小人物，作品富有激情和乐观主义精神。

"别这样，乔，我不喜欢你打断我。先听我讲完我的看法，然后你再畅所欲言。就像我刚才说的，你们在天上感到孤独，于是下来看看我们的城市、我们这里的女人什么的，我们欢迎，因为你们是我们的兄弟，是和我们一样的普通人。

"而且呢，作为一个附带的好处，罗斯科，这次入侵还是有利可图的。比如我计划拍摄的这部电影，我敢说它准能给咱们带来十亿美元的收入。下个星期我们要开始生产一种特制的火星娃娃，售价三十块钱一个。光是这一项就能挣几百万。我还拿到了开发火星游戏的合同，每份卖五块钱。挣钱的路子太多了。"

"我明白了。"埃蒂尔的身子往后一靠。

"当然，别忘了还有火星这个全新的市场。试想一下，我们能把多少脱毛剂、口香糖和鞋油卖到火星上去啊。"

"等一下，我还有个问题。"

"说。"

"你叫什么名字？ R.R. 是什么的缩写？"

"理查德·罗伯特。"

埃蒂尔仰头看着天花板。"别人是不是——他们会不会，偶尔，有时候——叫你里克？"

"你怎么猜到的，老弟？当然会叫我里克了。"

埃蒂尔叹了口气，接着便笑了起来，笑个不停。他用手指着对方："这么说你就是里克？里克！你就是里克！"

“这有什么好笑的，小子？说给老爸听听！”

“你不会懂的——这个笑话只有我自己明白。哈哈！”眼泪顺着他的脸颊流进了他的嘴里。他一下又一下地捶着桌子。“你就是里克。哦，这简直是天壤之别，真是太滑稽了。没有健硕的肌肉，没有线条分明的下巴，也没有枪。只有一个鼓鼓的钱包、一枚绿宝石戒指和一个大肚皮！”

“嘿，说话别这么难听！我也许算不得美男子，可也——”

“咱们握个手，里克。我一直希望见到你。你就是那个即将征服火星的英雄，用你的鸡尾酒调酒器、足弓、扑克筹码、骑手短鞭、皮靴、花格帽和朗姆柯林斯酒去征服火星。”

“我只是个微不足道的生意人，”范·普朗克狡黠地垂下眼睛，“我靠工作挣得自己的一小份报酬。不过，就像我说的，莫特，我一直在考虑把威格力叔叔游戏[①]和迪克·特雷西连环漫画[②]推向火星市场。那儿的人从来没听说过‘漫画’这玩意儿，是吧？好的！我们会让火星人大开眼界。他们会争先恐后来买的，孩子，争先恐后！面对香水、巴黎时装和奥什科什[③]工装裤，谁又能不动心呢，嗯？还有好看的新鞋——”

“我们不穿鞋。”

---

① 根据美国作家霍华德·罗杰·加里斯（Howard Roger Garis，1873—1962）笔下的长耳兔威格力叔叔的故事制作的桌上游戏。

② 美国作家切斯特·古尔德（Chester Gould，1900—1985）创作的以神探迪克·特雷西为主人公的畅销漫画。

③ 美国著名童装品牌。

“这是什么情况啊？”R.R. 仰天长叹，“火星上难道都是些贫困的流浪汉吗？这样，乔，我们会搞定这件事的。我们会用羞耻心让每个人都穿上鞋的。然后我们再把鞋油卖给他们！”

“哦。”

他拍了拍埃蒂尔的胳膊。“就这么说定了？你愿意给我的电影当技术指导吗？起薪是每周两百块，五百块钱封顶。怎么样？”

“我不太舒服。”埃蒂尔说。喝下那杯曼哈顿之后，他的脸色都发青了。

“哎，对不起。我不知道你不能喝酒。咱们出去透透气吧。”

来到室外，埃蒂尔感觉好些了。他仍然将信将疑：“地球就是因为这样才接纳我们的？”

“当然了，孩子。地球人只要看到挣钱的机会，就会努力争取决不放过。顾客永远是对的。和气生财。这是我的名片。明早九点到好莱坞的制片厂报到，他们会领你去你的办公室。我十一点上班，咱们到时候见。一定要九点钟准时到，这是严格规定。”

“为什么？”

“加拉格尔，你是个古怪的家伙，但我喜欢。晚安。祝你们入侵愉快！”

车开走了。

埃蒂尔看着车子远去的背影，迷惑地眨了眨眼睛。然后，他一边用手掌揉着额头，一边慢慢地沿着街道向火箭驻地走去。

“你打算怎么办？”他大声问自己。

火箭在月光下静静地闪着银光。城里远远地传来人们狂欢的喧闹声。医务室里正在处理一桩严重的精神崩溃病例：从病人发出的尖叫声可以判断，这个年轻的火星人看得太多，喝得太多，在酒吧那红黄双色的点唱机里听了太多歌曲，还被一个大块头女人追得绕着桌子跑了半天。他不断地呻吟着：

“无法呼吸……被压住了，被困住了。”

抽泣声渐渐低微下去。埃蒂尔从阴影中走出来，穿过一条宽阔的大街朝飞船走去。远远地只见卫兵们横七竖八地醉倒在地上。他听到城里隐约传来的车流声、音乐声和警笛声。他想象着城里的其他声音：麦芽饮料机不动声色地嗡嗡响着，搅拌出的麦乳精使战士们发胖，使他们变得懒惰和健忘；电影院里那令人沉迷的声音仿佛催眠曲，将火星人送入沉沉的梦乡，从此他们的余生都将梦游般地度过。

一年后，将会有多少火星人死于肝硬化、肾衰竭、高血压和自杀呢？

他站在空荡荡的大街中央。两个路口之外，一辆车正风驰电掣地朝他开过来。

他面临着一个抉择：要么留在这里，接下电影公司的工作，每天早上上班去当电影顾问，随着时间的流逝，慢慢学会附和制片人的话——对，火星上会发生大屠杀；对，火星上的女子身材高挑金发碧眼；对，火星人像原始人一样跳部落舞蹈，举行献祭仪式，对，对，您说的都对。又或者，他可以现在就登上飞船，独自返回火星。

“可是明年又会怎样呢？”他问自己。

蓝色运河夜总会将在火星上开业，而古城赌场就将建在火星上真正的古城之中！古老的城市里霓虹闪耀光怪陆离，赛马小报满天飞，人们在祖先的墓园里享用野餐——所有这一切，所有这一切都将成为现实。

但是暂时还不会。几天后他就能回到家里，回到翘首等待的蒂拉和儿子身边，他们还能过最后几年安生日子。花开时节，他可以和妻子一起坐在运河边，读他那些温文的好书，浅斟低酌，谈笑风生，尽情享受短暂的好时光，直到令人眼花缭乱无所适从的霓虹迷阵从天而降。

到那时，他和蒂拉也许可以再躲进山里隐居一两年，然后，便会有游客纷至沓来，一边不断揿动相机快门，一边对眼前的一切啧啧称奇。

他已经想好了要对蒂拉说的话。“战争虽然可怕，但和平也很恐怖。”

他站在宽阔的大街中央。

他转过身，不出意料地看见一辆汽车正来势汹汹地向他逼近，车上坐满了狂呼乱叫的半大孩子。这伙不满十六岁的男孩女孩开着敞篷车在街上横冲直撞。他看见他们指着他喊了句什么。马达的轰鸣声越来越响，汽车以六十英里的时速疾驰而来。

他急忙跑开躲闪。

这就是了。当汽车撞上他时，他疲倦地想，多么奇特，多么悲哀。这破碎的声音真的好像……一台水泥搅拌机。

牵线木偶公司

晚上十点左右，两个人缓步走在街上，平静地交谈着。他们的年纪都在三十五岁上下，看上去十分清醒。

“为什么这么早回去？”史密斯问。

“因为——”布雷林说。

“这么多年来头一次晚上出来，你居然十点钟就要回家。”

“我想是因为心里不踏实吧。”

“我好奇的是你究竟是怎么脱身的。十年了，我想尽办法找你出来一起安静地喝个小酒。可现在呢，好不容易出来一趟，你却非要这么早回去。”

“总不能太贪心。”布雷林说。

“你用了什么法子？在你老婆的咖啡里下了安眠药？”

“不，那样做太不道德了。一会儿你就知道了。”

他们转过一个街角。“老实说，布雷林，我不想这么说，可是你太容忍迁就她了。你也许不愿意承认，但是婚姻对你而言简直是场灾难，不是吗？”

“话不能这么说。”

“反正事情早就传开了，大家都知道她是怎么逼你娶她的。那还是在一九七九年，你打算去里约的时候——”

“迷人的里约。我计划了那么久，最后还是没去成。”

“大家都听说了她是如何撕破自己的衣裳，蓬头散发地威胁说要报警，除非你娶她。”

“她一直有些神经质，史密斯，可以理解。”

“可是这太不公平了。你并不爱她。你对她照实说了，是不是？”

“我记得我在这件事上的态度还是很坚决的。”

“可你最终还是娶了她。”

“我得考虑我的事业，还得顾及我父母的感受。要是闹出那种风波，他们一定会伤心死的。”

“这一晃就过了十年。”

“是啊，”布雷林说，他的灰眼睛露出坚定的神色，“不过我想情况大概要发生变化了。我一直期待的机会终于出现了。你看。”

他拿出一张长长的蓝色船票。

“哇，是周四去里约的飞船票！”

“是的，我终于能去里约了。”

“太好了！你应该好好犒劳一下自己！可是她不反对吗？不会找你的麻烦吗？”

布雷林紧张地笑笑。“她不会察觉到我不在的。我一个月后回来，除了你，谁也不会知道。”

史密斯叹了口气。“真希望我能跟你一起去。”

“可怜的史密斯，你的婚姻也不尽理想，是不是？”

“不是很理想，娶了个过于黏人的老婆。我的意思是，再怎么说，结婚十年之后，你也不会希望老婆每天晚上在你的大腿上坐两个钟头，每天白天往你公司打十二个电话，还尽说些孩子气的傻话。而且最近一个月她还变本加厉了。我在想她是不是脑子不太好？”

“啊，史密斯，你总是这么保守。唔，我到家了。想不想知道我的秘密？我今晚是怎么成功脱身的？”

“你真的愿意透露？”

“往上看，就在那儿！”布雷林说。

两人的目光越过黑暗朝上望去。

在他们上方，二楼窗户的窗帘打开着。一名三十五岁左右的男子正低头看着他们，只见他两鬓微霜，一双忧郁的灰眼睛，留着一撮稀疏的小胡子。

“哟，那不是你吗！”史密斯吃惊地叫道。

“嘘，别这么大声。”布雷林朝楼上挥挥手，窗户里面的男子回了个手势便消失了。

“我肯定是昏头了。”史密斯说。

“稍等一下。”

他们等待了片刻。

公寓的大门打开了，那个眼神忧郁、留着小胡子的高个男士走出来和他们会面。

“你好，布雷林。”他说。

“你好，布雷林。”布雷林回答。

两个人长得一模一样。

史密斯瞪大了双眼。“这是你的孪生兄弟吗？我没听说——”

“不，不是，”布雷林平静地说，“靠近点，把耳朵贴在布雷林二号的胸口上。”

史密斯犹豫了一下，随即靠过去把头贴在那人顺从的胸膛上。

滴答、滴答、滴答、滴答、滴答。

“天哪！这不可能！”

“是真的。”

“让我再听一次。”

滴答、滴答、滴答、滴答、滴答。

史密斯大惊失色，踉跄着倒退两步，眼皮不停地抖动。他伸手摸着那个“人”温暖的手和脸颊。

“你从哪儿把他弄来的？”

“是不是做得很不错？”

“令人叫绝。哪儿弄来的？”

“给这位先生一张名片，布雷林二号。”

布雷林二号像变戏法似的掏出一张白色卡片。

牵线木偶公司

复制本人或亲友；1990 新型塑料人偶，可抗一切物理磨损，质量保证。售价 7600 美元起，豪华型售价 15000 美元。

“不会吧。”史密斯说。

“就是这样，”布雷林说。

“不必怀疑。”布雷林二号说。

“这状况持续多长时间了？”

“一个月。我一直把他藏在地下室的工具箱里。我妻子从来不去地下室，那个箱子唯一的钥匙在我手上。今晚我说想出去走走买根雪茄，就去地下室把布雷林二号从箱子里放了出来，让他上楼陪我妻子，我则借机出来跟你碰面，史密斯。”

“太厉害了！就连他身上的味道都跟你一样——邦德街和梅拉克里诺牌香烟的味道！”

“我也许是在细节上过于挑剔了，不过我认为这样做很厚道。毕竟我妻子最想要的就是我，这个人偶在最细微之处都跟我分毫不差。‘我’整晚都待在家里。未来一个月，‘我’仍将留在家里陪伴她。与此同时，另一位男士在十年的漫长等待之后，终于可以踏上里约的土地。等我从里约回来，布雷林二号就会重新回到箱子里。”

史密斯思考了一两分钟，最后问：“他能不吃不喝连续工作一个月吗？”

“必要的话，六个月都没问题。而且他功能齐备——吃饭、睡觉、呼吸——和人一样，要多自然有多自然。你会好好照顾我妻子的，对吧，布雷林二号？”

“你妻子人很好，”布雷林二号回答说，“我已经喜欢上她了。”

史密斯变得激动起来。“牵线木偶公司开业多久了？”

“已经秘密营业两年了。”

“我可不可以——我是说，有没有可能——”史密斯热切地抓住朋友的手肘，“你能告诉我去哪儿能买到一个——一个机器人，一个人偶——给我自己吗？你会给我地址的，是吧？”

“给你。”

史密斯接过卡片，翻来覆去地看着。“谢谢，”他说，“你不知道这对我有多重要。我需要稍微歇口气，休息一个晚上，哪怕一个月一次也行。我老婆太爱我了，一刻都离不开我。我也很爱她，你知道，可是老话说得好：‘握得太松，爱会飞离；握得太紧，爱会死去。’我只想让她放松一些，不要攥得那么紧。”

“你很幸运，至少你妻子是爱你的。而我的问题是恨。这就不大好办了。”

“哦，内蒂爱我爱得发狂。我有责任让她爱得和缓一些。”

“祝你好运，史密斯。我去里约期间，记得要照常来我家串门。如果你突然不来，我妻子该起疑心了。你要像对我一样对待布雷林二号。”

“好的！再见。多谢了。”

史密斯满面春风地告辞了。布雷林和布雷林二号转身走进了公寓的门厅。

在穿越市区的公共汽车上，史密斯轻快地吹着口哨，翻转着手上的白色卡片：

顾客必须承诺严守秘密。虽然旨在使牵线木偶公司合法化的法案已提交国会审议，但在现阶段，使用者一经发现仍将构成重罪。

史密斯“嗯”了一声。

顾客需前来量身制作身体模型，并进行眼睛、嘴唇、头发和皮肤等项目的色谱分析。

顾客需等候两个月，以待模型制作完成。

不算太久，史密斯心想。两个月之后，我的肋骨就能从紧箍住它们的拥抱中解放了。两个月之后，我的手也将从一直握着它们不放的手里得到休息。两个月之后，我瘀肿的下嘴唇将开始恢复原状。我并不是有意刻薄，不懂得感恩……他将卡片翻了过来。

牵线木偶公司成立两年来，为顾客提供了满意的服务。

我们的口号是——自由不设“线”。

公司地址：韦斯利南路 43 号。

汽车到站了，他下了车。哼着歌上楼梯时，他心里合计着，我和内蒂的联名账户里有一万五千元存款，我偷偷取出八千块，就当是商业投资。那个人偶很可能会在各个方面让我的付出收到回报，而且是连本带利。没必要让内蒂知道这件事。他开门进屋，很快到了卧室。内蒂已经睡下了，她肤色苍白，块头很大，在床上睡得正香。

“亲爱的内蒂，”看着半明半暗之中内蒂那张无辜的脸庞，他几乎被自责的情绪淹没了，“如果你现在醒着，一定会吻得我透不过气来，还会在我耳边喁喁地说着情话。真的，你让我觉得自己是个罪人。你是一个这么爱我的好老婆。有时我简直不敢相信你嫁给了我，而不是你曾经喜欢过的巴德·查普曼。最近这一个月，你似乎比以前更加狂热地爱我了。”

泪水涌进了他的眼眶。他忽然很想吻她，对她说爱她，把那张卡片撕碎，把整件事忘到九霄云外。但是正当他想要这么做时，他的手疼了起来，他的肋骨噼啪作响，发出痛苦的呻吟。他停下来，露出愁苦的神色，转身走开了。他走进过道，走过黑暗的房间。他轻轻地哼着，打开书房里的肾形书桌，偷偷取出里面的银行存折。“只取八千块钱，”他自言自语，“一分也不多拿。”他定住了。“慢着。”

他发疯似的重新核对了一下存折。“怎么回事！”他叫出声来，“少了一万块！”他急得直跳脚，“只剩下五千了！她做了什么？内蒂把这些钱弄哪儿去了？买新的帽子、衣服和香水了！等等——我知道了！哈得孙河边的那座小屋她已经念叨了好几个月，她把它买下来了，连声招呼都不打！”

他义愤填膺地冲进卧室。她这是什么意思嘛，一声不吭就动用家里的钱？他俯下身去：“内蒂！”他大声喊着，“内蒂，醒醒！”

她一动不动。“你把我的钱怎么着了！”他咆哮着。

她迷迷糊糊翻了个身，街上透进来的光照亮了她美丽的面庞。

她有什么地方不对劲。他心脏狂跳，嘴里发干，感到不寒而栗，膝盖像化成了水。他瘫倒在地。“内蒂，内蒂！”他绝望地喊着，“你到底拿我的钱干什么去了！”

这时，一个可怕的念头闪过。恐惧和孤独吞噬了他。好梦破灭的失望和狂乱接踵而至。鬼使神差一般，他向前探着身子，越探越低，直到他发烫的耳朵不可逆转地紧紧贴上了她那丰满的胸脯。“内蒂！”他喊道。

滴答、滴答、滴答、滴答、滴答。

史密斯离开后，布雷林和布雷林二号走进公寓大门。“他也快获得幸福了，我真为他高兴，”布雷林说。

“是的。”布雷林二号有些心不在焉。

“好了，你该回地下室的箱子里去了，布雷林二号。”布雷林拉着另一位的胳膊肘走下通往地下室的楼梯。

“我正打算跟你谈谈这件事，”走在地下室的水泥地上时，布雷林二号说，“我不喜欢地下室，也不喜欢那个工具箱。”

“我会尽量给你安排个舒适点儿的地方。”

“人偶的天性就是要运动，而不是躺着不动。要是让你成天待在箱子里，你乐意吗？”

“这个嘛——”

“你也会受不了的。我一直处在运行状态，根本不可能停下来。我是个活生生的人，我也有感觉。”

“只要再忍耐几天就好。等我去里约之后，你就不用待在箱子里了。你可以住在楼上。”

布雷林二号烦躁地摆了摆手。“等你游玩回来，我就又得回到箱子里去了。”

布雷林不悦地说：“人偶商店的人可没跟我说你这么难相处。”

“我们的好多事他们都不知道，”布雷林二号说，“我们才刚问世不久，而且我们很敏感。一想到你要去里约开开心心地晒太阳，而我们却被困在这寒冷的地方，我就不高兴。”

“可是我这辈子都在期盼着这次旅行。”布雷林的口气软了下来。

他微微合上双眼便能看到那起伏的山峦和碧海黄沙。海浪声令人陶醉，阳光照在赤裸的肩膀上格外温暖，美酒香醇无比。

“我永远也去不了里约，”布雷林二号抱怨道，“这一点你考虑过吗？”

“不，我——”

“还有一件事，关于你妻子。”

“她怎么了？”布雷林一边问，一边慢慢地朝门口走去。

“我已经喜欢上她了。”

“我很高兴你喜欢自己的工作。”布雷林紧张地舔舔嘴唇。

“恐怕你没明白我的意思。我想——我爱上她了。”

布雷林停下脚步。“你什么？”

“我一直在想，”布雷林二号说，“里约是那么令人神往，可我却去不了。我还想到你的妻子——我觉得我们两个在一起会很幸福的。”

“那，那很好。”布雷林尽量装得若无其事地朝地下室的门口踱去，“你不介意稍等片刻吧？我得去打个电话。”

“打给谁？”布雷林二号皱起了眉头。

“不是什么重要人物。”

“是打给牵线木偶公司吧？让他们来抓我？”

“不，不——当然不是！”他试图冲出门外。

一只钢铁般有力的手钳住了他的手腕。“别跑！”

“放开我！”

“不放。”

“是我妻子派你来的吗？”

“不是。”

“难道她猜到了？她和你说了什么？她是不是都知道了？是这样吗？”他尖叫起来。一只手捂住了他的嘴。

“你永远也不会知道，”布雷林二号的脸上掠过一丝笑意，“永远不会知道了。”

布雷林拼命挣扎着。“她肯定猜到了，肯定是她教唆你的！”

布雷林二号说：“我要把你锁在那个箱子里，把钥匙扔掉。然后为你妻子买一张去里约的飞船票。”

“哎，等等，等等，别冲动。咱们好好谈谈！”

“再见，布雷林。”

布雷林吓得人都僵住了。“你说‘再见’是什么意思？”

十分钟后，布雷林太太醒了。她用手轻抚着面颊。有人刚刚在她的脸上留下了一个吻。她激动地抬起头来。“嗨——你好多年没吻过我了。”她喃喃地说。

“我想咱们的生活会迎来转机的。”那人回答。

城　市

这座城市等待了两万年。

斗转星移，田野里的花儿开了又谢，城市在等待；地上的河流潮涨潮歇，化为埃壤，城市在等待。曾经年少轻狂的风已变得老成持重，曾经被疾风吹皱又揉碎的白云如今不受打扰地在天空中悠然飘荡，城市依然在等待。

城市里的千窗万户和黑曜岩墙壁在等待，城市里参天的楼塔和旗帜不再飘扬的角楼在等待。城里的街道上了无人迹，没有撒落一片纸屑，房屋的门钮无人触碰，没有印上一枚指纹。城市所在的行星在轨道上围绕着一颗蓝白色恒星转动，季节在冰火之间往复流转，原野绿了，夏天的草地黄了，城市在等待。

时间来到第两万个年头的一个夏日午后，城市终于结束了等待。

天空中出现了一艘火箭。

火箭飞了过去，又调头飞回来，降落在距离黑曜岩城墙五十码的页岩草甸上。

几只穿靴子的脚踏上了稀疏的草地，火箭里的人在喊着火箭外的人。

“准备好了吗？”

“好了，全体注意！向城里进发。詹森，你跟哈钦森打前哨。保持警惕。”

城市张开隐藏在黑色墙壁中的鼻孔，位于城市深处的一个吸风口通过管道吸入大量空气，经过蓟形过滤器和灰尘收集器处理后，进入一组银光闪闪、极其精密的线圈和网络中。空气被不断地大量吸入，草地上的各种气味随着阵阵暖风被输送到城市里。

“火的味道，陨石和铁水的味道。来了一艘外星飞船。黄铜的味道，火药、硫磺和火箭燃料燃烧的味道。”

这些信息记录在纸带上，经由链轮转动送入进纸口，再由黄色的齿轮组送往其他机器做进一步处理。

咔嚓——嚓——嚓——嚓。

一台计算器打着节拍。五，六，七，八，九。一共九个人！打字机将这条信息即时打印在纸带上，纸带倏地一闪就不见了。

咔嗒嗒——咔——嚓——嚓。

城市等待着他们柔软的橡胶靴底落下。

城市巨大的鼻孔再次张大。

黄油的味道。从这伙悄悄靠近的人身上释放到空气中的淡淡气味随风飘送到城市的鼻孔里，在那里被分解为牛奶、奶酪、冰淇淋、黄油等记忆中的乳制品的味道。

咔嗒——咔嗒。

“大家要当心！”

“琼斯，把你的枪拿好。不要掉以轻心。”

“这是座空城，有什么好担心的？”

“那可说不准。”

在这吵闹的对话声中，耳朵苏醒了。在倾听风的低语、树叶飘落和融雪时节嫩草初生的平静中度过了许多个世纪，如今耳朵为自己涂上润滑油，绷紧了巨大的耳鼓，入侵者的心跳声敲打在上面就像是蚊蚋的翅膀在振动。耳朵认真地倾听着各种响动，鼻子努力地收集着一切气味。

闯入者流下紧张的汗水。他们的腋下出现了成片的汗渍，握枪的手心里也是汗津津的。

鼻子反复抽吸辨别着这股气味，好似一位鉴赏家在细品一杯陈年佳酿。

嘁——嘁——嚓——咔嚓。

信息被记录在平行检验带上。汗液；氯化物含量百分比；硫酸盐含量；还有尿素氮、氨态氮，由此得出肌酐、糖和乳酸指数。分析完毕！

铃声响起，初步计算结果出炉。

鼻子将经过检测的空气轻轻呼出。耳朵倾听着人们的对话。

“我认为咱们应该回飞船上去，船长。”

“这里由我指挥，史密斯先生！”

“是，长官。”

“喂，前边的！哨兵！发现什么情况没有？”

“没有，长官。看来这里已经荒废很长时间了！”

“听见了吗，史密斯？根本没什么好怕的。”

“我不喜欢这儿，原因我也说不上来。你可曾觉得某个地方似曾相识？这座城市就让我感觉过于熟悉了。”

“胡说。这个星系距离地球数十亿英里之遥，咱们根本不可能来过。而且咱们的飞船是第一艘能够跨越光年的飞船。”

“可是我真的有这种感觉，长官。我认为咱们应该尽早离开。”

众人的脚步犹豫了。凝滞的空气中只有这些闯入者的呼吸声。

听到这里，耳朵加紧行动起来。轴轮旋转着，晶亮的液体汇成细流流过阀门和鼓风机。根据一个又一个分子式，一种又一种化合物被合成出来。片刻之后，在耳朵和鼻子的号令下，气味清新的蒸汽通过墙壁上巨大的洞眼吹向闯入者的鼻端。

“闻到了吗，史密斯？啊——青草。还有比这更好的味道吗？天哪，我真想站在这儿闻个够。”

肉眼看不见的叶绿素分子拂过停下脚步的几个人身旁。

“啊——！”

脚步声继续向前。

“没有任何异常，是吧，史密斯？快走啦！”

耳朵和鼻子稍稍放松了一瞬。反制行动成功了。卒子们继续往前走了。

城市阴郁的眼睛从雾霭中露了出来。

“船长，看那些窗户！”

“什么？”

“那些房子的窗户！我看见它们动了！”

“我没看见。”

“它们动了，颜色也变了，由暗变亮了。”

“在我看来，那就是些普普通通的方窗。”

模糊的物体变得清晰。在城市的机械沟壑中，涂满润滑油的机轴重重地落下，平衡轮浸入绿色的油藏。窗框屈伸着，窗户闪着光。

在下面的街道上走着两个侦察兵，另外七个人跟在后面，与他们保持着安全距离。他们身穿白色制服，眼睛湛蓝，脸色红得像是刚挨过一记耳光。他们手持金属武器，用后腿直立行走。他们脚上穿着靴子。他们是男性，眼耳口鼻一应俱全。

窗户抖动着，慢慢变薄。它们神不知鬼不觉地扩大了，就像无数只眼睛的虹膜。

“我跟你说，船长，那些窗户有问题！”

“别胡说了。”

“我要回去了，长官。”

“你说什么？”

“我要回飞船上。”

“史密斯！”

“我可不想掉到什么陷阱里去！”

“你被一座空城给吓跑了？”

其他人哄笑起来，笑声中带着不安。

“你们就笑个够吧！”

他们脚下的街道由石块铺就，每个石块宽三英寸，长六英寸。街道微微向下一沉，幅度微小得令人无法察觉。它在称量这些入侵者的体重。

在一间地下机房里，红色指针指向一个数字：一百七十八磅……二百一十，一百五十四，二百零一，一百九十八——每个人的体重都被登记在册，记录由卷轴传送到一处相邻的黑暗之中。

这时城市完全苏醒了！

通风口吐纳着空气。入侵者嘴里喷出的烟草味，他们手上残留的药用软皂味，就连他们的眼球都带有一种极细微的气味——城市检测出这些气味，并将信息层层汇总。窗户清澈明亮，耳鼓越绷越紧——城市的所有感官就像一场无形的降雪笼罩着整个空间，计数着入侵者的呼吸和心跳，听着，看着，辨别着。

街道就像城市的舌头。这伙人每走一步，他们足底的味道就会通过铺路石上的气孔传到下方的石蕊试纸上。这份暗中收集的化学成分数据和其他不断累积的数据汇合在一起，等候着那些呼呼作响的转轮和辐条给出最终的计算结果。

脚步声。有人在奔跑。

“回来！史密斯！”

“我才不呢，去你的吧！”

“弟兄们，抓住他！”

脚步声越加迅疾。

最后一项测试。在听觉、视觉、味觉、触觉轮番上阵，并对这些人进行了测量比对之后，城市还有最后一项任务需要完成。

路面上张开了一口陷阱。正在奔跑的船长消失在陷阱中，谁也没有发现。

他被倒吊起来，一把剃刀划过他的咽喉，另一把剃刀剖开他的胸膛，他的内脏被迅速掏空，尸体被平摊在街道下方一间密室的台子上。巨大的水晶显微镜审视着红色的肌肉纤维，没有身体的手指探查着仍在跳动的心脏。他被割开的皮肤被固定在台子上，几只手敏捷地更换着他身体的组件，如同一个奇特的快棋手操纵着红色的棋子。

上方的街道上，史密斯在前面边跑边喊，其他人在后面边喊边追。而在下方的密室中，船长的血流进烧杯，经过摇动、搅拌，被涂在载玻片上送到显微镜下进行观察和计数。他的体温被测量出来，他的心脏被切成十七块，肝脏和肾脏被熟练地一分为二。他的颅腔被钻开，脑子被取出，神经像配电板上杂乱的电线一样被拽出来。他的肌肉被牵拉着测量弹性。与此同时，在城市地下的电气室里，城市的大脑终于得出了最后的结论，所有的机器此时全部戛然而止。

最后的结论——

这些入侵者是人类。他们来自一颗遥远的行星，他们的眼睛和耳朵具有特定的结构和形状，他们走动时有特殊的步态，他们携带武器，会思考，会争斗，还有他们的心脏和所有其他器官，这一切都与很久以前留下来的记载相符。

在密室上方，这群人正朝火箭的方向跑去。

史密斯跑在最前面。

最后的结论——

这些人是我们的仇敌。我们守候了两万年就是为了再见到他们，我们等待着向他们复仇。所有的特征都吻合。这些人来自一颗叫做地球的行星，两万年前，他们向陶伦星球宣战，对我们进行奴役，并用一场大瘟疫毁灭了我们的世界。他们将我们的世界洗劫一空后，便去往另一个星系居住，以逃避他们带来的那场瘟疫。他们早已忘记了那个年代和那场战争，忘记了我们。但，我们可从来没忘记过他们。他们是我们的仇人。这一点确凿无疑。漫长的等待今天终于结束了。

“史密斯，快回来！”

必须争分夺秒。船长被掏空的尸体摊开在红色的台面上，又有几只手紧张地忙碌了起来。它们在他体内植入铜、银、铝、橡胶和丝绸等材料制成的五脏六腑；一张黄金蛛网嵌入了他的皮下；一颗发出蜂鸣声、闪着蓝色电火花的铂金大脑被放入他的颅腔，通过电线与躯干四肢相连。一切就位之后，他的身体立刻被缝合，脖颈、咽喉和头颅等处的创口全部用蜡封好——现在的他完好无损，焕然一新。

船长坐起来，活动了一下双臂。

“站住！”

船长重新出现在街道上，端起枪扣动了扳机。

史密斯心脏中弹，摔倒在地。

其他人转身看着船长。

船长跑到他们身边。

“这个笨蛋，居然害怕一座空城！”

众人看了看脚下史密斯的尸体。

又回头注视着船长，眼睛先是瞪大，继而又眯缝起来。

“听着，”船长开口了，“我有重要的话要对你们说。”

到目前为止，城市已经动用了各种手段，此刻，它准备使出最后的杀手锏——语言的力量。它的话语不是出自高墙广厦的愤怒与敌意，也没有借助鹅卵石街道和机械堡垒的威严厚重，而是由一个人平静地娓娓道来。

“我不是你们的船长，”他说，“我也不是人类。”

众人惊讶地倒退几步。

“我是这座城市。”他微笑着说。

“我已经守候了两百个世纪，”他接着说，“我在等待那些人的后代回到这里。”

“船长，长官！”

“先听我说下去。谁建造了我——这座城市？建造我的人早已过世，他们是曾经居住在这里的古老种族。地球人听任他们死于一种可怕的疾病，一种无药可医的麻风病。这个古老的种族期望有朝一日地球人会再度归来，于是便在这颗‘黑暗行星’上，在‘世纪之海’的岸边、‘死亡山脉’的脚下，建造了这座城市，并为它命名‘复仇之城’——这些名字多么富有诗意。这座城市是一杆秤，一剂石蕊试剂，一根天线，用来检测所有到访此地的星际旅客。两万年来，仅有另外两艘火箭曾在此登陆。一艘来自一个叫做‘恩特’的遥远星系，在对船员们进行检查称重之后，发现与记录不符，于是便将他们毫发无伤地放走了。第二艘火箭也是同样的情形。可是今天，你们终于来了！对你们的复仇将严格贯彻到每一个细节。城市的建造者早在两万年前就已死去，但他们留下了这座城，迎接你们的到来。”

“船长，长官，你是不是身体不舒服。也许你应该回飞船上去。”

城市在震动。

路面裂开了，船员们尖叫着掉了下去。在下坠的途中，他们看见剃刀闪着寒光迎面而来。

过了不久，响起了点名的声音。

“史密斯？”

“到！”

“詹森？”

“到！”

“琼斯，哈钦森，斯普林格？”

“到！”“到！”“到！”

他们站在火箭舱门边。

“立即返回地球。”

“是，长官！”

他们脖子上的刀口已经看不见了，他们的黄铜心脏、银质器官和金丝神经网也已经稳妥地隐藏在身体内部。只有他们的头部还发出轻微的电流声。

“加快速度！”

九个人把装满病菌的金色炸弹抬上火箭。

“我们要把这些投到地球上去。”

“遵命，长官！”

舱门重重地关闭。火箭直冲天际。

轰鸣声渐渐远去。城市静静地矗立在夏日的草地上。它的眼睛黯淡了，耳朵松弛了，鼻孔停止了呼吸，街道也不再称重，所有隐藏的机械装置全都沐浴在机油中，停止了运转。

天空中，火箭的影子越来越小。

这座城市欣慰而从容地享受着死亡的欢愉。

决战时刻

哦，真是太好玩了！多么有趣的游戏！他们好久都没有这么兴奋过了。孩子们在绿茵茵的草坪上跑来跑去，大叫大嚷，手拉着手，有的在转着圈儿飞跑，有的在爬树，草坪上笑声荡漾。火箭在头顶上呼啸穿梭，甲壳虫汽车在街上沙沙地驶过，孩子们仍沉浸在游戏中。多么有趣，快活得发抖，他们一边翻筋斗一边放声尖叫着。

明克满身泥土和汗水，像个泥猴儿似的跑回家。她是个活泼健康、很有主见的七岁小姑娘。她拉开抽屉，把平底锅和各种工具一股脑地塞进一个大口袋里，乒零乓啷的声音惊动了她的妈妈，莫里斯太太。

“天哪，明克，你在干什么呢？”

“在玩天底下最好玩儿的游戏！”明克小脸儿通红，上气不接下气地回答。

“歇一会儿，喘口气。”妈妈说。

“不用，我很好，”明克气喘吁吁地说，“我可以把这些拿走吗，妈妈？”

“别把它们磕坏了就成。”莫里斯太太说。

“谢谢，谢谢！”明克喊了一声便嗖的一下蹿了出去，像枚火箭。

莫里斯太太看着女儿冲出去的背影。“你刚才说的游戏叫什么名字？”

“入侵！”明克说完便砰地把门关上了。

街上每户人家的院子里，孩子们都把家里的刀叉、拨火棍、旧炉管和开罐器拿了出来。

有意思的是，像这样忙个不停的都是年龄比较小的孩子。那些十来岁的大孩子们对这些小孩子的玩意儿不屑一顾，他们要么昂首阔步地列队出去远足，要么玩一种更加体面的捉迷藏游戏。

与此同时，家长们开着闪亮的镀铬甲壳虫汽车来来去去。修理工们上门修理家用真空升降机、图像抖动的电视机，或者在不肯正常工作的食品输送管道上用锤子敲打一番。成年人在这些忙忙碌碌的孩子们身边来来往往，既羡慕那蓬勃的生机，又对那孩子气的炫耀感到饶有兴味，巴不得也能加入他们的行列。

“这个，这个，还有这个，”明克指挥着另外几个拿着各式汤匙和扳手的孩子，“把那个做好，把那个拿过来。不对！放在这儿，笨蛋！这样才对。好了，你回去吧，这个我来弄。”她咬着舌头冥思苦想，小脸儿皱成了一团，“得这样弄。明白了吗？”

“耶——！”孩子们欢呼着。

十二岁的约瑟夫·康纳斯跑了过来。

“走开。”明克不客气地对他说。

“我也想玩儿。”约瑟夫说。

“不行！”明克一口回绝了。

“为什么不行？”

“你会取笑我们的。”

“不会的，我不骗你。”

“那也不行。你每次都这样。快走开，不然我们就踢你了。”

另一个十二岁男孩踩着电动旱冰鞋从旁边呼啸而过。“嗨，乔[1]！走啦！让这帮小屁孩自己玩儿吧！”

约瑟夫仍然舍不得离开。“我也想玩儿。”他不甘心地央告着。

“你太老了。”明克毫不让步。

“没那么老。”乔据理力争。

“你会笑话我们，把入侵游戏搞砸的。”

踩着旱冰鞋的男孩不耐烦地撇着嘴“啧”了一声。“走啦，乔！让他们自己玩过家家吧！幼稚！”

乔一步一回头地慢慢走开了。

明克又忙碌起来。她用收集来的材料做了一台机器，又交给另一个小女孩一个记事本和一支铅笔，让她用歪歪扭扭的生

① 对约瑟夫的昵称。

涩的笔迹做着记录。她们的声音在温暖的阳光下断断续续，时高时低。

城市的声音从四面八方包围着她们。街道上绿树成行，安静挺拔。只有那吹过城市、吹过乡野、吹过整个大陆的风带来一些扰动。在另外的千百个城市中，同样有纵横的街衢、成荫的绿树和嬉戏的儿童。商人们在安静的办公室里，有的正录下自己的声音，有的在观看电视接收机。火箭像蜻蜓一样在蓝天上盘旋。人们久已习惯了和平，深信再也不会有战乱和纷争，到处都洋溢着一种无言的自满和安逸。全世界人民携起手来建立起统一阵线。完备的武器由所有国家共同保管。一种臻于完美的平衡局面业已形成。人世间没有背叛，没有不幸，没有不满。世界建立在牢固的基础之上。阳光照亮了半个地球，树木慵懒地沐浴在暖风中。

明克的妈妈从楼上窗口俯看着下面。

这些孩子们呀。她看着他们，不由得摇摇头。嗯，他们今天得好好吃饭，好好睡觉，星期一就要去学校了。老天保佑这些充满活力的小家伙。她听着他们的对话。

明克正在跟玫瑰花丛附近的什么人认真地交谈着——尽管那儿一个人也没有。

这些古灵精怪的孩子们哪。还有那个小女孩，她叫什么名字来着？安娜？安娜在小本上记着什么。首先由明克向玫瑰花丛提问，然后把得到的答复大声告诉安娜。

“三角。”明克说。

“什么是三——，”安娜吃力地重复着这个词，“——角？”

“不用问那么多。”明克回答。

“这个词怎么写？”安娜问。

“T-r-i-”明克缓慢地拼出头几个字母，便不耐烦地停了下来，“哎呀，你自己拼吧！”她又接着往下说其他的单词，“光线。”

“我还没写完三——”安娜着急地说，“——角哪！”

“哎呀，快，快点儿写！”明克大声催促。

明克的妈妈从楼上的窗台里探出身子：“A-n-g-l-e。”她为安娜拼出剩余的部分。

“哦，谢谢莫里斯太太。”安娜说。

“不客气。”明克的妈妈笑着从窗口缩回身子，拿起电磁除尘器打扫客厅去了。

孩子们的声音在闪亮的空气中跳动。“光线。”安娜的声音远去了。

“4-9-7-A-B-X，”远处传来明克一本正经的声音，“一把叉子，一根细绳，还有一个六、六——六边形！”

午餐时间，明克端起牛奶一饮而尽，便要往门外跑。妈妈拍着桌子把她叫住。

“回来给我坐下，”莫里斯太太命令道，“汤马上就好。”她按下厨房管家上的一个红色按钮，十秒钟后，有东西“通”的一声落在橡胶托盘上。莫里斯太太打开它，取出一个带一对铝制提手的罐头，啪的一声打开，把热汤倒进一个碗里。

在此期间，明克一直坐立不安。“妈妈，快点儿！这是生死攸关的大事！喔——”

“我像你这么大的时候也是这样。什么都是生死攸关的大事。我懂。”

明克埋下头大口喝着汤。

“慢点儿喝。”妈妈说。

“不行，”明克说，“德里尔在等着我呢。”

“谁是德里尔？这名字真怪。”妈妈说。

“你不认识他。”明克答道。

“是附近新搬来的孩子吗？”妈妈问。

“他是新来的没错。”明克边说边开始喝第二碗汤。

“哪一个是德里尔？”妈妈又问。

“他就在附近，”明克含混地说，“你会笑话人家的。每个人都拿这事开玩笑。真是可恶。”

“德里尔很害羞吗？”

“是的，啊不，有一点儿吧。哎呀，妈妈，我得赶紧走了，不然就来不及入侵了！”

“谁？要入侵哪儿？”

“火星人入侵地球。嗯，也不一定是火星人。他们是——我也不知道，反正是从天上来的。”她用汤匙朝上面指了指。

“我看是从这里边来的。”妈妈说着，摸了摸明克发热的额头。

明克不乐意了。“你在笑！你会把德里尔和大家都害死的。”

“我不是故意的，”妈妈说，“德里尔是火星人？”

“不。他是——嗯——也许是从木星、土星或金星上来的。反正，他吃了不少苦头。”

“我想也是。”莫里斯太太用手掩住嘴。

“他们想不出进攻地球的方法。”

“我们是坚不可摧的。”妈妈假装严肃地说。

“德里尔用的就是这个词！坚不——他用的就是这个词，妈妈。”

“哦哟，德里尔真是个聪明孩子，会用这么难的词。”

“他们想不出进攻的办法，妈妈。德里尔说——他说要想打一场漂亮仗，就得想办法攻其不备。那样才能赢。他还说你得在敌人内部有内应。”

“第五纵队[①]。”妈妈说。

“对，德里尔就是这么说的。可是他们既想不出让地球人措手不及的法子，也找不到内应。”

“这不奇怪。我们可强大得很呢。”妈妈笑着，开始收拾餐桌。明克坐在那儿盯着桌子，整理着要说的话。

---

① 源自西班牙内战，现泛指敌人派入的间谍或通敌的内奸。

“直到有一天，”明克压低声音夸张地说，“他们想到了孩子们！”

“哎呀！”莫里斯太太欢快地应和。

“他们想到，大人们总是很忙，从不会留意玫瑰花丛和草坪。”

“除非是为了清除蜗牛和霉菌。”

“他还说了些有关维—维的事。”

“维—维？”

“维—吐。”

“维度？”

“一共有四个呢！还说了九岁以下的孩子和想象力的事。听德里尔说话真有意思。”

莫里斯太太累了。“嗯，肯定很有意思。德里尔在等着你呢。时间不早了，如果你想在傍晚洗澡前完成入侵，就得抓紧了。”

“非得洗澡不可吗？”明克老大不愿意地嘟着嘴。

“必须得洗。为什么小孩子都这么讨厌水？无论你生活在哪个年代，孩子们都讨厌洗澡！”

“德里尔说我不必洗澡。”明克说。

“哦，他这么说了，是吗？”

“他跟大家都这么说了。再也不用洗澡。而且每天可以十点再上床睡觉，星期六还可以看两场电视节目，而不是只看一场。”

“哼，德里尔先生说话最好小心点。我要给他妈妈打个电话——”

明克走到门口。“皮特·布里茨和戴尔·杰里克这些家伙给我们找了不少麻烦。他们长大了，开始取笑我们。他们比家长们还过分，说什么也不相信德里尔。他们目中无人，就因为他们长大了。还以为他们不至于这么坏呢。才不过短短两年前，他们还是小孩子呢。我最讨厌他们了。最先要除掉的就是他们。”

“把我和爸爸留到最后？”

“德里尔说你是个危险人物。知道为什么吗？因为你不相信火星人！他们会让我们统治世界的。当然，不只我们几个，还有旁边那条街上的孩子们。我也许能当上女王。”她打开房门。

“妈妈？”

“嗯？”

“什么是逻—辑？”

“逻辑？哦，宝贝，逻辑就是分辨什么是真，什么是假。”

“他提到过这个，”明克说，“还有，什么是可—塑—性—强？”她用了一分钟才把这个词说出来。

“噢，它的意思是——”她的妈妈看着地板，温柔地笑着说，“它的意思是——像孩子一样，亲爱的。”

“谢谢您的午餐！”明克跑出家门，又探回头来说，“妈妈，我保证不会让您受太多罪，真的！”

“好啊，谢谢了。”妈妈回答。

门砰地关上了。

下午四点，可视电话的铃声响了。莫里斯太太翻开面板。“你好，海伦！”她热情地打着招呼。

“你好，玛丽。你们在纽约还好吧？”

“很好。斯克兰顿怎么样？你好像有些疲惫。”

“你也是。还不是孩子们，让人不省心。”海伦说。

莫里斯太太叹了口气。“我们家明克也是。忙着搞什么‘超级入侵’呢。”

海伦笑了。“你们那儿的孩子也在玩那个游戏？”

“哎呀，是啊。等明天他们就该玩几何抓子儿和电动跳房子了。一九四八年那会儿，咱们小时候也这么淘吗？”

“比他们还淘呢。整天玩儿打鬼子[①]游戏。真不知道我父母当初怎么受得了我这个假小子。”

“做爸妈的学会了装聋作哑。”

两人沉默了一刻。

“怎么了，玛丽？”海伦问。

莫里斯太太双眼微闭，舌尖缓缓地舔着下嘴唇，若有所思。“呃？”她猛地一惊，“哦，没什么。只是想了想刚才那句

① 原文是贬称的“日本佬和纳粹”，都是二战时美国的敌人。

话，装聋作哑什么的。别在意。咱们说到哪儿了？”

“我儿子蒂姆迷上了一个叫德里尔的人——好像是叫这个名字。”

“肯定是个新的暗号。明克也喜欢他。”

“没想到居然流行到纽约去了。我猜是口口相传吧。感觉就像废品回收运动[①]一样。我跟住在波士顿的约瑟芬聊过，她说她的孩子们也对这个新游戏狂热得很。它已经风靡全国了。”

就在这时，明克快步走进厨房，端起一杯水大口喝了起来。莫里斯太太转过头问她：“事情进展得怎么样了？”

“就快完成了。”明克回答。

“太好了，”莫里斯太太说，“那是什么？”

“一个悠悠球，”明克说，“看。”

她把悠悠球甩向绳子下方。在到达绳子末端时，悠悠球——消失了。

“看见了吗？”明克说，“变！”她的手指向上一挑，悠悠球便重新出现，沿着绳子迅速向上移动。

“再来一遍。”妈妈说。

“不行。五点钟就要发动进攻了！再见。”明克甩着悠悠球出去了。

海伦在可视电话的那端笑了。“今天早上蒂姆也拿回来一

① 二战时期美国的一种战时动员，回收各种可用物品以补充迅速消耗的战争物资。

个悠悠球，可是当我的好奇心被勾起来之后，他说不会再玩给我看了。于是我自己试了试，结果根本玩不转。”

“你的可塑性不强。”莫里斯太太说。

“什么？”

“没什么。突然想到了而已。有什么要我帮忙的吗，海伦？”

“我想向你请教黑白蛋糕的配方——”

时间昏沉沉流过。白昼即将过去。宁静的蓝天上太阳西斜。草坪上的影子拉长了。孩子们的笑声和兴奋仍在继续。一个小女孩哭着跑开了。莫里斯太太从前门走出来。

“明克，是佩吉·安在哭吗？”

明克正弯腰站在院子里的玫瑰花丛旁边。“是的。她是个胆小鬼。我们现在不带她玩儿了。她太老了，玩儿不了了。我想她是突然间长大了。”

“她就因为这个哭吗？胡说。好好回答我的问题，小姑娘，否则就立刻给我进屋去！”

明克惊恐又恼火地转过头来。“我现在不能停下。就快到时间了。我会听话的。对不起。”

“你是不是欺负佩吉·安了？”

“没有，真的没有。你去问她。是因为——哎呀，她就是个胆小鬼。”

孩子们走过来围着明克站成一圈，她正愁眉苦脸地摆弄着几把汤匙和一个由锤子和管子搭成的方形装置。“这样，然后再这样。”明克一个人嘟囔着。

“出什么事了？”莫里斯太太问。

“德里尔被卡住了，卡在半路上了。要是我们能让他一路通过就好办了。这样其他人就都可以跟在他后面过来。”

“需要我帮忙吗？”

“不用，谢谢妈妈。我能解决。”

“好吧。半小时后我来叫你洗澡。我懒得一直盯着你。”

她回屋坐在电动安乐椅上，喝着杯中剩下的半杯啤酒。安乐椅按摩着她的后背。孩子，孩子。孩子们和爱恨紧紧牵连。有时候孩子们爱你，恨你——转变就在一瞬间。让人捉摸不透的孩子们哪，他们可曾忘记、可曾原谅过那些责罚和严厉得不容分说的命令？她想知道。你怎会忘记，又怎能原谅那些高高在上、对你颐指气使的高大而愚蠢的独裁者呢？

时间一分一秒过去。一种似乎在等待着什么的奇异寂静笼罩着街道，逐渐加深。

五点整。屋里的一台时钟开始轻声报时，唱出柔和的乐音：“五点钟——五点钟。光阴流逝。五点钟。”音乐声响了一阵便复归宁静。

决战时刻。

莫里斯太太的喉咙里发出几声轻笑。决战时刻。

一辆甲壳虫汽车驶入车道。莫里斯先生回来了。莫里斯太太的脸上露出了笑容。莫里斯先生下车，把车门锁好，朝兀自忙碌着的明克打了声招呼。明克没理他。他笑着站了一会儿，看孩子们游戏。然后便走上门前的台阶。

“你好，亲爱的。”

“你好，亨利。”

她坐在椅子的边缘尽力向前探着，倾听外面的声音。孩子们很安静。过于安静了。

他清空烟斗，重新装满烟丝。“愉快的一天。让人感觉活着真好。”

嗞——嗞。

“那是什么声音？”亨利问。

“我也不知道。”她猛地站起来，睁大了眼睛。她想说些什么，又克制住自己。这念头太荒唐了。她突然紧张起来：“孩子们没在外边玩什么危险的东西吧？”她问。

“只是些管子和锤子而已。干吗这么问？”

“没有什么带电的东西吗？”

“绝对没有，”亨利说，“我看过了。”

她走进厨房。嗞嗞的声音仍响个不停。“不管怎样，你最好还是去叫他们别玩了。已经五点多了。告诉他们——”她的眼睛先是睁大，旋又眯起，“告诉他们把入侵推迟到明天。”她紧张地笑了起来。

嗞嗞声变得越来越响了。

“他们在干什么呢？我最好去看看，是吧。”

爆炸了！

房子被震得闷声摇晃。在其他街上的其他院子里同样发生了爆炸。

莫里斯太太不由得尖叫起来。“在上面！”她惊慌失措地喊道，完全失去了理智。也许她从眼角瞥见了什么东西，也许她闻到了什么奇异的味道或是听到了陌生的声音。没有时间跟亨利争论以说服他了。就让他以为她疯了吧。是的，发疯了！她尖叫着跑上楼。他跟在后面，看她要干什么。“在阁楼里！”她大声叫着，“它就在里面！”这只是为了将他及时引到阁楼里而编出来的一个笨拙的借口。哦，天哪——差点来不及！

外面又发生了一次爆炸。孩子们欢呼着，仿佛在观看一场盛大的焰火表演。

“它不在阁楼里！”亨利嚷道，“它在外面！”

“不，不！”她气喘吁吁地坚持着，一边手忙脚乱地打开阁楼的门，“我会证明给你看的。快进来！我会证明给你看！”

他们匆匆走进阁楼。她把门重重地关上，上了锁，拔下钥匙，远远地扔到一个堆满杂物的角落。她语无伦次地说着匪夷所思的事。犹如洪水决堤，整个下午在她的潜意识里暗中积累并逐渐发酵的所有怀疑和恐惧此刻全部倾泻了出来。整个白天一直困扰着她却被她用逻辑和理性小心地拒绝和压制的种种蛛丝马迹此刻全部显现，使她彻底崩溃了。

“完了，完了，”她靠在门上抽泣着，“咱们今晚之前暂时是安全的。也许咱们可以偷偷溜出去，也许咱们可以逃跑！”

亨利也爆发了，但却是为了另外的原因。“你是不是疯了？为什么把钥匙扔掉？可恶！”

“对，对，我是疯了，随你怎么想，但是请留下来陪着我！”

“我就是想走也走不了哇！”

“别出声。他们会听见的。哦，天啊，他们很快就会找到咱们的——”

楼下传来明克的声音。男主人不说话了。只听得嗞嗞嗡嗡的声音响成一片，夹杂着叫喊声和咯咯的笑声。楼下可视电话尖利的铃声固执地响个不停，响得火急火燎，响得令人心惊胆战。是海伦来电吗？莫里斯太太心想。她打电话来是为了我猜到的那个原因吗？

屋里响起脚步声。沉重的脚步声。

“什么人闯到我家里来了？”亨利生气地问，“谁在楼下四处乱走？”

沉重的脚步声。二十，三十，四十，一共五十个人。五十个人拥进了这所房子。沉闷的嗡鸣声中，夹杂着孩子咯咯的笑声。“往这边走！”明克在楼下喊道。

“谁在楼下？”亨利咆哮着，“到底是谁！”

“别出声。哦，不不不不！”妻子抱住他轻声哀求，“求你了，安静些。他们也许会离开的。”

“妈妈？”明克大声叫着，“爸爸？”隔了一会儿，她又喊道：“你们在哪儿？”

沉重的脚步声，沉重得令人窒息的脚步声走上了楼梯。明克在前面带路。

“妈妈？”片刻停顿，“爸爸？”一段沉默的等待。

嗡鸣声再度响起。脚步声向阁楼逼近。明克走在最前面。

莫里斯夫妇在阁楼里瑟瑟发抖，大气儿也不敢出。由于某种未知的原因，这些电气的嗡鸣，奇怪的气味，从门缝里突然照射进来的诡异冷光，以及明克声音里那种陌生的迫不及待，终于使亨利·莫里斯也了解了他们目前的处境。在黑暗和寂静中，他站在妻子身边，不住地发抖。

“妈妈！爸爸！”

脚步声。一阵嗡嗡轻响。阁楼的锁熔化了。门开了。明克向房间内窥探着，高大的蓝色怪影跟在她身后。

“哇嘿，找到你啦。”明克说。

火　箭

许多个夜晚，菲奥雷洛·波多尼都会听着火箭在夜空中的呼啸声醒来。确定妻子仍在熟睡之后，他会蹑手蹑脚地下床，走到屋外的夜风中。有那么一会儿工夫，他可以把河边小屋里过期食品的沉滞味道抛在身后。有那么一个安静的时刻，他能放飞自己的心灵，让它追随着火箭在太空中遨游。

这天夜里，他赤膊站在黑暗中，看着空中潺潺流动的火光。那是火箭正踏上前往火星、土星和金星的漫长而精彩的旅途。

“喂，喂，波多尼。”

波多尼吓了一跳。

静静的河边，一个老人坐在牛奶箱上，也看着天上的火箭划过午夜的寂静。

“噢，是你呀，布拉曼蒂。”

“你每天夜里都出来吗，波多尼？”

“只是出来吹吹风。”

“是吗？我倒是更喜欢看那些火箭，”老布拉曼蒂说，“第一艘火箭升空时，我还是个孩子。如今八十年过去了，我还一次都没坐过呢。”

“有朝一日我会乘着火箭上太空的。”波多尼说。

“别说傻话了！”布拉曼蒂喊道，“你永远也上不了太空。这是有钱人的天下。”他摇晃着花白的脑袋，回忆着，“我年轻的时候，他们用火红的大字写道：‘展望未来世界！科学、舒适和新鲜事物为全人类服务！’哈！八十年了。未来已经变成了现在！咱们坐过火箭吗？没有！咱们依然像老祖宗那样住在简陋的棚屋里。”

“也许我的儿子们——”波多尼说。

“不，你儿子的儿子也不可能！”老人激动地喊了起来，“梦想和火箭都是属于有钱人的！”

波多尼犹豫了一下，说：“老人家，我攒了三千块钱。攒了六年，本来想用在生意上，添置些新设备。可是这一个月来，我每个晚上都失眠。我听着火箭的声音，想了又想。今晚我终于下了决心。我要用这笔钱送一个人去火星！”他的黑眼睛闪耀着光芒。

“白痴，”布拉曼蒂厉声说，“你要如何选择呢？让谁去？要是你自己去，你妻子会恨你的，因为上太空会让你离上帝更近。将来，当你津津有味地给她讲述你的精彩旅行时，她难道不会感到痛苦的煎熬吗？”

“不，不会的！”

“当然会！还有你的孩子们，他们会怎么想？他们这一生是否都将无法摆脱爸爸飞去火星却把他们留在这里的记忆？你将会给你的孩子们树立一个多么不切实际的目标。他们将会终生惦记着火箭，他们将夜不能寐，思念成疾，就像你现在这样。如果无法成行，他们会痛不欲生的。不要设定这个目标，我提醒你。让他们安于贫穷。让他们把眼光放在手头力所能及的事情上，放在你的废品旧货栈上，不要投向缥缈的星空。”

“可是——”

“假设去的是你妻子。知道她看到了你无法看到的景象，你会有什么感受？她将会罩上一层神圣的光环，而你会想要把她推进河里。不，波多尼，还是去买一台新的废旧汽车拆解机吧，这才是你需要的，用它把你的梦想撕开，再砸个粉碎。”

老人渐渐平静下来，默默凝视着河水，映红了天际的火箭的倒影正沉没在水中。

“晚安。”波多尼说。

“睡个好觉。”老人说。

当烤面包片从银色的面包机里弹出来时，波多尼差点儿惊叫出声。他一夜没合眼。躺在躁动不安的孩子们和体格庞大的妻子身边，波多尼辗转反侧，呆呆地出神。布拉曼蒂是对的。最好把钱用来投资。如果只能送一个人搭乘火箭去旅行，而让其他家庭成员在失望中难过不已，攒这些钱又有什么意义呢？

“菲奥雷洛，把你的烤面包片吃了。”他的妻子玛丽亚说。

“我的嗓子太干了。”波多尼回答。

孩子们跑进屋来，三个男孩在争抢一个玩具火箭，两个女孩手里拿着娃娃，都是按照火星、金星和海王星居民的模样制作的、长着三只黄色眼睛和十二根手指的绿色玩偶。

“我看见去金星的火箭了！”保罗兴奋地叫道。

“它‘嗖’的一声就飞上天了！”安东内洛模仿着火箭的声音。

“别吵！”波多尼大喝一声，抬手捂住耳朵。

孩子们呆呆地看着他。他很少冲他们喊叫。

波多尼站起身来。“你们都听我说，”他说，“我有足够的钱让一个人坐火箭去火星。”

大家欢呼起来。

“你们听懂了吗？”他问，“只能让一个人去。谁去？”

“我，我，我！”孩子们一迭声地叫着。

“你去。”玛丽亚说。

“你去。”波多尼说。

全家人都沉默了。

孩子们想了想说：“让洛伦佐去吧，他是老大。”

“让米丽安去吧，她是女孩儿。”

“想象一下你将会看到的壮观景象，”波多尼的妻子对他说，但是她的眼神却有些闪烁，声音也在颤抖，“流星多得像水里的鱼。浩瀚的宇宙，宁静的月球。坐上火箭的那个人应该能在回来之后把他的经历对大家娓娓道来。你就很善于表达。”

“胡说，你也一样啊。”他反驳道。

每个人都激动不安起来。

“这样，”波多尼怏怏不乐地说，他从一把笤帚上揪下几根长短不一的麦秆，“谁抽到短的谁就去。”他把麦秆攥在拳头里，“抽吧。”

大家神色凝重地轮流抽签。

“长的。”

“长的。”

又一根被抽了出来。

“长的。”

孩子们抽完了。房间里鸦雀无声。

还剩两根麦秆。波多尼感到心脏一阵悸动。“玛丽亚，”他低声说，“该你了。”

她抽出一根。

“短的。”她说。

“啊，”洛伦佐叹息一声，半是高兴，半是难过，“妈妈要去火星了。”

波多尼努力挤出一个微笑。“恭喜。我今天就去给你买票。”

“等等，菲奥雷洛——”

“你下星期就可以出发。”他喃喃地说。

她看着孩子们沮丧的眼神，看着他们高挺的鼻子下面露出的勉强的笑容，慢慢地把麦秆放回丈夫手中。“我不能去火星。”

“为什么？”

“我再过不久就要生孩子了。”

“什么！”

她躲闪着不看他的眼睛。“我现在的状况不适合出远门。”

他揽住她的肘弯：“你说的是真的？”

“再抽一次。重新来过。”

“你之前为什么没告诉我？”他将信将疑地追问着。

“我忘记了。”

“玛丽亚，玛丽亚。”他轻轻拍着她的面颊，柔声说。

他对孩子们说：“再抽一次。”

保罗一下就抽到了短的那根。

“我要去火星了！”他高兴得手舞足蹈，“谢谢您，父亲！”

其他几个孩子慢慢向后退去。“太好了，保罗。”

保罗收住笑容，仔细打量着父母和兄弟姐妹。“我可以去，是吗？”他犹疑地问。

“是的。”

“我回来后，你们还会像从前一样爱我？”

“当然。”

保罗细细端详着自己颤抖的手中握着的那根宝贵的麦秆，摇了摇头，把它扔掉了。“我差点儿忘了。开学了，我走不了。再抽一次吧。”

但是没有人肯再抽了。忧伤的情绪笼罩着每一个人。

“我们谁也去不了。”洛伦佐说。

“这样最好。”玛丽亚说。

“布拉曼蒂是对的。”波多尼感慨道。

肚子里的早餐还在消化，菲奥雷洛·波多尼就开始了在废品旧货栈的工作，将金属切割、熔化，留下可用的铸锭。他的设备已严重老化，同行的激烈竞争已经使他在贫困边缘苦苦挣扎了二十年。整个上午他的心情都很低落。

下午，一个人走进废品旧货栈，朝正在操作拆解机的波多尼打了声招呼：“嗨，波多尼，我这儿有些废旧金属可以卖给你！”

“是什么呢，马修斯先生？”波多尼没精打采地问。

“一艘火箭飞船。怎么了，你不想要？”

“想要，想要！”他一把抓住那人的胳膊，又困惑地顿住了。

“当然了，”马修斯接着说，“那只是一件模型。你知道，他们在设计火箭时，都会先制作一个和实物同样大小的铝制模型。把它熔成铝锭能让你小赚一笔。出两千块钱它就归你了——”

波多尼松开手。“我拿不出这笔钱。”

“抱歉，我还以为能帮你个忙呢。上次咱们见面时，你说别人收废品的出价都比你高。我本想悄悄把它卖给你。既然这样——”

“我需要更新设备。我存钱就是为了这个。”

“我理解。”

“如果买下这艘火箭，我甚至都没办法把它熔解。我的熔铝炉上星期坏了——”

“噢。”

“即使我买下它，也派不上用场。”

“我明白。”

波多尼眨了眨眼睛，闭上了一会儿。然后他睁开双眼，盯着马修斯先生：“可我是个大傻瓜。我会从银行里把钱取出来付给你的。”

“但是如果你没办法处理它的话——”

“把它送来吧。”波多尼说。

“好吧，既然你这么说。今天晚上行吗？”

“好的，今天晚上就行，”波多尼说，“是的，我希望今晚就能拥有这艘火箭飞船。”

月亮出来了。巨大的白色火箭停放在废品旧货栈里，映射着皎洁的月光和幽蓝的星光。波多尼看着它，心里充满了热爱。他想要抚摸它，躺在它旁边，脸颊紧紧地贴着它，向它倾诉所有深藏在心底的想望。

他抬头凝视着它。“你是我的了，”他说，“即使你永远不会喷火不会动，只是在这儿静静地待上五十年，逐渐变得锈迹斑斑，你也是我的。”

火箭散发着时间和远方的气息。宛如走进一架时钟，它的做工精细得仿佛出自瑞士工匠之手，简直可以把它佩戴在表链上。“我今晚干脆想睡在这里好了。”波多尼兴奋地自语道。

他坐上驾驶席。

他的手放在操纵杆上。

他合上双眼，嘴里发出哼鸣声。

哼鸣声越来越响，越来越高，越来越狂放，越来越奇异，越来越酣畅激越，令他忘情地俯下身去，将他和飞船拉进一片喧嚣的寂静，一片金属的尖鸣之中。与此同时，他的双手在控制器上飞舞，紧闭的双眼不住地抖动。哼鸣声不断增强，直到化作一团火焰，一股力量，一股向上推举的强劲力道，似乎就要将他撕成两半。他大口喘息，反复哼唱，不曾停止，因为已无法停下，只能继续。他的眼睛越闭越紧，心跳越来越快。“发射！”他狂呼道。颠簸震荡！雷霆万钧！“月亮！”他紧闭双眼大声喊道，“流星！”耀眼的光芒无声地划过，“火星。哦，天啊，火星！火星！”

他瘫靠在椅背上，筋疲力尽，气喘吁吁。他颤抖的双手松开控制器，头无力地向后仰着。他就这样坐了很久，喘息着，心跳渐趋平稳。

缓缓地，缓缓地，他睁开双眼。

废品旧货栈依然如故。

他一动不动地坐着，向成堆摆放的废铜烂铁注视了一刻，目光一瞬也不曾离开。然后，他突然跳起来，用脚踢着操纵杆。“起飞啊，该死的！”

飞船静默无声。

“我来教你！”他怒吼道。

他踉跄着走到舱外的晚风中，启动马达，开动令人胆寒的拆解机向火箭逼近。他操纵着重锤高高扬起在洒满月光的半空中，颤抖的双手已准备好将重锤投落，砸碎这个傲慢而虚妄的梦想，这个他花了多年积蓄买来，却一动不动毫无用处的废物。“让我来教教你！”他高喊着。

但他的手却停住了。

银色的火箭沐浴在月光下。在它后面，隔着一条马路，家里的黄色灯光散发出融融暖意。他远远地听见家里的收音机在播放着音乐。他在原地坐了半个钟头，思绪围绕着火箭和家里的灯光，眼睛时而眯起，时而瞪大。最后，他走下拆解机，朝家里走去，边走边笑。到了房子的后门，他深吸一口气，大喊：“玛丽亚，玛丽亚，开始收拾行李。咱们要去火星了！”

“喔！”

“啊！”

“简直不敢相信！”

“你会相信的，会的。”

孩子们在刮着风的旧货场上努力保持着平衡，他们站在熠熠发光的火箭脚下，还没碰到它，就开始兴奋地呼喊起来。

玛丽亚看着自己的丈夫。“你干了些什么呀？”她说，“把钱花在这东西上？它永远也飞不起来。”

“它会飞起来的。”他望着火箭回答。

“火箭飞船价值几百万。你有那么多钱？”

“它会飞起来的。”他固执地重复着，“好了，你们先进屋去。我还有几个电话要打，还有工作要做。咱们明天出发！别跟别人说，听见了吗？要保守秘密。”

孩子们恋恋不舍地从火箭旁走开了。不一会儿，他看见家里的窗户上露出他们热切的小脸儿。

玛丽亚没有走。“你把这个家毁了，”她埋怨道，“钱都花在了这个——这么个玩意儿上。你该用那笔钱去买设备的。”

“你会明白的。”他说。

她一言不发，转身离开了。

“愿上帝帮助我。”他低声说了一句，便开始了工作。

夜里不断有货车送来大大小小的包裹。波多尼面带微笑，花光了银行账户里的钱。他用喷灯和金属剥离器对火箭加以改造，添加了一些部件，拆除了一些部件，既有大刀阔斧的改动，又有不露痕迹的调整。他在火箭空荡荡的发动机房内安装了九台老式汽车发动机，然后将机房焊死，这样就没人能发现他暗中下的功夫了。

黎明时分，他走进厨房。“玛丽亚，”他说，“我想吃早饭。”

她没有作声。

日落时分，他召唤孩子们：“准备好了，咱们出发！”屋里一片寂静，无人回应。

“我把他们锁在壁橱里了。”玛丽亚说。

“你这是什么意思？”他问。

“你们会在这艘火箭上丧命的。”她说，“两千块钱能买到什么样的火箭？只会是次品！”

“听我说，玛丽亚。”

“它会爆炸的。再说，你又不是飞行员。”

“即便如此，我还是能驾驶这艘火箭。我已经把它修好了。”

“你已经疯了。”她说。

“壁橱的钥匙呢？”

“在我这儿。”

他伸出手：“给我吧。”

她把钥匙交给他。“你会害死他们的。”

“不，不会的。”

“会的，你一定会。我有预感。”

他站在她面前。“你不跟我们一起去吗？”

“我要留在这里。”她回答。

“你会明白的，到时候你就知道了。”他冲她微微一笑。

他打开壁橱的门：“来吧，孩子们，跟我来。”

“再见，再见了，妈妈！”

她站在厨房窗口，定定地看着他们离去的背影，沉默着。

来到火箭的舱门外，父亲叮嘱道：“孩子们，咱们即将离家一个星期。然后你们就得回来上学，我也要继续工作。”他依次拉过孩子们的手，“听好了。这艘火箭已经很旧了，只能再飞最后一次，以后都不能再飞了。这将是你们一生中唯一的一次太空旅行。一定要把眼睛睁得大大的。”

“好的，爸爸。”

“还有，耳朵和鼻子也要时刻保持敏锐。在火箭上的一点一滴都要用心感受，牢牢记住。这样，等你们回来之后，这次经历足以让你们骄傲地记上一辈子了。”

“知道了，爸爸。”

火箭安静得像一只停摆的时钟。密封舱门咻的一声在他们身后关闭了。波多尼用安全带把孩子们固定在橡胶吊床上，看上去像一个个小木乃伊。“准备好了吗？”他大声问。

“准备好了！”孩子们齐声回答。

“发射！”他迅速打开十个开关。火箭轰鸣着一跃而起。孩子们兴奋得一边尖叫一边在吊床上手舞足蹈。

“这是月亮！”

月亮如梦境般从他们身边掠过。流星像烟花一样骤然绽放。在一连串令人目不暇接的景色之中，时间在一点点流逝。孩子们不时地欢呼赞叹着。几小时后，他们被从吊床上放下来，透过舷窗看着外面的世界。“那是地球！”“那是火星！”

火箭沿途撒下粉红的火焰花瓣，时针不停地旋转，孩子们的眼皮慢慢低垂，渐渐合上。终于，他们像沉醉的飞蛾悬在虫茧般的吊床上睡着了。

“很好。”波多尼小声说。只有他还醒着。

他蹑手蹑脚地从驾驶舱走到气密舱门旁，提心吊胆地站了好一会儿。

他按下一个按钮。舱门打开，他走了出来。是走进太空吗？走进涌动着流星和缥缈的亮光的漆黑浪潮？走进飞速的运行和无尽的维度之中？

不。波多尼笑了。

环绕着那艘不断震颤的火箭的，依然是废品旧货栈。

上了挂锁的旧货栈大门，河边寂静的小屋，透着灯光的厨房窗口，破败的景象依然如旧，河水也依然流向同一片海洋。而在旧货栈中央，火箭震动着，低吼着，正在制造一个迷人的幻梦。它摇动，轰鸣，将网床上的孩子们颠荡得仿如落在蛛网上的飞蝇。

玛丽亚站在厨房的窗前。

他微笑着朝她挥挥手。

他看不见她是否也向他招手。也许轻轻地挥了一挥。也许微微地笑了一笑。

太阳升起来了。

波多尼赶忙走回船舱。船舱里悄无声息。孩子们仍在熟睡。他轻松地舒了口气，把自己固定在吊床上，闭上眼睛，心里默祷着。哦，但愿在接下来的六天里，这个幻梦不要有任何差池。但愿整个宇宙向我们展开画卷，红色的火星从飞船下方升起，火星的卫星围绕着它旋转。但愿那卷彩色影片没有任何瑕疵。但愿所有的景物都呈现出三维立体效果，但愿幕后那些用来制造这场幻梦的镜子和银幕不要出问题。但愿时间可以平稳地度过。

他醒了。

红色的火星浮现在飞船近旁。

“爸爸！”孩子们挣扎着要从吊床上下来。

波多尼看着舷窗外的火星，它很完美，没有破绽，他很满意。

第七天的日落时分，火箭停止了震动。

“咱们到家了。”波多尼说。

他们走下火箭，穿过废品旧货栈。他们的血液在欢腾地流淌，脸上焕发着光彩。

“我为你们准备了火腿煎蛋。”玛丽亚在厨房门口迎接他们。

“妈妈，妈妈，你真该跟我们一起去，去看宇宙，去看火星，还有流星和所有的一切！”

“是啊。”她回答。

临睡前，孩子们一起来到波多尼面前。“我们想要对您说声谢谢，爸爸。”

“这没什么。”

“我们会永远记住这次旅行的，爸爸。永远也不会忘记。”

夜已经深了，波多尼睁开眼睛。他感觉到躺在身边的妻子正在看着他。她一动不动地凝视了他很长时间，然后突然凑过来亲吻他的脸颊和额头。“你这是怎么了？”他吓了一跳。

“你是天底下最好的父亲。”她对他耳语。

“为什么这么说？”

“我现在明白了，”她说，“我懂了。”

她仰面躺下，握着他的手闭上眼睛。“这趟旅行很愉快吧？”她问。

“是的。”他说。

“也许，”她说，“也许哪天夜里，你可以带着我来一场小小的旅行，怎么样？”

“一场小小的旅行，也许可以。”他说。

“谢谢你，”她说，“晚安。”

“晚安。”菲奥雷洛·波多尼说。

图案人

“嘿，图案人！”

伴着汽笛风琴尖厉的声响，威廉·菲利普斯·菲尔普斯先生双手抱在胸前，高高地站在夏夜的舞台上，引来一众围观的人群。

他就是一幅完整的文明版图。在中央国度，他的胸膛上，栖居着巨兽一族——龙以他的乳头为眼睛，在他的赘肉中，在他如女人般丰满的胸脯上回旋盘绕。他的肚脐是一头眯缝眼怪物的嘴巴——巫婆般干瘪丑陋，没有牙齿。而他的腋窝则成了暗夜精灵的藏身之所，它们潜伏在这缓缓滴淌着地下溶液的神秘洞穴中，从茂密的爬藤和缠挂的须蔓的缝隙间向外窥探，眼里闪着嫉妒的光。

在一千支孔雀翎羽的默默注视下，威廉·菲利普斯·菲尔普斯先生从畸形秀的舞台上向下望了一眼，只见妻子丽莎贝丝远远地站在铺着锯末的场地另一端，一边将观众的入场券撕成两半，一边盯着经过的男人们的银质皮带扣。

威廉·菲利普斯·菲尔普斯先生的手上文着玫瑰刺青。当他看到妻子的兴趣所在，那些玫瑰花瞬时枯萎了，仿佛阳光的消逝带走了它们的生气。

一年前，当他领着丽莎贝丝去婚姻登记处，看着她用墨水笔将自己的名字一笔一划地填在表格上时，他的皮肤还是白皙纯净的。他的心头忽然一凛，低头看着身上。如今的他就像是一大幅涂满颜料的画布，在晚风中微微颤抖！这变化是怎么发生的？这一切是从何而起的？

一切都始于争吵，随后才有了那些赘肉和那些图案。夫妻俩在夏日的夜晚争执不休，她像一把铜号在他的耳边不停地喊叫。他出门去躲清静，吃了五千个热腾腾的热狗，一千万个汉堡，吃掉的嫩洋葱可以堆成一座森林，喝下去的橘汁可以填满几个红海。薄荷糖筑就了他雷龙般粗壮的骨骼，汉堡包塑造了他气球般鼓胀的身材，草莓汽水在他的心脏瓣膜间甜得发腻地泵进泵出。最后，他变成了一个体重三百磅的大胖子。

“威廉·菲利普斯·菲尔普斯，”在婚后第十一个月，丽莎贝丝对他说，“你又蠢又肥。”

就在那天，游乐场老板交给他一个蓝色信封。“抱歉，菲尔普斯。你现在顶着那么个大肚子，我留着你已经没用了。”

“我不是一直都是这儿的台柱吗，老板？”

“过去是，现在不是了。现在你整天坐着，活儿都干不完。”

“我可以扮演‘大块头’。”

“我已经有一个‘大块头’了。那又不稀罕。”老板上上下下打量着他，“不过呢，自从去年‘活画廊’史密斯死后，我这儿倒是还缺一个文身演员……”

那是一个月前的事了。短短四星期。他听别人说，远在威斯康星州山峦起伏的乡下有一个文身师，是个老妇人，手艺精湛。如果他走那条土路，到了河边右转，然后再左转……

他走过一片被阳光晒得焦黄的草地。红色的鲜花迎着他开放，在风中频频点头。他来到一座仿佛经历了一百万次风吹雨打的破旧小木屋。

门内是一间阒静无声的空荡荡的房间，房间正中坐着一个老妇人。

她的眼睛上缝着红色的松香线，鼻子上缝着黑色的粗蜡线。她的耳朵也被缝上了，仿佛有一只蜻蜓缝死了她的所有感官。[①] 她一动不动地坐在空房间里，四下里积着一层黄色的灰尘，多少个星期都没有足迹印在上面——如果她曾经走动过，一定会留下印迹，但是没有。她瘦削的双手相互摩挲着，像是在抚弄生锈的乐器；双足赤裸而污秽，像是套了双橡胶雨鞋。她脚边摆放着许多小瓶子，里面盛着各种文身颜料：红色、闪电蓝、棕色和猫黄色。她就像是被严严实实地缝进了无声的世界。

但她的嘴却没有被缝上。她开口说："进来，坐下，我一个人太孤单了。"

---

① 欧美人多将蜻蜓视为不祥之物，美国各地方言对蜻蜓的叫法繁多，北部和西部根据其外形有"needle（针）"、"darning needle（织补针）"等叫法，而南方一种广泛流行的传说认为蜻蜓跟在蛇的身边，为蛇缝合伤口，故而将其称为"snake doctor（蛇医）"。

他没有照办。

“你是为了那些画儿来的，”她尖着嗓子说，“我有一幅画要先给你看。”

她猛地伸出一只手掌，用另一只手轻轻指点着。“瞧！”她大声说。

那是一幅威廉·菲利普斯·菲尔普斯的肖像文身。

“是我！”他惊讶地说。

她的叫声把他拦在了门口。“别跑。”

他牢牢扒住门框，背对着她。“是我，你手上是我的画像！”

“它已经存在了五十年了。”她像抚摸一只猫一样反复摩挲着那个文身。

他转过身来。“这是个旧文身。”他缓缓走过去，凑近她，低下头惊讶地看着。他伸出一只颤抖的手指轻轻触摸那幅画面。“旧的。这怎么可能！你不认识我，我也不认识你。而且你的眼睛完全被缝上了。”

“我一直在等着你，”她说，“等着你们很多人。”她摊开手脚，像古董椅椅背上的纺锤形立柱，“我身上的画像中，有些画像主人已经来见过我了。另一些画中人会在未来的一百年内前来。而你，现在就来了。”

“你怎么知道是我？你又看不见！”

“你让我感觉到了狮子、大象和老虎的气息。解开衬衫。你需要我，别害怕。我的针和医生的手指一样干净。完成你身上的图案后，我会继续等待其他人来这里找我。有朝一日，也许在一百个夏天之后，我将去森林里，躺在一丛白蘑菇之下。待到春天来临，人们什么也不会找到，只有一朵小小的蓝色矢车菊……”

他开始解衬衫纽扣。

“我洞悉遥远的过去，清晰的现在，以及更为深远的未来。”她低声说着，仰起脸，一双盲眼对着这个她看不见的人，“我身上的图案，我也将画在你的身上。你将是宇宙中唯一一个真正的图案人。我要在你的皮肤上文上特别的图案——它们能预知未来，让你永生难忘。”

她用针在他身上刺了起来。

那天晚上，他像喝醉了似的既惊恐又兴奋地跑回游乐场。哦，那个尘埃女巫这么快就在他身上织满了色彩和图案。被她手中的银蛇噬咬了一个漫长的下午之后，他的身上布满了栩栩如生的画像。他看上去就像是失足掉进了一台印花机，被印花辊子碾压成了一张五彩斑斓的图画，又像是披上了一件绘满了山精野怪和猩红色恐龙的外套。

“瞧！”他大声招呼丽莎贝丝，一把撕开身上的衬衫。她从梳妆台前抬头瞟了他一眼。他站在拖车房毫无遮拦的灯光下，伸展着宽大的胸膛。瞧，那些半身是少女半身是山羊的妖怪正随着他的二头肌的收缩而跳跃。瞧，他的下巴上有个地狱冤魂的国度。随着他的下巴扬起和落下，无数细小的蝎子、甲虫和老鼠在手风琴风箱般层层叠叠的肉褶中聚集、藏匿、出没，骤然出现或消失。

“天啊，”丽莎贝丝说，“我的丈夫变成了怪物。”

她跑出拖车房，留下他一个人对着镜子左照右照。他为什么要去文身？为了有一份工作，没错，但最重要的，是要遮盖那些在他的骨架上不断积聚、令人无法忍受的脂肪。他要把肥肉藏在五颜六色的奇幻图案之下，不让他妻子看见，更重要的是不让他自己看见。

他回想起老妇人最后的叮嘱。当时她已经在他身上文好了两幅特殊的图案，一幅在胸前，一幅在背后，但却不让他看，而是用胶布将它们蒙上了。

“暂时先别看这两幅。”她说。

“为什么？”

“等过些时候再看。未来就在这两幅画里。现在不能看，否则就把画面破坏了。它们还没完全定型。我将颜料注入了你的皮肤，你的汗水将完成最终的绘制——未来就在你的汗水和心念之中。”她咧着没牙的嘴笑了笑，“下周六晚上，你可以打出广告！‘盛大揭幕！来看图案人揭晓神秘画面！’你可以靠这个赚钱。你可以像美术馆那样让观众买票入场。告诉他们，你身上有一幅画连你自己都没看过，世上的人谁也没看过。那是一幅最不寻常的画，几乎像活的一样，而且能预言未来。敲起鼓点，吹响小号，在盛大的揭幕式上将它展示在众人面前吧。”

“真是个好主意。”他说。

“但是只能揭晓你胸前的画，”她叮嘱道，“先揭晓这幅。背后的画必须继续用胶布遮好，留到下一个星期再揭晓。明白吗？”

“我该付你多少钱？”

“一分钱也不用付，”她回答，“如果你带着这些文身回到人群中，我获得的满足感就足以作为我的回报。接下来这两个星期，我会坐在这儿，想着我的画是多么巧妙，因为它们同你们每一个人以及你们的内心都是那么契合。好啦，离开这里吧，再也不要回来。再见。”

“嘿，盛大揭幕！”

红色的演出海报在晚风中招摇：“图案人”！——绝非普通的文身人！胜过米开朗基罗！今晚为您奉上！门票十美分！

演出时间到了。在这个周六的夜晚，观众们急躁地踢着脚下的锯末。

“再过一分钟——”游乐场老板用手中的纸板扩音器指点着——“就在我身后的帐篷里，我们将为您揭晓图案人胸前的神秘图案！下周六晚上，同样的时间，同样的地点，我们将为您揭晓图案人背后的画面！叫上你们的朋友们一起来吧！”

突突突，响起一通开场的鼓声。

威廉·菲利普斯·菲尔普斯先生往后一跳，一闪身不见了。观众们拥入帐篷，发现他已经在另一座台子上摆好了架势，乐队奏起一支轻快的乐曲。

他的目光搜寻着自己的妻子，看见她混迹于人群中，犹如一个前来观看怪物表演的陌生人，脸上的表情既轻蔑又好奇。因为他毕竟是她丈夫，而那些图案却是他身上不为她所知的东西。发现自己成为了这个扰攘的宇宙、这个游乐世界的中心，哪怕只有一个晚上，也使他顿感自己高大了许多，浑身散发着光和热。就连其他畸形人——骷髅人、海豹男孩、瑜伽人、魔术师和气球人——也纷纷站到了观众群中。

“女士们先生们，让我们共同见证这一伟大时刻！”

小号吹出华丽的装饰音，鼓槌在紧绷的牛皮鼓面上敲出低沉而密集的鼓点。

威廉·菲利普斯·菲尔普斯先生抖落身上的披风。在明晃晃的灯光下，只见各色恐龙、山精野怪和半人半蛇的女妖在他的皮肤上来回扭动。

啊，人群轻声赞叹着，毫无疑问，他们从来没见过这么特别的文身人！那些野兽的眼睛仿佛闪着红色和蓝色的火光，时而眨动，时而滴溜溜地乱转。他手指上的玫瑰似乎散发着粉红色的甜美芬芳。霸王龙直立在他的腿上，燠热的帐篷顶上回荡着响亮的铜号声，仿佛是从这头红色巨兽的喉中发出的史前咆哮。威廉·菲利普斯·菲尔普斯先生就像一座突然焕发了生命的博物馆。鱼群在电光蓝色的海水中游动。喷泉在金色的阳光下闪闪发亮。古老的建筑矗立在丰收的麦田里。火箭的光芒划过广袤的宇宙空间。哪怕他只是轻轻吸一口气，都有可能在这个图画宇宙中造成巨大的混乱。在众人如痴如醉的注视下，他尽情地展示着自己的身体，仿佛整个人都在燃烧，而他身上的精灵鬼怪都不由得向后退缩，以躲避他的自豪之火那灼人的热浪。

游乐场老板将手搭在胶布上。观众们如潮水般拥到台前，夏夜宽敞而闷热的帐篷里鸦雀无声。

“现在才是大开眼界的时刻！”游乐场老板大喊一声。

他一把撕下胶布。

有那么一瞬间，观众没有做出任何反应。有那么一瞬间，图案人以为这场揭幕表演变成了一个无法挽回的可怕失败。

但是紧接着，人群开始小声抱怨开了。

游乐场老板向后退了两步，两眼发直。

过了一会儿，人群尽头的一个女子开始放声大哭，抽抽搭搭地哭个不停。

图案人缓缓地低下头，看着自己赤裸的胸膛和腹部。

眼前的景象令他手上的玫瑰褪去了娇艳的颜色，黯然凋零。极地般的严寒从他的心脏中源源不断地向外奔涌，他身上所有的生灵似乎都随之变得憔悴而皱缩。他不由得颤抖起来，双手摸索着那幅异常可怖的画面，那幅活动的、有生命的画面。就像是朝一个小屋中窥探，看到别人生活中如此私密、如此离奇的一幕，让人既无法相信，也无法长时间注视而不转过头去。

画中人是他的妻子丽莎贝丝和他自己。

他正在动手杀妻。

在威斯康星州这片林木繁茂的地区中心，在夜幕下的这座帐篷里，在一千个人的注视下，他正在杀害自己的妻子。

他那双开满鲜花的大手卡住她的喉咙，她的面容逐渐晦暗下去，他却继续用力，用力，又掐了一分钟也没有停手。画面栩栩如生。就在观众眼前，她死去了，而他则面色惨白，仿佛生了一场大病。帐篷像巨大的蝠翼诡谲地拍打着，天旋地转，他一头栽进了台下的人群中。他最后听到的是一个女人的啜泣声，远远地，从沉默的人群彼岸传来。

那个哭泣的女人正是丽莎贝丝，他的妻子。

夜里，他的床被汗水浸湿了。游乐场的喧嚣早已消散，他的妻子此刻躺在自己的床上，也已经静下了声息。他摸索着自己的胸脯，胶布平滑熨帖——他们命令他把它贴了回去。

他之前晕倒了。苏醒之后，游乐场老板冲他咆哮："你怎么不早点儿告诉我画的是什么？"

"我也不知道，真的不知道。"图案人回答。

"老天爷啊！"老板说，"你把大家都吓得够呛。把丽兹吓得要命，把我也吓得要命。可恶，你是从哪儿弄来这该死的文身的？”他全身一震，犹有余悸，“马上给丽兹道歉。”

他的妻子俯身对着他。

“对不起，丽莎贝丝，”他闭着眼睛虚弱地说，“我先前并不知情。”

“你是故意的，”她说，“就为了吓我。”

“对不起。”

“要么它走，要么我走。”她说。

“丽莎贝丝。”

“我再说一遍。要么你把这个文身弄掉，要么我退出表演。”

“没错，菲尔，”老板说，“这件事就这么处理。”

“你亏钱了吗？观众要求退钱了吗？”

“这不是钱的事儿，菲尔。事实上，消息传开后，又有好几百人想要入场。但我经营的是正经演出。必须把那个文身去掉！这是你搞的恶作剧吗，菲尔？”

他在溽热的床上翻了个身。不，不是恶作剧，绝对不是。他受到的惊吓不比任何人轻。不是恶作剧。那个瘦小苍老的尘埃女巫，她到底对他做了什么，又是如何做到的？是她把那幅画放在那里的吗？不，她说过那幅画尚未完成，要靠他用自己的想法和汗水将它完成。嗬，这工作他做得可真不赖！

可是，就算是这样，又有什么要紧呢？他不想杀人，不想杀丽莎贝丝。为什么这样一幅愚蠢的画面会于黑暗中在他身上灼灼放光呢？

他的手指小心翼翼地缓缓向下滑动，轻抚着那幅被掩藏的画面。他紧紧地按住那块不住颤抖的地方，那里的温度高得吓人。他几乎能感觉到那幅邪恶的小画整夜都在不停地杀戮、杀戮、杀戮。

我不想杀她。他看着她的床，坚定地想。然后，过了五分钟，他问出声来："也许，我想？"

"什么？"她大叫一声，被惊醒了。

"没什么。"他顿了顿，回答说，"睡吧。"

那个人向前探着身子，手上拿着个嗞嗞作响的家什。"五块钱一英寸。把文身弄掉可比把它们弄上去贵。好了，把胶布揭开吧。"

图案人照他吩咐的做了。

那个皮肤科技师身子往后一仰。"好家伙！怪不得你要把它弄掉！太吓人了。我简直连看都不想看。"他啪的一声开动仪器，"准备好了吗？不会疼的。"

游乐场老板站在帐篷门口看着。五分钟后，皮肤科技师咒骂了一声，换了个针头。十分钟后，他不耐烦地蹭着椅背，挠了挠头。半小时过去了，他起身叫威廉·菲利普斯·菲尔普斯先生穿上衣服，然后便开始收拾东西。

"等等，"游乐场老板说，"你的活儿还没干完呢。"

“我不干了。”皮肤科技师说。

“我出的价钱已经很高了。怎么回事？”

“没什么，就是那该死的破画儿根本去不掉。那破玩意肯定已经渗到骨头里去了。”

“胡说八道。”

“先生，我干这行已经三十年了，从来没见过这种文身。要我说，它得有一英寸深。”

“可是我必须得把它去掉！”图案人绝望地喊道。

技师摇摇头。“只有一个办法能把它去掉。”

“什么办法？”

“拿刀把你的胸脯割下来。那样，你虽然也活不久了，但那幅画总算是能去掉。”

“回来！”

技师扬长而去。

周日的晚上，他们听到外面一大群人等候入场的声音。

“来的人可真多。”图案人说。

“可是他们看不着他们专程来看的东西了，”游乐场老板说，“除非你贴上胶布，否则不能出场。别动，我对你背后的这一幅很好奇。也许咱们可以给他们展示这幅新的画。”

“那个老太太说这幅画要等一周左右才能看。她说它需要时间慢慢定型。”

游乐场老板把图案人背后的白色胶布轻轻掀开一角。

“看见什么了？”菲尔普斯先生弯着腰紧张地问。

游乐场老板把胶布重新贴好。“老兄，你可真是个没用的家伙。你怎么能让那个老太太这么对待你？”

“我当时也不知道她是什么人。”

“她肯定是骗了你。这里一片空白，根本没有图案，什么都没有。”

“会显现出来的。你等着看好了。”

老板笑了。“好吧。来，咱们得让观众欣赏一下你身上的文身，哪怕是局部的也好。”

他们在热烈的音乐声中出场了。

午夜时分，他那庞大的身躯站在镜子前。他的世界业已倾斜，正朝他呼啸而来，威胁着要将他卷入镜中。他像个盲人似的伸出双手，努力保持着平衡。灯光昏暗的桌面上摆放着双氧水、酸液、银剃刀和几块砂纸。他逐个拿起它们，浸泡他胸前那片邪恶的文身，用力刮擦着。他就这样不停地折腾了一个小时。

忽然，他察觉到有人站在他身后的拖车房门口。此时已是凌晨三点。他闻到了淡淡的啤酒味。她从镇上回来了。他听着她沉缓的呼吸声，没有回头。“丽莎贝丝？”他叫了一声。

“你最好把它弄掉。”她说，一边看着他用砂纸磨那块文身，一边走进拖车房。

“我没想过要文这种图案。”他辩解道。

“你想，”她说，“你就是成心的。”

“我没有。”

“我了解你，”她不依不饶，“哼，我知道你恨我。噢，那没什么。我也恨你。我恨你已经恨了好久了。老天呀，自从你长出那一身肥肉，你还奢求有人爱你吗？我可以让你知道恨是怎么回事。你为什么不来向我请教请教？”

“别来烦我。”他说。

“当着那么多人的面，出我的洋相！”

“我并不知道胶布下面是什么情形。”

她双手叉腰，绕着桌子踱来踱去，冲着床，冲着墙和桌子喋喋不休，发泄着心中的不满。他心中暗想：也许我知道？到底谁创作了这幅画，是我还是那个女巫？谁使它成为现在的模样？又是如何做到的？我真的希望她死吗？不！可是……他看着妻子走过来，越走越近，看着她脖子上的青筋随着她的喊叫而暴跳不休。他这也不对，那也不对！这也不好，那也不好！他是个骗子，阴谋家，是个胖子、懒蛋、丑鬼，而且幼稚不堪。他以为自己能跟游乐场老板或是那些表演马术杂技的人竞争吗？他以为自己体态轻盈、风度翩翩吗？他以为自己是谁的杰作吗——艾尔·格列柯？达·芬奇？哈！米开朗基罗？别开玩笑了！她放肆地叫嚣着，张牙舞爪。“哼，你吓不倒我，我不会跟一个我根本不愿意让他的胖爪子碰我的人生活在一起的！”她趾高气扬地讲完了。

“丽莎贝丝。”他叫了她一声。

“别叫我丽莎贝丝！”她尖叫道，“我知道你的阴谋。你文上那幅画就是想吓唬我。你以为我不敢离开你。哼！”

“等到下周六晚上，第二次揭幕演出，”他说，“你会为我骄傲的。”

“骄傲！你是个傻瓜可怜虫。上帝啊，你胖得像头鲸。你见过搁浅的鲸吗？我小时候见过一头，躺在海滩上，几个救生员过来，用枪把它打死了。吓，一头鲸！”

“丽莎贝丝。”

“我要离开你，是的，我要跟你离婚。”

“不要。”

“我会嫁给一个男人，而不是一个肥胖的女人——就像你现在这样，一身肥肉，根本分不出男女！”

“你不能离开我。”他说。

“那你就等着瞧吧！”

“我爱你。”他说。

“噢，”她说，“去看看你那些文身吧。”

他朝她伸出手去。

“别碰我。”她说。

“丽莎贝丝。”

“离我远点，你让我恶心。”

“丽莎贝丝。”

他身上所有的眼睛似乎都在喷火，所有的蛇都在伺机而动，所有的怪物都狂躁不安，所有的嘴都愤怒地张大了。他朝她逼近——不像是一个人，而仿佛是一群人。

此刻，他感到血液中蓄积已久的大量橘子水在周身奔腾涌动，可乐和柠檬汽水如开闸的洪水，甜腻而愤怒地激荡着他的双腕、双腿和心脏。他在过去一年里借以浇愁的海量饮料、芥末酱和各色调料都在体内剧烈地沸腾。他的脸色变得像煮熟的牛肉。而他手上的粉红色玫瑰也化作了饥渴嗜血的花朵，在寂寞的丛林里被冷落多年之后，终于在暗夜中得到释放，自由地寻找着自己的目标。

他一把将她抱入怀中，犹如一头巨兽抱住急于挣脱的猎物。这个狂热的爱的表示随着她的不断挣扎而渐渐变得强硬。她对着他胸前的图案一阵撕打。

“你必须要爱我，丽莎贝丝。”

“放开我！”她尖叫着，捶打着他的胸膛，那幅文身在她的拳下变得滚烫。她又用指甲继续抓扯。

“哦，丽莎贝丝。”他的双手沿着她的手臂逐渐向上。

“我要喊人啦。”她看着他的眼睛说。

“丽莎贝丝。”他的手已经移到了她的肩头，她的脖颈，“不要离开我。”

“救命！”她尖声呼叫。他胸前的画面里现出了血光。

他用手卡住她的脖子，越卡越紧。

她的尖叫声戛然而止。

外面的草丛沙沙作响，急促的脚步声越来越近。

威廉·菲利普斯·菲尔普斯先生打开拖车房的门，走了出来。

人们正在外面等着他。骷髅人、小矮人、气球人、瑜伽人、闪电人、暴眼人，还有海豹男孩——这些畸形人站在干燥的草地上，在这午夜时分静静地等待着。

他朝他们走过去。他边走边想，一定要逃走。这些人什么都不懂，他们不善于思考。由于他并没有加快脚步，而是在帐篷间踉踉跄跄地慢慢走过，这些人还闪到一旁为他让路。他们注视着他，以为这样的注视就能确保他不会逃走。他走过黑黢黢的草地，草丛里的飞蛾不时扑到他脸上。在他们的视线范围内，他始终稳步向前，却并不知道自己要去向何方。他们看着他走开，随后才转过身去，拖着脚步一起走到安静的拖车房门口，将门缓缓推开……

图案人踏着干燥的草地一直走到了城外。

“他朝那边走了！”一个微弱的声音喊道。手电筒的光束在山冈上上下跳动。一群模糊的人影在奔跑。

威廉·菲利普斯·菲尔普斯先生朝他们挥挥手。他累了。此时此刻，他只想被人们找到。他已经厌倦了逃跑。他又挥了挥手。

“他在那儿！”手电的亮光改变了方向，“快跟上！咱们会抓着那混蛋的！”

隔了一会儿，图案人又跑了起来。他有意放慢步伐，还故意摔了两跤。他回头看去，看见了他们手里拿着的帐篷桩。

他朝远处一个十字路口的路灯跑去，那里仿佛汇集了夏夜的一切景象：萤火虫组成的旋转木马在不停地转动，蟋蟀对着灯光动情地歌唱，所有的一切似乎都在午夜的某种神秘吸引力之下，奔向那盏高悬的路灯——图案人在前，其他人紧跟在他身后。

他跑到灯光下，又向前跑了几码。此时，无需回头，他就能通过前方路面上的投影，看到他们将手中的帐篷桩用力地高高扬起，又狠狠落下！

一分钟之后。

蟋蟀在野外的沟壑中鸣唱。畸形人们站在摊开手脚倒在地上的图案人旁边，帐篷桩在他们的手上松松地握着。

他们费力地把他脸朝下翻了个身。血从他嘴里流了出来。

他们撕开他背上的胶布，低头盯着这幅新露出来的画面看了好久。有人嘀咕了一句，有人轻轻骂了一声。瘦子挤出人群，懊丧地走开了。看过这幅画的人一个接一个嘴唇颤抖着离开，留下图案人独自趴在空寂的马路上，血从他的嘴角不断涌出。

昏暗的光线下，那幅刚揭开的图案清晰可辨。

画面中，一条黑暗荒凉的马路上，一群畸形人正围着地上一个垂死的胖子，看他背后的一幅文身；那幅文身的画面中，是一群畸形人正围着地上一个垂死的胖子……

尾声

时近午夜，月亮升上了中天。图案人一动不动地躺着。我已经看完了他身上所有的图案。故事讲完了，结局已尘埃落定。

只是他的背上还留有一块空白，一块由驳杂的色彩和凌乱的线条组成的空白。就在我注视着它的时候，这片模糊的区域开始变化赋形，慢慢地从一个形状变成另一个形状，又一个形状。最终，那里显现出一张面孔，从那片五色斑斓的皮肤上向外凝视着我，这张面孔上的眉目口鼻看起来都很熟悉。

图案非常模糊，但我看了一会儿便从地上蹦了起来。我站在月光下，生怕风和星星弄出动静，会惊醒睡在我脚边的这个可怕的活画廊。好在他仍然沉沉地睡着。

图案人背上的图画中出现的正是他自己，他的手指扣住我的脖子，正要掐死我。我没有等着它变成一幅清晰明确的画面。

月光下，我头也不回地沿着公路逃走了。前方，一座小镇正在黑夜中沉睡。我知道，天亮之前我就能赶到镇上……

图书在版编目（CIP）数据

图案人 / （美）雷·布拉德伯里（Ray Bradbury）著；
宋怡秋译．—上海：上海译文出版社，2019.12
（雷·布拉德伯里科幻经典系列）
书名原文：The Illustrated Man
ISBN 978-7-5327-8264-2

Ⅰ. ①图… Ⅱ. ①雷… ②宋… Ⅲ. ①幻想小说—小
说集—美国—现代 Ⅳ. ①I712.45

中国版本图书馆CIP数据核字（2020）第065716号

Ray Bradbury
THE ILLUSTRATED MAN

图字：09-2018-1088号

图案人
The Illustrated Man

Ray Bradbury
雷·布拉德伯里 著
宋怡秋 译

出版统筹 赵武平
责任编辑 邹 滢
装帧设计 @broussaille 私制

上海译文出版社有限公司出版、发行
网址：www.yiwen.com.cn
200001 上海福建中路193号
杭州宏雅印刷有限公司印刷

开本787×1092 1/32 印张11.75 插页5 字数157,000
2020年6月第1版 2020年6月第1次印刷

ISBN 978-7-5327-8264-2/I·5066
定价：68.00元